DARK PROTECTOR

CELIA AARON

DARK PROTECTOR

Dieses E-Book ist ein Werk der Fiktion. Es könnte zwar Bezug auf tatsächliche historische Ereignisse oder bestehende Orte genommen werden, aber die Namen, Charaktere, Orte und Ereignisse sind ein Produkt der Fantasie der Autorin und jede Ähnlichkeit mit realen Personen, ob lebend oder tot, Geschäftseinrichtungen, Veranstaltungen oder Örtlichkeiten ist rein zufällig.

Cover-Art von Perfect Pear

Covermodel Mario Skaric

Coverbild von Alex Marshall

Stilistisches Lektorat von J. Brooks

Korrektorat von Spell Bound

Translation by Mia Betz

1

Conrad

Ich parkte auf meinem üblichen Platz unter einer kaputten Straßenlaterne. Das Klopfen aus dem Kofferraum war endlich verstummt, nicht, dass es mich allzu sehr störte.

Ein Auto fuhr vorbei, die Scheinwerfer strahlten das leichte Schneegestöber an, das vor den schäbigen Ladengeschäften herumwirbelte. Schäbig mit Ausnahme eines hellen Flecks auf der anderen Straßenseite – Jesse's Flower Pot.

Das Licht aus den Fenstern spiegelte sich auf dem nassen, schwarzen Bürgersteig wider und die Blumen im Fenster versprachen jedem Romantik, der sich hineinwagte, um sie zu kaufen. Charlie, die Inhaberin, stand hinter ihrem Tresen, ihre dunklen Haare lockten sich um ihre Schultern, während sie an einer Schleife an einer Vase mit rosa und gelben Rosen herumfummelte.

Wie oft hatte ich sie durch das Fenster beobachtet? Ich konnte die Abende, die Momente nicht zählen; es gab viel zu viele von ihnen. Jedes Mal wollte ich reingehen und etwas zu ihr sagen. Jedes Mal blieb ich knapp außerhalb ihres warmen

Heiligenscheins. Eine Frau wie sie war nicht für einen Mann wie mich bestimmt.

Der Gedanke wurde von einem weiteren Tritt aus dem Kofferraum unterbrochen.

„Gib schon auf, Benny." Ich fluchte leise. „Es ist vorbei."

Er ließ sich Zeit damit, auszubluten. Motherfucker.

Charlie legte den Kopf schief und trat einen Schritt zurück, um ihr Werk zu betrachten. Sie war nicht zufrieden, zog die Schleife heraus und machte mehrere Schnitte entlang des Satinbands. Dann fuhr sie mit ihrer Schere über die Streifen. Sie schnellten zurück, die schmalen Streifen kräuselten sich umeinander, bis sie wie eine wilde weiße Blüte aussahen. Ihre Finger arbeiteten mit graziler Präzision, jede Bewegung war darauf fokussiert, aus dem Nichts etwas Schönes zu erschaffen.

Ich senkte den Blick auf meine vernarbten und tätowierten Fingerknöchel. Die fleckige Haut erzählte die Geschichte von Blut, Schmerz und einem Leben im Dienst des Todes. Etwas anderes war für mich nicht vorstellbar. Diese Hände waren Gewalt und nichts weiter. Trotzdem stellte ich mir vor, wie Charlies Haut sich unter meiner rauen Berührung anfühlen würde. Weich, so weich.

Ich schaute wieder zum Fenster, beobachtete jede ihrer Bewegungen, katalogisierte sie in meinem Kopf. Sie war wie ein Wasserbecken, Emotionen schlugen kleine Wellen auf ihrer Oberfläche und teilten der Welt ihre Gefühle mit. Ich prägte mir jeden Ausdruck auf ihrem herzförmigen Gesicht ein, verstaute sie sicher, damit ich sie später hervorholen und untersuchen konnte. Mein Blick fiel auf mein Spiegelbild in meinem Rückspiegel – kalte Augen, ein strenger Kiefer und eine Grausamkeit, die direkt unter der Oberfläche lebte. Ich wusste, was ich war, dass alles, was ich berührte, verwesen und sterben würde. Es hielt mich nicht davon ab, sie zu wollen.

Sie trat wieder zurück und betrachtete ihre Kreation, ihre Stirn war vor Konzentration zerfurcht. Die Zeit, die ich damit verbracht hatte, ihr von hier draußen zuzuschauen, hatte mir viel über sie beigebracht. Perfektionistin. Freundlich, aber auch zurückhaltend. Sie machte Small Talk mit ihren Kunden, aber ihre Körpersprache blieb verschlossen. Ich hatte etwas tiefer gegraben, als ich es hätte tun sollen, und herausgefunden, dass sie nicht verheiratet war. Sie hatte auch keinen festen Freund. Mit sechsundzwanzig Jahren war sie sieben Jahre jünger als ich. Nicht, dass irgendetwas davon von Bedeutung war. Wir würden einander nie begegnen.

Ein schwarzer Mercedes rollte vorbei, die Reifen zischten auf dem glänzenden Straßenbelag. Die getönten Scheiben verhinderten, dass ich den Fahrer sehen konnte. Ich spannte mich an, der kalte Stahl in meinem Mantel zog meine Hand an wie ein Magnet. Das Auto fuhr weiter die Straße entlang und bog ab. Als die roten Rücklichter aus meinem Blickfeld verschwanden, entspannte ich mich und nahm wieder meine Nachtwache auf. Nach einem langen Tag war ihr Anblick das Einzige, was das Meer von Blut besänftigen konnte, das in mir tobte. Vergeltung triefte aus meinen Poren, bis zu dem Moment, an dem ich einen Blick auf sie erhaschte. Und dann kehrte Frieden in mir ein. Ich konnte stundenlang hier sitzen und sie einfach beobachten.

Sie war endlich zufrieden, nahm die Vase und stellte sie in die Kühlvorrichtung neben der Eingangstür. Sie schaute in die Nacht hinaus, ihr Blick wanderte über mein Auto. Meine Nackenhaare stellten sich auf, als sie das Fenster auf der Fahrerseite anschaute – mich. Aber die Tönung meiner Scheiben war viel zu dunkel. Alles, was sie sehen konnte, war ein schwarzes Quadrat aus Glas; die wahre Dunkelheit, die dahinter saß, blieb ihrem Blick verborgen. Sie starrte, suchte nach etwas, das ich sie nie finden lassen würde, bevor sie sich wieder ihrer Arbeit zuwandte.

Ein Todesröcheln aus meinem Kofferraum sagte mir, dass meine Zeit abgelaufen war. Ich musste Benny zur Müllhalde und das Auto zur Reinigung bringen und etwas schlafen. Vince hatte bereits zwei weitere Jobs für morgen geplant. Veränderungen im Management gingen immer mit einem

Haufen Arbeit für mich einher. Aber der neue Boss war genau wie der alte Boss – und jeder Boss brauchte einen Mann wie mich auf der Gehaltsliste.

Ich griff nach dem Schaltknüppel, sah aus dem Augenwinkel eine Bewegung und duckte mich, als derselbe Mercedes von vorhin heranfuhr und neben mir anhielt. Diesmal war das Beifahrerfenster nach unten gerollt und ein dummer Wichser mit einer halbautomatischen Pistole eröffnete das Feuer auf die Seite meines Autos. Das Knallen der Waffe und das dröhnende Geräusch von Kugeln, die in Metall einschlugen, schnitten durch die Nacht. Das Fenster auf meiner Seite explodierte. Ich bewegte mich nicht, mein Blut kälter als die eisigen Flocken, die um das Auto herum schwebten. Charlie würde klug genug sein, sich zu ducken; ich wusste es so sicher, wie ich wusste, dass der Wichser, der auf mich schoss, tot sein würde, bevor sein Lauf die Chance hatte wieder abzukühlen. Sie war auf der anderen Straßenseite sicher. Ich hoffte nur, dass sie nicht aus dem Fenster schaute, weil die Sache gleich blutig werden würde.

Ich öffnete meine Tür gerade weit genug, um meine schallgedämpfte 9mm durch den Spalt zu schieben. Ich drückte ab und zerstörte den hinteren Reifen auf der Beifahrerseite des Mercedes. Der leise Knall meiner Waffe ging im Schnellfeuer meines Angreifers unter. Noch ein paar Schüsse schnitten durch die Luft, gefolgt von einem klickenden Geräusch. Er musste nachladen.

„Komm raus, Conrad. Die Scheiße ist vorbei." Eine höhere Stimme mit einem charakteristischen Quieken. Geno, einer der besten Männer des ehemaligen Bosses.

„Geno, bist du es?" Ich täuschte ein lautes Stöhnen vor. „Ich bin schwer verletzt, Mann."

Noch ein Kugelhagel, diesmal aus einer Kleinkaliberpistole.

Ich wartete auf das Klicken. In der Sekunde, in der ich hörte, wie der Hahn auf eine leere Kammer traf, setzte ich mich auf und schoss Geno direkt zwischen die Augen. Sein überraschter Blick ließ meine Mundwinkel amüsiert zucken. Er sackte im Beifahrersitz zusammen. Ich feuerte noch ein paar Schüsse in den vorderen Reifen, zielte dann höher auf den Kotflügel und schoss drei Kugeln in den Motor. Der Fahrer schrie und versuchte, davonzurasen. Der Idiot bemerkte seine geplatzten Reifen nicht.

Das Auto rumpelte die Straße entlang, mit der Geschwindigkeit eines elektrischen Rollstuhls. Der Fahrer saß in der Falle. Noch entscheidender, er war tot; er wusste es nur noch nicht. Normalerweise würde ich mir Zeit für jemanden nehmen, der einen Anschlag auf mich verübte, aber ich hatte nicht den Luxus, dafür zu sorgen, dass es wehtat. Nicht, wenn Charlie für dieses Blutbad einen Platz in der ersten Reihe hatte.

Ich warf einen Blick auf ihren Laden. Sie war nirgendwo zu sehen. Gut. Ich ließ den hinteren Reifen auf der Fahrerseite mit einem einfachen Schuss zerplatzen.

Ich wusste bereits, wie die Sache ablaufen würde. Ein Grund, warum ich ein erstklassiger Mörder war, war meine Fähigkeit vorauszuberechnen. Menschen zu töten, war eine Art logisches Puzzle. Wenn Arschloch A sieht, wie Arschloch B fertig gemacht wird, wie sieht der nächste Schritt von Arschloch A aus? Die Sache war, dass ich immer die nächsten *drei* Schritte kannte, nicht nur den einen. Alles, was ich tun musste, war warten.

Ich folgte dem Auto und duckte mich entlang der Seite, als der Fahrer noch ein paar wilde Schüsse abfeuerte, die durch das hintere Fenster auf der Beifahrerseite explodierten. Das Auto kam schließlich ächzend zum Halten, der Motor zeigte den zerfetzten Reifen den Mittelfinger. Ich schlich zum Heck, der Auspuff stotterte eine Wolke aus Dampf und Abgasen um mich herum. Dann hörte ich das, worauf ich gewartet hatte. Laufende Schritte. Ich stand auf und legte den Fahrer mit einem einzigen Schuss in den Hinterkopf um. Er fiel und rutschte über den Straßenbelag, bis sein Gesicht knirschend auf die Bordsteinkante traf.

Eine miese Sache, einem Mann in den Rücken zu schießen, aber manche Dinge – wie der Versuch, mich auszuschalten – konnte man nicht tatenlos hinnehmen. Ich näherte mich ihm und erkannte Genos Kumpel Mikey. Ich ließ der ersten Kugel eine zweite folgen. Schnell. Klinisch. Und ich fühlte nichts, verdammt noch mal rein gar nichts.

Ein Auto näherte sich. Nein, ein Minivan. Hinter dem Steuer riss eine Hausmutti ihre Augen weit auf. Das war mein Aufbruchssignal. Ich drehte mich um und rannte zurück zu meinem Auto. Es sprang trotz der Einschusslöcher an.

Ich warf einen letzten Blick auf Jesse's Flower Pot. Ich konnte nicht wieder hierherkommen, nicht nach dieser Geschichte. Ich verfluchte Geno und den anderen Idioten dafür, mir diesen Ort versaut zu haben. Der eine Block in Philly, der mir tatsächlich das Gefühl gab, ein Mensch zu sein – weg.

Charlie stand am Fenster, eine Hand über ihrem Mund, und Entsetzen stand ihr mit schwachen Pinselstrichen ins Gesicht geschrieben. Etwas in mir schmerzte, als ob eine Wespe ihren Stachel in meine Brust gebohrt hätte. Es war eine Mahnung. So würde ihr Leben mit mir aussehen. Schrecken und Blut. Überhaupt kein Leben.

„Mach's gut, Charlie." Ich legte den ersten Gang ein und fuhr los, als entfernte Sirenen Ärger versprachen.

2

CHARLIE

Der schwarze BMW raste kreischend die Straße entlang und außer Sichtweite. Sobald er verschwunden war, eilte ich aus dem Laden und zum Mercedes. Zersplittertes Glas knirschte unter meinen Schuhen und mein Atem stieg in einer weißen Wolke inmitten der Schneeflocken auf.

„Hallo? Sind Sie okay?“ Ich näherte mich der offenen Tür auf der Fahrerseite und schaute hinein.

Mir drehte sich der Magen um. Ein toter Mann, die Augen leer und glasig, starrte mich vom Beifahrersitz aus an. Blut lief in einem schmalen Rinnsal aus dem Loch zwischen seinen Augen die Seite seiner Nase hinunter. Ich würgte und wich zurück.

Ein weiterer Körper lag mit dem Gesicht nach unten leblos neben dem Bürgersteig. Ich wusste, dass er nicht mehr am Leben sein konnte. Nicht, nachdem der Mann im dunklen Anzug ihn aus nächster Nähe erschossen hatte.

Aber ich musste sichergehen, nur für den Fall, dass er

noch gerettet werden konnte. Ich ging vorsichtig näher heran. „Hallo?"

Er bewegte sich nicht. Ich steckte meine Hände in meine Manteltaschen und machte noch ein paar Schritte auf ihn zu. Die Rückseite seines Kopfes war ein purpurrotes Wrack, die Haare mit Blut und Fleisch verfilzt. Ich taumelte zurück, beugte mich dann vornüber und erbrach mich. Alles, was ich zum Mittagessen gegessen hatte, spritzte auf den Bürgersteig.

„Charlie?" Mr. Chan stand in der Tür der Wäscherei zwei Gebäude weiter.

„Bleiben Sie drinnen." Ich hielt eine Hand hoch. „Es gibt nichts, was wir tun können."

„Ich habe die Polizei gerufen." Seine alte Stimme krächzte bei dem Versuch, durch die eisige Luft bis zu mir zu dringen. „Gehen Sie wieder rein. Es ist nicht sicher."

„Das mache ich." Ich drehte mich um und eilte zurück in meinen Laden, die warmen Fenster scheinbar unberührt von dem Gemetzel direkt davor. Nachdem ich die Tür geschlossen und verriegelt hatte, ging ich mit steifen und mechanischen Beinen zum Tresen, während Galle in meiner Kehle brannte.

Sirenen wurden lauter und lauter, bis die blinkenden blauen und roten Lichter sich in den Fenstern des leerstehenden Ladens gegenüber widerspiegelten. Zwei Polizeiwagen und ein Krankenwagen hielten am Ende des Blocks an. Ich überlegte hin und her, ob ich das Licht ausmachen und so tun sollte, als hätte ich geschlossen.

Schließlich würde Mr. Chan der perfekte Zeuge dessen sein, was geschehen war. Die Cops brauchten mich nicht. Ich wollte nicht reden. Nicht darüber, was passiert war, und definitiv nicht über ihn. Den Mann, der mich seit Monaten beobachtete. Er war weggefahren, seine Reifen hatten gequietscht, als er um den Block gekurvt und in die Nacht davongerast war. Etwas sagte mir, dass er nicht wiederkommen würde, um seinen gewohnten Platz auf der anderen Seite der Straße einzunehmen.

Ich wusste nicht, wer er war, wusste nichts über ihn. Aber

aus irgendeinem Grund fühlte ich mich sicher, wann immer ich sein Auto unter der kaputten Straßenlaterne bemerkte. Es war lächerlich, zumal der Kerl ein Wildfremder war. Er könnte dort gewartet haben, um mir wehzutun. Es wäre nicht das erste Mal gewesen. Aber das war nicht seine Absicht. Das konnte ich spüren. Stattdessen beobachtete er mich einfach.

Ich hatte sein Gesicht noch nie gesehen, erst als er mit Mord in den Augen über die Straße gestakst war. Er hatte den Fahrer mit einem sicheren Schuss erledigt. In diesem Moment brannte sich das Bild des Killers in mein Gehirn ein. Dunkle Haare, helle Haut, ein quadratischer, mit Stoppeln bedeckter Kiefer und helle Augen. Ich konnte nicht sagen, ob sie grün oder blau waren, aber ich war mir sicher, dass sie intensiv waren. Er bewegte sich mit Aggression, alles an ihm troff vor kalkulierter Vergeltung. Selbst sein räuberischer Gang signalisierte Gefahr. Trotzdem war er gespenstisch schön für einen Mann, der ohne Reue tötete.

Ich zitterte und flitzte zur Tür. Mit einem Handgriff wurde es dunkel im Laden. Ich hoffte nur, dass die Cops das angeschaltete Licht nicht bemerkt hatten, als sie in die Straße eingefahren waren. Die Schatten um mich herum boten mir einen gewissen Trost, als ich mich in sie sinken ließ, vom Fenster zurückwich und mit der Dunkelheit verschmolz.

Der Kompressor an dem Behälter mit Lilien zu meiner Rechten sprang an, das tiefe Summen vertraut und beruhigend. Von diesem Winkel aus konnte ich immer noch den Mercedes sehen, aber nicht den Toten auf der Straße. Zwei Polizisten näherten sich dem Fahrzeug mit gezogenen Waffen. Sie erkannten schnell, dass der tote Mann im Inneren keine Bedrohung darstellte, und steckten ihre Waffen wieder weg. Einer überprüfte den Innenraum des Autos und der andere blickte die Straße hoch und runter, während der Schneefall stärker wurde, die Flocken fett und matschig.

Mehr Polizisten trafen ein und schwärmten aus, klopften an Türen, um die Straße zu befragen. Zwei Polizisten kamen an meinem Fenster vorbei und blieben stehen. Ich drückte mich fest gegen die Wand, während sie mehrmals an meine Ladentür klopften.

„Ms. Fairbanks. Kommen Sie raus, Ma'am." Die unsicher eiernde Stimme eines jungen Mannes. „Ihre Nachbarn haben gesagt, Sie seien auf der Straße gewesen, nachdem es passiert ist. Wir würden gerne wissen, was Sie gesehen haben."

Ich hatte einen mordlustigen Killer mit eindringlichen Augen in einem dunklen Anzug gesehen. Ich war kein Fan davon, mit der Polizei zu reden. Sie bedeuteten Ärger, und das war das Letzte, was ich brauchte.

Es klopfte erneut, diesmal kräftiger als zuvor.

„Kommen Sie schon, machen Sie auf." Eine schroffere Stimme drang an meine Ohren. Ich vermutete, dass er der böse Bulle war, während der junge Mann der gute war.

Ich schlich mich davon und ging durch die Tür in den hinteren Bereich meines Ladens. Die Polizisten sprachen leise miteinander.

„Wir reden mit Ihren Nachbarn, dann kommen wir zurück und Sie lassen uns rein. Sie wollen doch nicht, dass wir denken, Sie hätten etwas am Tatort verändert oder würden versuchen, unsere Ermittlungen zu behindern, nicht wahr?" Der böse Bulle hatte die gedämpfte Diskussion anscheinend für sich entschieden. „Das ist Grund genug, um Sie mit aufs Revier zu nehmen." Er hielt inne und räusperte sich. „Seien Sie bereit zu reden, wenn wir zurückkommen."

Als die Luft ein paar Momente lang still blieb, stieß ich laut den Atem aus. Ich musste meine Tasche finden und mich durch den Hintereingang wegschleichen. Ich würde nicht mit den Cops reden. Schatten aus meiner Vergangenheit versuchten, sich in meinem Kopf auszudehnen, ihre skelettartigen Finger drangen in die graue Substanz ein. Ich schob die Gedanken beiseite. Ich war kein Opfer mehr. Nicht dieses Mal. Wenn die Polizei die Sache forcieren wollte, würde ich meinen Anwalt anrufen.

Ich nahm meine Tasche vom Tresen neben dem breiten Waschbecken, bekam aber nicht die Gelegenheit, weiterzugehen. Eine Hand wurde mir über den Mund geschlagen und eine Stimme in meinem Ohr überbrachte eine leise Warnung: „Sag nur ein verdammtes Wort und du bist eine tote Schlampe."

Ein brutaler Schmerz in der Seite meines Kopfes begann mit Funken und endete in Dunkelheit.

3

CHARLIE

Ein scharfes Stechen auf meiner linken Wange weckte mich auf. Ich erblickte einen schwach beleuchteten Raum und einen großen Mann, der vor mir stand. Seine kahl werdende Rübe glänzte im Licht der nackten Glühbirne, die ungefähr einen Meter über seinem Kopf hing. Ich konnte meine Hände nicht spüren. Sie waren hinter mir gefesselt und meine Beine waren an den Holzstuhl gefesselt, auf dem ich saß.

„Berty, sie ist wach!" Er grinste mich an, seine fehlenden Vorderzähne hinterließen ein dunkles Loch hinter seiner Oberlippe.

Ein stechender Schmerz schoss durch meinen Kopf und strahlte meine Wirbelsäule runter. Ich stöhnte, als Schritte von der anderen Seite des Raums widerhallten. Die Glühbirne beleuchtete die unteren Stufen einer Holztreppe, aber nicht mehr. Ich wusste nicht, wo ich war, aber es war kalt. Eine knochentiefe Art von Kälte, die meine Zähne zum Klappern brachte. Der Geruch von Schimmel verpestete jeden meiner Atemzüge.

„Kalt?" Glänzend schwarze Schuhe kamen in Sicht. Ein Schritt, dann noch einer. Dunkelgraue Hosen erschienen, als sich der Mann dem Lichtkegel näherte.

Der kahle Mann trat beiseite, machte Platz für den Neuankömmling. „Berty" trat ins Licht. Er sah aus, als wäre er Mitte dreißig, mit schwarzen Haaren, dunklen Augen und einer Narbe, die entlang seines Kiefers verlief. Seine Kleidung war ordentlich, das Jackett war ihm perfekt auf seine kleinere Statur geschneidert.

„Charlie, nicht wahr?" Er drehte einen goldenen Ring an seinem linken Zeigefinger und richtete seinen pechschwarzen Blick auf mich.

Meine Zähne klapperten noch heftiger. „L-lassen Sie mich gehen."

Er lachte und breitete die Hände aus. „Bist du mit der Gastfreundschaft nicht zufrieden?"

Der Klang seiner Stimme ließ mich zurückschrecken. Etwas darin deutete auf eine Dunkelheit hin, die ich schon mal gesehen hatte, eine, die mir die Haare zu Berge stehen ließ.

„Ich will einfach nur gehen."

Er schnalzte mit der Zunge und verengte die Augen. „Nicht so schnell, Charlie. Ich habe ein paar Fragen an dich."

Meine Gedanken rasten. Fragen? Was wollte er?

„Wenn du sie nicht zu meiner Zufriedenheit beantwortest, wird mein Kumpel Gary hier drüben etwas von seiner Aggression an dir auslassen." Seine Augen glitten meinen Körper hinunter und dann zurück zu meinem Gesicht. „Obwohl ich mich vielleicht zuerst ein bisschen an dir abreagieren muss."

Mein Herz fiel in sich zusammen, die vernarbte Oberfläche verwelkte, nachdem sie gerade erst wieder angefangen hatte, Lebenszeichen aufzuweisen.

„Ach, komm schon." Er grinste, die Narbe dehnte sich über seinen Kiefer. „Ich bin gar nicht mal so übel."

Ich schüttelte den Kopf, Tränen füllten meine Augen und strömten mir über die Wangen. „B-bitte—"

„Fangen wir an.“ Er zog sein Jackett aus und reichte es Gary, dann fing er an, seine Ärmel hochzukrempeln. „Woher kennst du Conrad Mercer?“

„Wen?“ Ich starrte ihn an.

Sein Lächeln verblasste und seine Hand fegte durch die Luft. Der Ring an seinem Finger traf auf meinen Wangenknochen. Mein Kopf schnellte zur Seite, während ein schmerzerfülltes Zischen meiner Lunge entwich.

„Lass uns das noch mal versuchen, Charlie.“ Er ging vor mir in die Hocke und legte mir seine Hände auf die Knie. „Woher kennst du Conrad Mercer?“ Er ließ seine Hände meine Oberschenkel nach oben gleiten. Ich versuchte, meine Beine zu schließen, aber sie waren komplett bewegungsunfähig.

Mein Herz hämmerte gegen meine Rippen und alles in mir wurde kalt, als er den oberen Bereich meiner Schenkel erreichte. „Ich kenne diesen Namen nicht. Bitte, hören—“ Ich verschluckte mich an meinem Flehen.

Er bewegte seine Hände zu meiner Taille und knöpfte meine Jeans auf, während mein gesamter Körper zitterte. „Das glaube ich keine Sekunde lang, Charlie. Er hat die Angewohnheit, vor deinem Laden zu sitzen und dich zu beobachten. Du weißt, wen ich meine, nicht wahr?“ Er zog meinen Reißverschluss nach unten. „Hübsches Höschen.“

Die Erkenntnis blitzte in meinem Kopf auf. „Das Auto? Das schwarze Auto, das auf der anderen Straßenseite steht?“

„Genau das.“ Seine kalten Finger glitten unter den elastischen Bund meiner Unterhose.

„Nicht!“ Ich zuckte vor seiner Berührung zurück, aber es gab keinen Ausweg.

„Du bist sein Mädchen, nicht wahr?“ Er erhob sich und packte mich an den Haaren, zerrte meinen Kopf nach hinten, während er über mir aufragte.

„Was? Nein!“ Ich versuchte, die Wahrheit in meine Worte zu zwängen. „Ich kenne ihn nicht. Ich hatte ihn vor diesem

Abend, als e-er diesen Mann erschossen hat, noch nicht einmal gesehen.“ Meine Stimme war schrill, spröde.

Er verengte seinen Griff um meine Haare, bis meine Kopfhaut brannte. Dann legte er seine andere Hand um meinen Hals. „Du lügst.“

„Nein.“ Ich rang nach Luft, als er zudrückte. Der Atem, den ich noch hatte, war in meiner Lunge gefangen, während seine Augen sich ihn meine bohrten.

Er ließ nicht locker, obwohl sein Blick zu meinen Lippen und dann wieder zurück flackerte. „Es wird folgendermaßen ablaufen, Charlie. Ich habe dir eine Chance gegeben. Du hast mich angelogen. Jetzt werde ich mit dir machen, was ich will. Wenn ich fertig bin, lasse ich Gary ran.“

Gary grunzte. „Danke, Boss.“

„Nicht der Rede wert.“ Er wandte den Blick nicht von mir ab. „Und du wirst uns die Wahrheit sagen. Wo er wohnt. Wie man an ihn rankommt. Du wirst uns diese Dinge erzählen oder wir werden dir ein Körperteil nach dem anderen abschneiden und sie Conrad zuschicken. Kapiert?“

Ich konnte nicht sprechen, und der Druck seiner Hand und seine drohenden Worte ließen meine Gedanken leiser werden. Dunkelheit senkte sich wie ein Leichentuch auf mich herab und meine Augenlider fielen zu.

„Bert!“ Die Stimme eines Mannes rief aus weiter Ferne, als stünde er am anderen Ende eines Blechdosentelefons.

„Nate?“ Heißer Atem in meinem Gesicht. „Was, Mann?“

„Molly hat für dich angerufen. Hat gesagt, sie hätte es auf deinem Handy versucht, aber es sei direkt die Mailbox rangegangen.“

„Fuck.“ Die Hand an meiner Kehle verschwand.

Ich saugte einen tiefen Atemzug ein und öffnete die Augen.

Berty stand vor mir und zog ein Handy aus seiner Hosentasche. „Kein Empfang in dieser verdammten Absteige.“ Er warf dem betonierten Boden und den Betonwänden einen finsteren Blick zu.

„Sie sagt, es sei dringend“, fuhr die Stimme fort. „Irgendwas mit dem Baby.“

„Verdammt.“ Er wich zurück zu den Stufen und zeigte auf Gary. „Leiste ihr Gesellschaft, aber fass sie nicht an. Ich bin als Erstes dran.“ Berty ging die Treppe hoch, seine glänzenden Schuhe verschwanden ein Fuß nach dem anderen, bis eine Tür zugeschlagen wurde.

Meine Lunge brannte, während ich Luft einsaugte und versuchte, die Schatten zu vertreiben, die durch mein Blickfeld wirbelten. Ich versuchte, meine Hände freizubekommen, aber sie bewegten sich nicht. Angst und Verzweiflung sprudelten in mir auf wie ein fauliges Gebräu.

Gary schob sich ins Licht. „Du und ich.“ Er leckte sich über die Lippen und ließ seine Fingerknöchel knacken. „Bald, Schlampe.“

4

Conrad

Ich warf Sam meine Schlüssel zu. „Ziemliche Sauerei hinten drin, aber nichts Außergewöhnliches."

Sam kratzte sich seine fettigen Haare und beäugte das Auto, während Slim, ein einhundertfünfzig Kilo schwerer Schwachkopf, hinter ihm ein Schweißgerät anstellte.

„Wer war es?"

„Benny." Ich musterte die Reihen von Autos, die aufeinander gestapelten Teile und die beiden schmierigen Mechaniker.

Sam spuckte auf den von Öl dunkel gefärbten Betonboden. „Scheiße. Ich war vor zwei Monaten auf der Hochzeit seiner Schwester."

„Mazel tov." Ich drehte mich zu den Schlüsselbunden an der Wand der Werkstatt um, während Slim sich mit dem Schweißgerät an die Arbeit machte. „Ist mein Audi fertig?"

„Ja, der Schlüssel hängt am Haken."

„Alles da, wo es hingehört?"

„Gesichert und geladen und im Kofferraum, wie immer."

Er bezog sich auf den kleinen Waffenvorrat, den ich in meinem Auto aufbewahrte.

Sam und ich kannten uns schon lange. Er hatte doppelt so viele Jahre Autos repariert, Sauereien beseitigt und ein Arsenal an erstklassigen Waffen angesammelt, wie ich ein bezahlter Killer war. Er war solide, wenn auch immer misstrauisch. Ich nahm es ihm nicht übel.

Er setzte sich auf die Motorhaube des BMW. „Sollte ich mit noch weiteren Lieferungen von dir rechnen?"

Ich nahm mir den vertrauten Schlüssel. „Nicht heute Abend."

„Ich schätze, das ist eine Erleichterung." Er schüttelte den Kopf. „Benny war dem alten Serge treu ergeben, ist nie aus der Reihe getanzt. Wenn Vince befohlen hat, ihn umzulegen, dann ..." Er rang die Hände. „Da fragt man sich schon, was mit dem Rest von uns passieren wird."

Ich warf ihm einen Blick über meine Schulter zu. „Kümmere dich weiter um die Autos für den Mann, der das Sagen hat – wer auch immer das ist – und sie werden dich in Ruhe lassen."

„Ja, ich nehme an, das stimmt." Er kratzte sich am Kinn, seine Finger hinterließen graue Spuren auf seinem struppigen weißen Bart. „Trotzdem warte ich auf den Tag, an dem du durch die Tür kommst mit einer Kugel, auf der mein Name steht."

„Sam, wenn du auf meiner Liste stehen würdest, würdest du mich nicht kommen sehen."

Er nickte, Resignation in seinen herabhängenden Schultern. „Das glaube ich dir."

„Bis zum nächsten Mal." Ich verließ den muffigen Laden, hinter der schmuddeligen Tür wartete die kalte Nachtluft. Anstatt mich erfrischt zu fühlen, umzingelte mich mein Bedürfnis nach Schlaf. Tage des Bürgerkrieges und des Blutvergießens – wenn auch gut fürs Geschäft – hatten ihren Tribut gefordert.

Mein Handy gab einen Piepton von sich, als eine Nachricht ankam. Ich überquerte den kleinen Parkplatz neben dem unscheinbaren Lagerhaus, während der Schnee fiel. Die Temperatur war so weit gesunken, dass er an allem haften blieb, auch wenn keine Menge an Schnee den Schmutz verdecken konnte, der mich, die Werkstatt oder die Stadt überzog.

Ich rutschte auf den Fahrersitz und drückte den Startknopf für die Zündung. Das Auto sprang surrend an, während ich mein Handy aus meiner Tasche fischte. Vielleicht hatte ich Sam angelogen. Vielleicht waren noch mehr Morde zu verrichten, bevor die Sonne aufging. Ich seufzte und tippte die Nachricht an.

Berty hat dein Mädchen. Im Unterschlupf in der Lerner Street. Keller. Beeil dich.

Ich packte das Handy so fest, dass das Display einen Riss bekam. „Dein Mädchen" konnte nur eine Person bedeuten. Charlie. Dieser Rattenbastard Berty hatte sie sich geholt. Ich hatte seinen Vater vor zwei Tagen getötet, hatte den Boden einer lokalen Bäckerei mit dem Blut des alten Mannes gestrichen. Berty hatte nicht auf meiner Liste gestanden, obwohl es üblich war, die obersten Gefolgsleute des Bosses auszuschalten. Ich hatte nicht nach dem Warum gefragt. Es war nicht mein Job, Vince in Frage zu stellen, ich befolgte nur Befehle. Aber brauchte ich diesmal einen Befehl, um den kleinen Scheißer Berty von der Bildfläche verschwinden zu lassen? Er hatte Charlie entführt. Ich schloss meine Hände fester ums Lenkrad. Er hatte berührt, was *mir* gehörte.

Ich schüttelte mich. Ohne Bezahlung zu töten, war nicht etwas, was ich tat, obwohl die Wut, die in mir brannte, möglicherweise etwas anderes sagen würde, sobald ich Berty zu Gesicht bekam. Aber zuerst musste ich mir Charlie holen. Sie hatte das nicht verdient und ich verfluchte mich selbst dafür, jemals geglaubt zu haben, ich könnte sie unbemerkt beobachten.

Nachdem ich einen tiefen, beruhigenden Atemzug genommen hatte, legte ich den Gang ein und fuhr langsam auf die Straße. An jeder roten Ampel hielt ich an. Bei jedem

Abbiegen benutzte ich den Blinker. Zu dieser Uhrzeit musste ich nur eine falsche Bewegung machen, um einen Cop im Nacken zu haben. Für diesen Trip brauchte ich keine Gesellschaft. Alles, was ich brauchte, war das kleine Arsenal im Kofferraum.

Meine Hände würgten das Lenkrad, während ich mich dem Unterschlupf näherte. Mich ihr näherte. Sie war meinetwegen dort. Weil ich nicht vorsichtig genug gewesen war. Natürlich hatten sie es bemerkt. Zum Teufel, sie hatten Geno direkt zu mir geschickt. Sie mussten erraten haben, warum ich diesen Ort immer wieder aufsuchte. *Fuck.*

Jede Sekunde, die vorbeitickte, war wie ein Eispickel, der sich in meinen Schädel bohrte. Ich wusste, wozu Berty fähig war. Zum Teufel, er hatte einige seiner übelsten Tricks von mir gelernt.

Der Instinkt, das Pedal durchzutreten, versuchte, meine Vernunft zu überwältigen, aber das konnte ich nicht zulassen. Es stand zu viel auf dem Spiel. Charlie. Ich schob die Vorstellung ihres blutigen Körpers, von grausamen Händen und noch grausameren Absichten gebrochen, beiseite.

Nach endlos vielen Seitenstraßen fuhr ich in die Lerner ein. Der Unterschlupf war dunkel, bis auf eine Lampe im Vorderzimmer. Schatten bewegten sich hinter dem Fenster. Ich fuhr weiter die Straße entlang, bog dann in eine Gasse ab und parkte ein paar Häuser weiter neben einer heruntergekommenen Garage.

Ich tippte einen schnellen Antworttext.

Mach dich jetzt aus dem Staub oder such dir einen Schrank im ersten Stock und bete.

Nate wusste, was zu tun war, wenn es haarig wurde. Wir waren seit den Zeiten befreundet, in denen wir mit nichts anderem als den Klamotten an unserem Leib und einer miesen Einstellung die Straßen unsicher gemacht hatten. Ich öffnete den Kofferraum und zog eine vollautomatische Glock 18 mit einem speziell angefertigten Magazin heraus, freundlicherweise zur Verfügung gestellt von Sam. Sie hatte eine Kapazität von einhundertfünfzig Patronen. Mehr als ich brauchte, aber in dieser Situation war zu viel besser als nicht genug. Ich lud meine 9mm nach und steckte sie wieder in meinen Mantel. Ich wählte eine Blendgranate aus, um die Party zu starten.

Mein Handy piepte und eine fette Schneeflocke landete auf dem Display, als ich es herauszog.

Fick dich, Mann. Ich will Peter schon seit zwei Jahren zwei Schüsse verpassen. Ich bleibe und spiele mit.

Nate, du verrückter Motherfucker. Ich schloss leise den Kofferraum und schlich die schattige Gasse entlang, blieb in der Nähe der Mülltonnen und kaputten Autos, die die Straße säumten. Die Nacht war ruhig und die Rückseite des Hauses war dunkel, als ich mich näherte. Das schmale und lange Haus hatte zwei Stockwerke und war wahrscheinlich in den 50ern das netteste in der Straße gewesen. Jetzt war es ein krebsartiges Skelett, das langsam zerfiel und sich ein Feuer wünschte, das es von seinem Leid erlöste.

Die Glock lag schwer in meiner Hand, während ich langsam die wacklige Hintertreppe hochging. Das verwitterte Holz knarrte auf der zweiten Stufe. Ich blieb stehen und lauschte. Nichts. Ich ging weiter die Treppe hoch und zog die Fliegengittertür Zentimeter um Zentimeter auf, um das Quietschen der Scharniere zu dämpfen. Die gesprungenen Glasscheiben der Hintertür gaben den Blick in die Küche frei. Sie war leer. Geschirr stapelte sich in der Spüle und der schmutzige Tisch war mit Zigarettenkippen übersäht.

Mein Atem stieg um mein Gesicht herum auf, als ich mich von der Tür weglehnte und meinen Fuß anhob. Ich zielte auf das sich abschälende Holz neben dem Türgriff und trat zu. Die Tür splitterte und schwang auf. Schreie explodierten im Inneren. Ich zog den Stift aus der Blendgranate und warf sie in den langen Flur, der durch die Mitte des Hauses verlief. Ich drückte mich mit dem Rücken gegen die Wand neben der Tür und wartete. Mehr Schreie. Die Blendgranate detonierte.

Ich rannte ins Haus, feuerte zwei Schüsse auf einen

Mann, der den Flur entlanglief, und stürmte dann auf ihn zu, als er fiel. Ein weiterer Schuss in den Kopf brachte ihn zur Strecke, als zwei Typen in das Wohnzimmer an der Vorderseite des Hauses liefen. Ein weiterer polterte die Treppe runter. Ich zog ihm mit einem Schuss aus meiner 9mm ins Knie die Beine weg. Er krachte auf den Treppenabsatz und stöhnte wie eine billige Hure.

Ich rannte ins Esszimmer und duckte mich, als die Deppen im Wohnzimmer die Wand zwischen uns mit einer Kugel nach der anderen zersiebten. Der Putz zerbrach und barst und regnete auf mich herunter, während ich mich tief auf den Boden kauerte. Der Typ von der Treppe hörte auf zu stöhnen und fing an zu heulen.

Die Tür auf der anderen Seite des Flurs öffnete sich und jemand mit einer halbautomatischen Kleinkaliberwaffe fing an, um sich zu schießen. Ich ließ mich auf den Rücken fallen und erwiderte das Feuer, ließ die Glock in meiner Hand heiß laufen und feuerte so viele Runden ab, wie ich brauchte, um das Arschloch umzunieten.

Er fiel zu einem blutigen Haufen zusammen, als die Kugeln ihn zerfetzten. Ich setzte mich auf und erkannte die Glatze. Gary. Der dumme Wichser hatte es verdient. Ich konnte hinter ihm nicht viel sehen, aber ich würde wetten, dass er aus dem Keller gekommen war.

Die Schüsse aus dem Wohnzimmer wurden sporadischer. Ich hatte keine Zeit zu verlieren. Ich sprang auf die Füße und raste den Flur entlang, hielt kurz vor der Öffnung zum Wohnzimmer inne. Ich duckte mich, als weitere Schüsse in die Wand hinter mir einschlugen. Der Typ am Fuß der Treppe zuckte herum wie ein Fisch auf dem Trockenen, versuchte, sich hinzuknien, und scheiterte. Ein Schuss aus meiner Glock und er hörte auf, sich zu bewegen.

Die Schüsse aus dem Vorderzimmer verstummten. Einer von ihnen hatte keine Munition mehr. Ich hielt die Glock um den Türrahmen und feuerte drauf los, ließ Kugeln durch den Raum regnen. Ein Schrei zerriss die Luft und dann zwei dumpfe Schläge, als die Körper der Schützen auf dem Boden aufschlugen.

Ein weiterer Schuss ertönte hinter mir. Meine Schulter brannte, als ich mich umdrehte und Peter die Treppe runterlaufen sah, während er wild um sich schoss. Ich feuerte mit der 9mm auf ihn, aber ein Dröhnen erschütterte das Haus und er flog nach vorne und landete auf seinem Kameraden am Fuß der Treppe. Ich riss meine Waffe hoch. Nate kam die Treppe runter und lud seine Schrotflinte nach, pumpte eine Patrone in die Kammer. Er hatte Peter gerade das Gehirn rausgeblasen, wie versprochen.

„Wird aber auch verdammt noch mal Zeit, Mann." Er grinste und sprang über die Leichen, um ins Wohnzimmer zu schauen.

„Ist die Luft rein?" Ich stand auf und richtete beide Waffen auf die Kellertür.

„Ja. Sie sehen aus wie Hackfleisch. Alter Schwede, ich habe noch nie gesehen, dass du die Glock tatsächlich benutzt." Er kam auf mich zu. „Und du hast dich von Peter in den Rücken schießen lassen. Pussy."

„Halt die verdammte Fresse." Ich ließ meine Schulter kreisen, testete den Schmerz. „Ich habe diesen Pisser Berty immer noch nicht gesehen. Lass uns die Sache beenden, das Mädchen holen und abhauen, bevor die Cops kommen."

„Alles klar." Er folgte mir zur Kellertür. Wir stellten uns auf beiden Seiten auf und blickten in die Dunkelheit hinunter. Der Großteil des Raums war pechschwarz, kein Geräusch war von unten zu hören. Jeder, der durch die Tür kam, würde Berty direkt ins Schussfeld laufen und er würde uns einen nach dem anderen abknallen.

"Hast du noch mehr von diesen Blendgranaten?" Nate wackelte mit den Augenbrauen.

„Nee. Ich würde sie sowieso nicht riskieren." *Fuck.* Wenn es keinen anderen Weg in den Keller gab, würden wir warten müssen, bis sie rauskamen. Keine gute Idee, zumal jemand nach der Schießerei vielleicht die Polizei gerufen hatte. Das konnte man nie wissen. Dieses Viertel war so ein Drecksloch, dass die Explosionen und Schüsse möglicherweise lediglich dazu geführt hatten, dass die Leute einen Blick auf den Nachttisch warfen, um sicherzustellen, dass ihre Knarre noch da war, bevor sie sich umdrehten und weiterschliefen. Trotzdem, wenn die Cops auf dem Weg waren, lief uns die Zeit davon.

Warte. Geduld hatte mich dreiunddreißig Jahre lang am Leben gehalten. Ich würde auf meinen Moment warten. Ein Muskel zuckte in meinem Kiefer bei dem Gedanken daran, Charlie länger als nötig bei Berty zu lassen. Ich versuchte, die Tatsache zu ignorieren, dass ich keinen einzigen Laut aus dem Keller gehört hatte – kein Weinen und keine Schreie. Nichts, dass mir sagte, dass sie noch atmete. Ich weigerte mich zu glauben, dass sie tot war. Sie war am Leben. Sie war da. Ich war nicht zu spät. Das konnte nicht sein. Nicht dieses Mal.

Nate zog ein Messer aus seiner Tasche und klappte die Klinge auf, benutzte dann die Spitze, um sich unterm Kinn zu kratzen. „Seit wann hast du eine Braut? Ich erinnere mich deutlich daran, dass du schwul bist."

Ich warf ihm einen Blick zu, von dem ich hoffte, dass er sagte: „Halt die verdammt Fresse."

„Nein, Mann, im Ernst. Ich war mir sicher, dass du auf Schwänze stehst. Ich mach keine Witze. Ich habe dich seit über einem Jahr mit keiner Frau mehr gesehen. Hab noch nicht einmal gesehen, dass du auch nur einer Pussy hinterher schnüffelst, seit – wann war das letzte Mal? Ich kann mich nicht einmal mehr erinnern. Als ob dein schwuler Schalter letztes Jahr umgelegt wurde – vielleicht, nachdem du mich nackt gesehen hast oder so. Ich meine, das würde Sinn machen. Ein Körper wie dieser, jeder Mann würde bei dem Anblick schwul werden. Zweifellos." Er nickte und stimmte sich selbst zu, bevor er weiter Schwachsinn laberte. „Ich dachte wirklich, dass du auf einer strikten Schwanzdiät bist, weil du scheinbar nie—"

„Hey, ihr Arschlöcher!" Bertys nasale Stimme unterbrach

Nates Bullshit. „Wenn ihr diese Fotze lebend haben wollt, dann verschwindet von hier. Kapiert?“

„Woher wissen wir, dass sie noch lebt?“, rief ich.

„Scheiß Conrad Mercer.“ Seine Stimme troff vor Gift. „Diese Schlampe hier unten hat mir erzählt, dass sie dich nicht fickt. Aber hier bist du, bereit, dir den Schwanz befeuchten zu lassen, sobald du diese kleine Tussi wiederhast. Lügende Huren, alle von ihnen.“

„Lebt sie noch oder nicht?“ Ich umklammerte die 9mm, bis meine Fingerknöchel taub wurden. Wenn sie tot war, war es mir egal, wie gut er mich ins Visier nehmen konnte. Ich würde durch die Tür rennen und jeden niedermähen, der noch am Leben war.

„Zumindest wissen wir, dass sie nicht vergewaltigt wurde.“ Nate erhob seine Stimme und blinzelte in die Dunkelheit hinter der Kellertreppe. „Die schlaffe Nudel ist zu nichts anderem gut, als Pisse zu tröpfeln.“

„Ich dachte mir schon, dass du es bist, Nate.“ Berty spuckte, das Geräusch wurde durch die Stille verstärkt. „Du verfickter Verräter. Ich werde dir die Haut abziehen, bevor ich dir eine Kugel ins Gehirn jage.“

„Ja, wirklich furchterregend, Mann.“ Nate lachte leise. „Das Risiko gehe ich bei einem Kerl, der nach einem Charakter aus der Sesamstraße benannt ist, gerne ein, jederzeit.“

„Motherfucker!“ Bertys Wut flammte auf wie ein Streichholz im Dunkeln. So anders als sein alter Herr. Die Temperatur von Serges Blut war immer ein paar Grad über dem Gefrierpunkt. Er erhob nie seine Stimme, tat nie etwas Protziges, aber er würde einen bei der ersten Gelegenheit umbringen.

„Ihr Schwanzlutscher wollt wissen, ob sie noch am Leben ist?“ Ein raschelndes Geräusch. „Bitte sehr.“

Ein Schrei, hoch und verängstigt, zerriss die Luft, gefror den Atem in meiner Lunge und bewegte mich zum Handeln.

„Halte ihn am Reden", formte ich mit den Lippen in Richtung Nate

Er grinste. „Ein Leichtes."

Ich schlich den Flur entlang, trat leise auf und zählte darauf, dass Nates laute Stimme das Geräusch dämpfen würde.

„Also, mein Großer – das meine ich natürlich ironisch, weil du kleiner als meine Ma bist – was ist dein Plan, dich aus dieser Klemme zu befreien? Die Cops werden bald hier sein und ich bin mir sicher, sie würden liebend gerne mit dir über allen möglichen Scheiß reden, nicht zuletzt darüber, wie sehr deine Mutter Analverkehr liebt. Hast du irgendwelche Ideen, die du uns mitteilen—"

Nates Stimme wurde leiser, während ich die Hintertreppe hinunterging und ums Haus schlich. Der Keller war komplett unterirdisch, mit Ausnahme von zwei Fenstern auf der Rückseite. Eins war bereits eingeschlagen und ich könnte hören, wie Berty Nate Obszönitäten entgegenschleuderte. „Du und ich, wir können die Sache gut sein lassen, Nate. Ruf Conrad zurück. Ich lasse sie gehen. Lass es einfach gut sein."

Nates Stimme drang kaum an meine Ohren. „Selbst ein Dummkopf wie du ist klug genug, um zu wissen, dass ich Conrad einen Scheißdreck befehle. Du hast sein Mädchen entführt. Dafür wirst du den Preis bezahlen. Warum weiß jeder andere Motherfucker in der Stadt, dass man Conrad noch nicht einmal schief anschauen sollte, aber du setzt ihm einen großen Scheißhaufen direkt vor seine Haustür? Wie bist du darauf gekommen, dass das eine gute Idee ist?"

„Willst du, dass ich sie umbringe? Dann rede einfach weiter."

Nate lachte. „Du kannst die beleidigte Leberwurst spielen, so viel du willst. Das juckt mich nicht."

Die eine funktionierende Straßenlaterne in der Gasse würde genug Hintergrundbeleuchtung bieten, um Berty genau zu zeigen, wo ich war, falls er zufälligerweise nach oben schaute. *Scheiße.* Es war nicht genug Zeit, um etwas dagegen zu tun. Ich ließ mich auf die Knie fallen, kroch zwischen die kümmerlichen Büsche vor dem zerbrochenen Fenster und achtete darauf, keinen Schatten auf das Glas zu werfen.

„Ich sagte, ich würde sie gehen lassen. Warum verpisst ihr zwei euch also nicht von hier und lasst mich gehen?" Verzweiflung färbte Bertys Worte. Ein leises Wimmern sagte mir, dass Charlie noch am Leben war – verängstigt, aber am Leben.

Meine Augen stellten sich auf den dunklen Keller ein. Licht strömte durch das Fenster, aber nicht genug, um viel zu sehen. Der Schein von der Tür am oberen Ende der Treppe zeigte mir ein Bein, das an einem Stuhl festgebunden war. Charlie. Sie saß im hinteren Bereich des Raums. Ich konnte Berty nicht sehen, aber seine Anwesenheit waberte um mich herum wie eine Ölspur im Wasser.

Nate redete weiter, eine Eigenschaft, auf die ich mich bei ihm verlassen konnte. „Wenn wir dich gehen lassen, wie lange dauert es, bis du den Rest deiner degenerierten Soldaten einsammelst und uns nachjagst?"

„Das werde ich nicht!" Bertys Stimme kam aus einem weiter entfernten Bereich des Kellers. Tintenschwarz.

„Hör zu, Mann, nur weil ich gut aussehe, heißt das nicht, dass ich dumm bin."

Ich schloss die Augen und schob den Lauf meiner 9mm durch die gebrochene Scheibe. Ein schlurfendes Geräusch aus der Dunkelheit drang an meine Ohren. Berty ging auf und ab. Ich richtete die Waffe nach oben und rechts aus.

„Wenn das so ist, kann ich diese Schlampe genauso gut abknallen." Das klickende Geräusch einer zitternden Waffe, die angehoben wurde. Er war ein paar Schritte hinter Charlie stehengeblieben, tief in den Schatten des Kellers.

Mit immer noch geschlossenen Augen korrigierte ich meine Zielsetzung leicht nach rechts.

Nate pfiff. „Das würde ich nicht tun, Berty. Es würde Conrad nicht gefallen. Er würde dich langsam töten. Es würde Wochen dauern."

„Conrad." Bertys Stimme änderte sich, das Beben wurde

stärker. „Warum bist du derjenige, der redet? Wo zum Teufel ist er?" Seine Angst nahm zu und das Klicken verstärkte sich.

Ich richtete den Lauf ein paar Zentimeter nach oben, mein Finger am Abzug. Ich konnte mir vorstellen, wie seine Hand zitterte, seine Haltung, wie ihm der Schweiß über die Schläfen rann und von der Narbe an seinem Kiefer tropfte. Den Lauf seiner Waffe, der auf die Seite von Charlies Kopf zeigte.

„Conrad!" Bertys Schrei wurde durch den Schuss aus meiner 9mm unterbrochen.

Er feuerte im gleichen Moment ab, der Schuss bohrte sich in die Betonwand. Dann der dumpfe Schlag seines auf den Boden auftreffenden Körpers, Charlies Schrei und Nates Schritte, die die Treppe hinuntertrommelten. Ich sprang auf die Füße und stürzte zurück ins Haus und runter in den Keller.

„Nate?", fragte ich in die Dunkelheit.

„Ja, ich habe die Waffe des Schmierlappens. Er lebt noch. Gerade eben so. Soll ich ihn kaltmachen?"

Ich kniete mich vor Charlie hin und zog mein Messer heraus. Mit schnellen Schnitten befreite ich sie von ihren Fesseln. Ihr Körper zitterte so heftig, dass ich Schwierigkeiten hatte, meine Arme um sie zu legen, um sie vom Stuhl hochzuheben. Sie schlug wild um sich, ihre Hände hämmerten gegen mein Gesicht und meine Brust.

„Charlie! Du bist in Sicherheit." Ich drückte sie an mich. „Schh. Du bist in Sicherheit. Ich schwöre es."

Sie beruhigte sich, bis auf die Schluchzer, die ihren Hals emporklommen.

„Con! Was sollen wir mit ihm machen?"

Alles in mir wollte Bertys Gehirn in den Betonboden stampfen. Aber mir war nicht aufgetragen worden, es zu tun. Vince hatte ihn aus einem bestimmten Grund am Leben gelassen. Und Kommandos in Frage zu stellen, war nicht Teil meiner Stellenbeschreibung. Ich wurde bezahlt, um zu töten. Wenn ich nicht bezahlt wurde, machte ich einen Scheißdreck. Der Kodex des Auftragskillers.

Sirenen ertönten in der Ferne. Jemand aus dem Viertel hatte endlich den Mut aufgebracht, die Polizei zu rufen.

„Lass ihn." Die Worte schmeckten wie Scheiße in meinem Mund.

„Was?" Die Ungläubigkeit in Nates Stimme ärgerte mich.

„Wenn er verblutet, gut. Wenn er es nicht tut, bin ich mir sicher, dass ich ihn mir eh bald holen werde." Ich ging zur Treppe. „Der neue Boss wird ihn genauso wenig hier haben wollen wie der alte Boss, und diesmal gibt es keine Blutbande, um ihn zu retten."

„Fuck." Ein fleischiges, dumpfes Geräusch gefolgt von einem schmerzerfüllten Stöhnen ertönte aus der Dunkelheit, dann folgte Nate mir die Treppe hoch. „Ich liebe es, einen Mann zu treten, wenn er am Boden ist."

Ich würde mich später mit Berty befassen. Meine dringlichste Sorge lag in meinen Armen. Als ich am oberen Ende der Treppe ankam, bemerkte ich, dass ihr Shirt in der Mitte aufgeschlitzt worden war und ihre Brüste freilagen. Gleißende Wut umhüllte jede Zelle in meinem Körper und ich drehte mich fast zur Treppe um, um das Stück Scheiße im Keller umzubringen.

Nate warf einen Blick auf Charlie und schüttelte den Kopf. „Wir müssen uns aus dem Staub machen, Mann. Die Bullen."

Er hatte recht. Wir eilten aus der Hintertür und in die Gasse. Er startete mein Auto, während ich mich mit Charlie hinten reinsetzte. Ihre Augen waren fest zugedrückt und Tränen liefen über ihre Porzellanwangen.

Wir fuhren mit quietschenden Reifen los und Nate raste aus der Gasse. Der Alptraum der Lerner Street verschwand hinter uns. Wenn Berty überlebte, würde es Ärger geben. Wenn Berty starb, würde es Ärger geben. Ich hoffte nur, dass es die richtige Entscheidung gewesen war, ihn am Leben zu lassen. Das flaue Gefühl in meinem Magen sagte mir, dass es das nicht war.

5

Charlie

Der Killer hielt mich fest, während das Auto über die glatten Straßen der Stadt heizte. Mein Gesicht tat weh und ich konnte immer noch den scharfen Geschmack von Blut auf meiner Zunge schmecken. Das Zittern hörte nicht auf, mein Körper rebellierte gegen alles, was in den letzten Stunden passiert war. Stunden, die sich wie Tage anfühlten. Schmerz, der sich in meine Seele einbrannte, und eine Angst, von der ich nicht wusste, ob ich sie jemals wieder ablegen konnte.

„Lebt sie noch?“ Der Fahrer bog scharf nach links ab.

„Ja.“ Der Killer ließ seine Hände über meinen Rücken und meine Seiten gleiten, bevor er mich von sich wegzog. Seine Augen musterten mein zerrissenes Hemd, dann mein Gesicht. „Sie ist ziemlich übel zugerichtet, aber sie wird es überleben.“ Er beugte sich leicht vor, seine harte Brust drückte gegen meinen zitternden Körper, und zog seine Anzugsjacke aus. „Hier.“ Der Killer legte sie um mich herum. Sie war warm von seiner Körperwärme und Balsam auf meiner Haut.

Der Geruch nach Waffenöl, irgendeinem Aftershave und

Mann umhüllte mich, als er mich wieder in seine Arme zog. Der metallische Glanz der Waffe in seinem Schulterholster entging mir nicht.

„Es wird alles gut werden." Er schob meinen Kopf unter sein Kinn.

Ich konnte nicht sprechen. Die Erinnerung daran, wie Berty mein Shirt aufgeschlitzt hatte, spielte sich immer wieder in meinem Kopf ab. Abscheu ließ mich erstarren, schloss mich wieder in den dunklen Keller ein, mit den Männern, die mir wehtun wollten.

„Wenn du halb so gut schmeckst, wie du aussiehst." Berty leckte sich über die Lippen und ließ das Messer den Stoff meines Shirts hochgleiten.

Ich grub meine Fingernägel in meine Handflächen, der Schmerz erinnerte mich daran, dass ich nicht mehr gefesselt war. Zumindest nicht mit Seilen. Die Arme des Killers um mich herum hielten mich fest, riefen aber nicht die Art von Entsetzen hervor, wie Berty es getan hatte. Ich schluckte einen Schluchzer runter, der versuchte, aus meiner Brust zu explodieren.

„Charlie, du bist in Sicherheit." Er fuhr mit seiner breiten Hand meinen Rücken hoch und runter. „Ich werde nicht zulassen, dass dir jemand wehtut. Ich schwöre es." Seine Reibeisenstimme wickelte sich um mich, zog mich tiefer in seinen Bann.

Meine Wange lag an seiner Brust, das stetige Klopfen seines Herzens füllte mein linkes Ohr. Wie viele Herzen hatte er heute Abend zum Stillstand gebracht?

Meine Augen stellten sich auf die Düsterheit und das periodische Aufleuchten der Straßenlaternen ein. Dunkelrot blühte auf seinem blauen Hemd auf, breitete sich von seiner Schulter aus.

„Du blutest."

„Es geht mir gut. Die Kugel ist direkt durchgegangen."

Nate lachte. „Du hast dich von diesem verdammten Amateur erwischen lassen. Du bist aus der Form, Alter."

Der Killer bewegte sich leicht, drückte seine Schultern zurück in den Sitz, lockerte seinen Griff um mich herum aber nicht.

„Lass mich gehen." Die Worte ertönten in einer schwachen Stimme, die ich nicht erkannte. Eine, von der ich dachte, dass ich sie schon vor Jahren losgeworden wäre.

„Ich kann nicht. Noch nicht." Seine Hände streichelten meinen Rücken immer noch mit sanften Bewegungen.

Eine seltsame Ruhe befiel mich, obwohl mein Körper immer noch zitterte. Dieser Mann, der mich so festhielt, hielt auch mein Schicksal in seinen Händen. Das verrieten mir sein muskelbepackter Körperbau und seine Waffen. Wenn er mich tot sehen wollte, würde ich aufhören zu atmen. Kein Entrinnen.

„Charlie." Er schluckte, sein Adamsapfel bewegte sich auf und ab. „Sieh mich an."

Eine einzelne Träne rollte mir die Wange runter, als ich den Kopf reckte, um ihm in die Augen zu sehen. Dunkle Augenbrauen und dichte Wimpern umrahmten saphirblaue Iris. Sein Kiefer war mit Bartstoppeln besprenkelt und alles in seiner Haltung fühlte sich angespannt an, roh.

Er legte mir seine Hand an die Wange. Ich zuckte zurück, aber er wischte mir nur die Träne mit dem Daumen weg. „Ich werde dir nicht wehtun. Du bist bei mir sicherer als an jedem anderen Ort."

„Bitte lass mich einfach gehen." Ich wollte nicht hier sein, umgeben von gewalttätigen Männern. Ich wollte mein Bett und meine langweiligen Fernsehsendungen, ich wollte meine einsamen Tage damit verbringen, aus Rosenstielen und Schleierkraut die Illusion von Liebe und Zuneigung zu erschaffen.

Sein Blick wanderte von meinen Haaren zu meinem Kinn und dann runter zum Kragen seines Jacketts an meinem Hals, als würde er sich jede Kurve und Linie meines Gesichts einprägen. „Ich kann nicht. Nicht, solange dieses Chaos nicht geklärt ist."

Eine weitere Träne rollte aus meinem Auge. Er fing sie auf

und fuhr mir leicht mit einer Fingerspitze über den Schnitt auf meinem Nasenrücken. Ich zuckte zusammen.

„Sie ist nicht gebrochen.“ Die Muskeln an seinem Kiefer traten hervor. „Haben sie ... haben sie dich irgendwo anders verletzt?“

Ich wusste, was er fragte. „Sie wollten es tun, aber—“ Die Worte blieben mir im Hals stecken und ich schüttelte den Kopf, um es zu verneinen. Ein Gespenst mit blutigen Fäusten und Hass in den Augen drängte sich in meinem Kopf in den Vordergrund. Er brach die Tür auf, während ich drinnen kauerte. Die Wunde in seiner Brust blühte blutrot auf und er verschwand wieder im Nebel der Erinnerungen. „Ich will nur nach Hause.“

„Lady, wenn Conrad denkt, dass du mit ihm besser dran bist, dann bist du es auch.“ Der Fahrer wechselte durch die voreingestellten Radiosender und entschied sich für einen R&B-Sender. „Falls es dir entgangen ist, ein paar ziemlich üble Typen scheinen zu denken, dass du seine Schnecke bist. Es ist besser, dich an die Typen mit den Waffen zu halten, als draußen in der Welt leichte Beute zu sein.“

„Warum?“

Nate seufzte. „Ich habe dir doch gerade gesagt—“

„Nein.“ Ich sagte meine Worte mit mehr Nachdruck. „Warum würden sie denken, dass ich mit dir zusammen bin?“ Ich musterte die Augen des Killers – Conrads Augen –, aber sie blieben unergründlich und trotz ihrer hellen Farbe irgendwie dunkel.

„Das ist nicht wichtig.“ Er wandte den Blick nicht ab, beobachtete mich lediglich so, als ob er versuchte, mich zu erkennen, mein wahres Ich, das ich vor der Welt verborgen hielt. Das Ich, das oft genug getreten worden war, um zu wissen, dass man am ehesten am Leben blieb, wenn man den Kopf unten hielt.

„Es ist mir wichtig.“ Trotz – eine Eigenschaft, von der ich dachte, ich hätte sie verloren – tauchte in meiner Stimme auf.

Er seufzte und der Laut war von einer Müdigkeit erfüllt,

die die knochentiefe Erschöpfung widerspiegelte, die sich in mir ausbreitete. Mein Adrenalin war alle und ich fühlte mich, als könnte ich tagelang schlafen. Dennoch bot er keine Erklärung an, sondern starrte mich nur mit seinen übernatürlichen Augen an.

Ermüdung überrollte mich wie eine Flutwelle und ich sackte gegen ihn. Er legte wieder seine Arme um mich, umwickelte mich mit warmen Eisenbändern.

Er hatte mich vor Berty gerettet, nur um mich in eine andere Art von Gefängnis einzusperren. Ich war nicht frei, aber aus irgendeinem Grund glaubte ich ihm, wenn er sagte, dass er mir nicht wehtun würde. Ich schloss die Augen und atmete ihn ein. Für den Moment war ich sicher in den Armen eines Killers.

6

Conrad

Charlie lehnte an mir, ihre entspannten Atemzüge besänftigten die höllische Wut, die in mir schwelte. Sie roch wie etwas aus ihrem Blumenladen, milde und süß. Nicht einmal das, was in diesem Scheißkeller passiert war, konnte sie beflecken.

Berty hatte ihr zwei blaue Augen verpasst und ihr fast die Nase gebrochen. Aber er hatte nichts anderes getan, hatte nicht die Gelegenheit gehabt. Dafür stand ich in Nates Schuld. Tief in seiner Schuld.

Ihr verängstigter Schrei hallte in meinem Kopf wider. Schuldgefühle versuchten, an die Oberfläche zu steigen, die Emotion so fremd, dass sie fast unerkennbar war. Wie viele Männer hatte ich getötet? Ich hatte vor langer Zeit aufgehört, zu zählen. Reue hob nie ihr hässliches Haupt, egal wie vielen Vätern, Söhnen und Brüdern ich ein blutiges Ende bereitete. Aber Charlie war anders. Sie war mein Kollateralschaden, ein Opfer des Todes und der Zerstörung, die immer in meinem Kielwasser fuhren. Ihr Leiden erschütterte mich, reduzierte mich auf die nackte Essenz und verhöhnte die zerbrochenen Überbleibsel meiner Seele.

Sie zitterte wieder, ein heftiges, gequältes Schaudern. Ich presste meine Lippen auf ihre Haare und hielt sie fest, wünschte mir, ich könnte ihr die dunklen Erinnerungen abnehmen und sie einfach meiner Sammlung hinzufügen. Was auch immer Berty ihr angetan hatte, wäre ein kleiner Splitter in der Ecke meines Zimmers voller blutiger Trophäen.

„Wohin, Mann? Was wirst du mit ihr machen?“ Nate schoss an abgedunkelten Geschäften und von Graffiti überzogenen Ziegelmauern vorbei.

Ich konnte sie nicht mit in die Wohnung über Carnie's Bar nehmen, in der ich normalerweise untertauchte. Es war eine verdammte Müllhalde, der Ort, an dem ich mir das Blut von den Händen wusch und die Kills wegtrank. „Meine Wohnung in der Altstadt.“

„Ohne Scheiß? Ich wusste, dass du irgendwo eine nette Bude versteckt hast, aber du hast mich nie zur Einweihungsparty eingeladen.“ Nate fuhr auf den Freeway, sorgte für die dringend benötigte Distanz zwischen uns und dem Blutbad auf der Lerner Street. Wir überholten ein Streufahrzeug, das versuchte, dem Glatteis zuvorzukommen, das sich auf dem Straßenbelag ausbreitete.

„Ja, du wirst die Adresse vergessen müssen, nachdem all das hier vorbei ist.“

Nate warf mir im Rückspiegel einen finsteren Blick zu, sein halbes Gesicht lag im Schatten. Er war ein unbedeutender Vollstrecker für Bertys Vater gewesen, Serge Genoa. Dann war Vince mit einem besseren Angebot aufgetaucht. Auf meinen Rat hin hatte Nate den neuen Deal angenommen. Er war schon monatelang bei dem neuen Boss beschäftigt gewesen, bevor der offizielle Machtwechsel – meine Kugel im Kopf des alten Bosses – stattfand.

Nate und ich kamen aus der gleichen Ansammlung von heruntergekommenen Blocks in Nordphiladelphia. Wir waren im Schatten der Familie Genoa aufgewachsen, unsere Väter hatten für Bertys Vater gearbeitet, bis Nates an Zirrhose und meiner durch eine Kugel gestorben war. Dann waren wir in ihre Fußstapfen getreten, ohne Wenn und Aber. Nate und ich waren aus dem gleichen Holz geschnitzt. Der Unterschied? Er löschte ein Leben aus, wenn er es musste. Töten war meine Religion.

„Fahr zum Washington Square."

„Willst du mich verdammt noch mal verarschen?" Nate trommelte auf das Lenkrad. „Das ist Bullshit, Mann. Ich wohne in Trishs verdammtem Gästezimmer, seit Ma mich rausgeschmissen hat, und du hast eine Wohnung am Washington Square?"

Normalerweise würde ich mich über seine teuren Schuhe, Huren und Saufgewohnheiten lustig machen, aber nicht jetzt. Nicht, wenn ich Charlie in den Armen hielt. Gott, sie war geschlagen und fast vergewaltigt worden und ich war das Monster, das dankbar für die Chance war, sie nach all dem zu halten.

„Hey." Nates Tonfall wurde ernster. „Was machen wir, wenn Berty überlebt?"

Ich blickte auf Charlie runter. „Wir werden uns darum kümmern."

„Aber Vi—"

„Keine Namen mehr." Ich schüttelte den Kopf in Richtung seines Spiegelbilds im Rückspiegel. Je weniger Charlie wusste, desto sicherer würde sie sein.

Er hob eine Hand hoch und ließ sie dann wieder aufs Lenkrad knallen. „Na gut, was glaubst du, wird der Boss tun?"

„Er wird den Befehl geben, Berty auszuschalten, und ich werde es erledigen."

Die helleren Lichter der Altstadt tauchten auf, die Hochhäuser für die reichen Millennials und die älteren Backsteinhäuser, die in der Regel im Besitz bestimmter Familien blieben. Ich hatte vor etwa fünf Jahren einen meiner Morde genutzt und das gesamte Dachgeschoss eines zehnstöckigen Kolonialgebäudes am Washington Square gekauft. Dass mein Opfer sein Leben verloren hatte, war mein Gewinn.

Nate war immer noch nicht zufrieden. „Okay, sicher, aber warum hat er den Befehl nicht schon gegeben?"

„Ich weiß es nicht. Es ist nicht mein Job—"

„Den Boss in Frage zu stellen." Er beendete den Satz für mich, mit einer zusätzlichen Dosis Sarkasmus.

„Ich bin froh, dass ich dir endlich etwas beibringen konnte." Nate war fünf Jahre jünger als ich und versuchte immer noch, sich dem System zu widersetzen. Er verstand nicht, dass das System alles war, was Typen wie wir hatten. Ohne Männer wie die Genoas oder Vince – Männer mit Geld, einem legalen Geschäft als Fassade und einem zwielichtigen Schattendasein, das von Schutzgeldern und dem Verkauf von Drogen und Prostituierten lebte – waren Nate und ich nutzlos. Wir waren geladene Waffen ohne jemanden, der den Abzug betätigte.

„Arsch." Er nahm die Abfahrt zur Innenstadt und manövrierte an der Liberty Bell und den anderen Touristenorten vorbei, die in dieser eisigen Nacht alle verlassen waren.

„Ich will nur nach Hause", murmelte Charlie.

Ich fuhr ihr mit einer Hand durch ihre weichen Haare, die braunen Strähnen glitten durch meine Finger. Ich musste sie in der Nähe behalten, bis der Aufruhr vorbei war, bis Vince seine Macht gefestigt hatte und niemand mehr – außer den üblichen Verdächtigen – es auf mich abgesehen hatte.

Ich hoffte nur, dass ich sie gehen lassen konnte, wenn alles vorbei war.

7

Charlie

Wir fuhren mit einem Aufzug in das oberste Stockwerk eines Wohngebäudes. Conrad hatte immer noch seinen Arm um meine Taille gewickelt. Seine Körperwärme sickerte ich mich hinein, vertrieb die Kälte, die der eisige Keller zurückgelassen hatte. Ich zog sein Jackett enger um mich herum, als der Aufzug klingelte und den Blick auf einen großen Wohnraum freigab.

„Cool, dass du mir das vorenthalten hast, Arschloch." Nate ging zuerst raus, sein Kopf drehte sich hin und her. „Schau dir nur all diesen geilen Scheiß an."

Conrad schob mich vorwärts. Der Aufzug schloss sich hinter uns und er drückte auf einen Lichtschalter. Der Raum wurde hell und entpuppte sich als ein gemütliches Wohnzimmer. Ledersofas, ein plüschiger Teppich und ein großer Fernseher standen an vorderster Front. Eine Wand setzte sich aus sechs breiten Fenstern mit verstrebten Glasscheiben zusammen, die den Blick auf den Park freigaben. Rechts thronte ein großer Marmortresen in der Mitte der Küche, die Geräte waren aus Edelstahl und schimmerten im weichen Licht. Mein winziges Apartment am Rand von Mantua war im Vergleich zu dieser Wohnung ein modriger Schrank.

Sein Zuhause zu sehen, zu hören, wie sich der Aufzug hinter mir schloss – es katapultierte mich aus meinem Schockzustand heraus. Ich musste weg von hier. Nicht, um zur Polizei zu gehen, aber um meinen Laden zu schließen und die Stadt zu verlassen. Der Gedanke daran, alles, was ich mir aufgebaut hatte, zurückzulassen, versetzte mir einen Stich, aber es wäre nicht das erste Mal, dass ich ganz von vorne anfing. Ich würde es schaffen.

„Komm, lass mich dich verarzten." Conrad ging mit mir durch den Wohnbereich, sein starker Arm lenkte mich auf eine dunkle Tür zu.

Nate ließ sich auf eines der Sofas fallen und verschränkte die Hände hinter dem Kopf. „Scheiß auf Trishs Gästezimmer. Ich bleibe hier."

„Nein, das wirst du nicht." Conrads tiefe Stimme polterte durch den Raum. „Wir reden später darüber."

„Okay. Ja. Später. Hast du Beate-Uhse.TV?" Er schaltete den Fernseher an, während Conrad mich durch eine Tür in ein großes Schlafzimmer führte.

Ein King-Size-Bett mit einer flauschigen schwarzen Bettdecke stand in der Mitte des Zimmers. Der dunkle Parkettboden glänzte, als Conrad das Licht anschaltete, und mit einem Knopfdruck schoben sich graue Vorhänge lautlos vor die zwei Fenster, von denen aus man einen Blick auf den frostigen Park hatte.

Als er die Tür hinter uns schloss, erstarrte ich. Panik stieg in mir auf, als ich auf das Bett blickte, und ich drehte mich zu ihm um, damit ich versuchen konnte, mich zu verteidigen.

„Hey." Er hielt die Hände hoch und zuckte leicht zusammen. Die Wunde in seiner Schulter musste ihm zu schaffen machen. „Ich werde dir nicht wehtun. Ich dachte, das hätte ich klargestellt."

„Ich werde mich wehren." Ich ballte meine Hände an

meinen Seiten zu Fäusten. „Ich werde nicht einfach aufgeben. Das solltest du wissen."

Er legte den Kopf schief, als ob ihn meine Worte überraschten. „Ist das so?"

„Ja." Ich wich zurück und schaute mich nach einer Art Waffe um. Es lag nichts auf den Möbeln und der Raum sah eher wie ein Hotelzimmer als wie ein Zuhause aus. „Und mein Freund wird nach mir suchen. Er wird merken, dass ich vermisst werde."

„Ja?" Er wölbte eine Augenbraue. „Wie heißt er?"

Fuck. Ich zögerte nur einen Moment, bevor ich sagte: „Todd." Aber der Moment hatte gereicht. Er wusste, dass es eine Lüge war.

„Hör zu." Er zog seine Pistole aus dem Halfter, legte sie auf die Kommode und fing an, sein Hemd aufzuknöpfen. „Mir ist klar, dass das für keinen von uns optimal ist. Du willst nicht hier sein."

Ich versuchte, nicht auf die Waffe zu starren, aber ich versuchte bereits abzuwägen, ob ich an sie herankommen konnte, bevor er es konnte.

„Du wirst es nicht schaffen." Er blickte auf die Waffe und dann wieder zu mir. „Ich werde immer gewinnen."

„Immer?" Ich bewegte mich langsam auf die Tür zu, die vermutlich zu einem Badezimmer führte.

Er seufzte und Überdruss klang beim Ausatmen mit. „Ja. Das ist es, was ich tue."

„Du tötest? Ist es das, was du meinst?"

Sein Gesicht wurde hart, ein Muskel zuckte an seinem Kiefer. In diesem Moment wurde mir klar, wie furchterregend er wirklich sein konnte. Er war wie eine solide Wand aus Muskeln gebaut, mindestens 1,90m groß, mit einem attraktiven Gesicht und Augen, die im Handumdrehen kalt wurden. Ich schluckte schwer und stieß gegen den Türrahmen hinter mir.

„Ich muss das verarzten." Er deutete mit dem Kinn auf seine Schulter, ließ mich aber nicht aus den Augen. „Aber zuerst werde ich mich um deine Nase kümmern und dich sauber machen."

„Zuerst wirst du mir sagen, warum ich überhaupt hier bin." Ich konnte den schrillen Unterton nicht aus meiner Stimme fernhalten. „Warum hat Berty mich gekidnappt? Warum passiert das alles?"

Er griff sich hinter den Kopf und zog sich sein Hemd mit einer überaus maskulinen Bewegung aus. Seine Bauchmuskeln spielten und seine nackte Brust sah stählern und wie gemeißelt aus. Schwarze Tinte schlängelte sich um seine Arme und traf in der Mitte seiner Brust aufeinander. „Tod vor Schande" stand in geschwungener Schrift zwischen seinen Brustmuskeln geschrieben. Jeder seiner Finger war mit einem einzelnen Buchstaben beschriftet. Sein Körper war von Narben übersäht – einige Wunden waren lang, mit Punkten von Nähten auf beiden Seiten, andere waren rund oder gezackt. Er war ein Schlachtfeld, Blut und Narbengewebe erzählten seine Geschichte.

„Jetzt ist nicht der richtige Zeitpunkt für Erklärungen." Er benutzte das Hemd, um die Wunde abzutupfen und warf es neben der Waffe auf die Kommode. „Jetzt ist es an der Zeit, uns wieder zusammenzuflicken. Dann werden wir etwas schlafen. Dann, und nur dann, werde ich entscheiden, was passieren wird. Wenn es an der Zeit ist, dass du etwas erfährst, werde ich es dich wissen lassen."

Verdammter Mistkerl. Ich blickte auf die mit Vorhängen bedeckten Fenster, die Tür und schließlich auf die Pistole, bevor ich ihn anschaute. „Du kannst mich hier nicht gefangen halten."

„Das kann und werde ich tun. Eins nach dem anderen, ich muss mich um den Schnitt auf deiner Nase kümmern."

Ich verschränkte die Arme vor der Brust, sein Jackett umhüllte mich immer noch „Da kann ich mich selbst drum kümmern."

Er grinste, ein leichtes Zucken seiner Lippen, das ihm eine teuflische Ausstrahlung verlieh. „Sicher, aber so wie du meine

Waffe blickfickst, bekomme ich den Eindruck, dass es eine schlechte Idee ist, dich allein zu lassen."

„Ich habe überhaupt nichts blickgefickt." Ich wich ins Badezimmer zurück und streckte meine Hand nach dem Türgriff aus.

Er überquerte die Distanz zwischen uns und packte mich am Handgelenk, bevor ich die Möglichkeit hatte, die Tür ganz zu schließen. „Wie ich schon sagte, du wirst nichts allein machen." Er schloss die Tür hinter sich, ließ mein Handgelenk los und schob dann den Riegel vor. „In der Zeit, die du brauchst, um das Schloss zu öffnen und den Griff zu drehen, werde ich dich festgenagelt haben. Kapiert?" Er starrte mich finster an, sein Tonfall gereizt. „Es ist zwecklos."

Ich biss mir auf die Lippe und erwiderte seinen düsteren Blick. „Ich könnte schreien."

Etwas blitzte in seinen Augen auf, ein Funke, der ein Kribbeln meine Wirbelsäule entlanglaufen ließ. Was war ihm gerade durch den Kopf gegangen?

„Das könntest du." Er nickte und ging an mir vorbei zu einem vom Boden bis zur Decke reichenden Schrank neben dem Waschtisch aus weißem Marmor. „Aber die verstärkten Wände und die doppelt verglasten Fenster in Kombination mit der Tatsache, dass die Etage unter uns momentan für Renovierungen leer steht – niemand würde dich hören." Er holte eine Salbe, Verbandsmaterial und ein kleines Nähset hervor. „Aber nur zu. Wenn du eh schon dabei bist, kannst du dich auch auf den Waschtisch setzen, damit ich deine Nase säubern und verbinden kann."

Der weißgraue Waschtisch und das Waschbecken waren ein glattes Stück Marmor. Ein Spiegel mit einem dunklen Holzrahmen hing über dem Waschtisch und eine Dusche, ein WC, eine Badewanne mit Klauenfüßen und ein dunkler Durchgang, der zu einem begehbaren Kleiderschrank führte, vervollständigten den Rest des Raums. Ich fragte mich, ob das Badezimmer allein größer war als meine beengte Wohnung.

Ich ließ meine Finger über den verriegelten Türgriff gleiten, zweifelte aber nicht an seinen Worten. Er würde mich fangen können, sollte ich irgendwas versuchen. Für den Moment musste ich mitspielen. Ich ging zum Waschtisch und drehte mich, um mich dagegen zu lehnen.

Er legte die medizinischen Utensilien mit einem leisen Klappern auf den Marmor, stellte sich dann vor mich und griff nach mir, um mir hoch zu helfen. Ich zuckte vor ihm zurück. Erinnerungen an Bertys kalte Hände auf mir blitzten in meinem Kopf auf.

Conrad hielt inne und runzelte die Stirn. „Du musst keine Angst vor mir haben."

Ich wandte den Blick ab. „Weil Männer, die Frauen gefangen halten, so vertrauenswürdig sind?"

Er machte einen „hmmmf"-Laut in seiner Kehle und hielt mir eine Hand mit der Handfläche nach oben hin. „Nimm sie, wenn du bereit bist, und ich helfe dir."

Ich schaute seine Hand an und versuchte, das hektische Klopfen meines Herzens zu beruhigen. Conrad bot mir Hilfe an, im Gegensatz zu Berty, der Schmerz versprochen hatte. Nicht, dass es eine Rolle spielte. Mir von ihm helfen zu lassen, war meine einzige Chance.

„Ich schaff das schon." Ich stützte mich mit den Handballen auf dem kalten Marmor ab und zog mich selbst auf den Waschtisch hoch. Eine Emotion, die an Enttäuschung grenzte, flackerte in seinen Augen auf, bevor er wieder seinen üblichen stoischen Gesichtsausdruck aufsetzte.

Er näherte sich mir, seine Hüften drückten gegen meine Knie. Ich hätte es ihm leichter machen können, ihn näher heranlassen können, aber das würde erfordern, dass ich meine Beine öffnete, und das würde ich *definitiv* nicht tun.

Er nahm einen Wattebausch und tränkte ihn in Alkohol, der antiseptische Geruch hing schwer in der Luft. „Es wird brennen."

„Okay." Ich klammerte mich an der Kante des Waschtisches fest, als er mir den Nasenrücken abtupfte. Der Schmerz war nicht angenehm, aber erträglich.

Nach ein paar weiteren Tupfern warf er den geröteten Wattebausch weg und benutzte einen anderen. Sein maskuliner Geruch brach in Wellen über mich herein, während seine Finger daran arbeiteten, mich zu säubern. Ich hatte freie Sicht auf seine dunklen Haare und sein schroffes Gesicht, während er sich auf meine Nase konzentrierte. Die Muskeln entlang seines sehnigen Halses und Oberkörpers bewegten sich unter der Haut und spannten sich an, während er arbeitete. Er war attraktiv. Es wäre albern, das nicht zuzugeben, aber die gutaussehende Verpackung verbarg eine Dunkelheit. Die Art und Weise, wie er den Mann auf der Straße getötet hatte – kalt und gefühllos. Ich unterdrückte einen Schauder.

Er blickte mir kurz in die Augen, als ob er immer noch versuchte, mich zu finden, obwohl das *Ich*, nach dem er suchte, gut versteckt war. Verschlossen zu bleiben, war der einzige Weg, wie ich überleben konnte. Als ich den Fehler begangen hatte, jemanden an mich heranzulassen, hatte ich teuer dafür bezahlt.

Nachdem er zufrieden war, dass die Wunde sauber war, drückte er etwas Salbe darauf und befestigte einen kleinen Verband über meinem Nasenrücken.

„Ich kann nichts gegen die blauen Augen tun. Die Schwellung geht bereits zurück." Er trat zurück und zeigte auf die Wanne. „Du wirst ein Bad nehmen. Danach wird's dir besser gehen."

Ich hielt mich am Revers seiner Anzugsjacke fest. „Auf keinen Fall." Ich hatte seit Jahren nicht mehr nackt vor einem Mann gestanden, nicht seit Brandon.

„Schau, ich werde dich hier drinnen nicht allein lassen." Er öffnete einen anderen Schrank und zog zwei flauschige weiße Handtücher raus. „Und du musst ein Bad nehmen, um es wegzuwaschen."

„Es?" Ich ging nach hinten, bis ich gegen die geflieste Wand neben der Tür stieß.

Er überquerte die kurze Distanz zwischen uns und blieb nur wenige Zentimeter entfernt von mir stehen. „Was passiert ist. Du musst es wegwaschen. Nur so wirst du darüber hinwegkommen.“

Ich starrte ihn an. „Ist es das, was du tust? Nachdem du den Mann auf der Straße erschossen hast, hast du es einfach weggewaschen?“

„Ich hätte es getan. Und keinen weiteren gottverdammten Gedanken darauf verschwendet.“ Seine Augen verengten sich. „Aber dazu hatte ich keine Gelegenheit, weil Nate mir geschrieben und gesagt hat, dass du in Schwierigkeiten steckst.“

Gereiztheit mischte sich unter die anderen Emotionen, die in mir herumwirbelten. „Tu nicht so, als hättest du mir irgendeinen Gefallen getan, Arschloch. Es ist ziemlich offensichtlich, dass *du* der einzige Grund dafür bist, warum ich in dieser Situation bin.“

Er senkte den Blick. Es war, als hätte ich ihn verwundet. Aber dann schaute er mich wieder an, Wut in seinen Augen. „Charlie, nichts davon steht zur Debatte.“ Er packte das Jackett und zog mich zu sich heran, so nah, dass sich unsere Nasen fast berührten.

Ich grub meine Fingernägel in seine Arme, aber er reagierte nicht.

„Du kannst mir die Schuld geben und sauer sein, so viel du willst, aber das ändert nichts an der Tatsache, dass du ein gottverdammtes Bad nehmen und dann in mein Bett steigen und diesen verfickten Tag wegschlafen wirst. Du kannst es auf die einfache Tour haben und ein Bad nehmen, während ich mich um meine Schulter kümmere, oder ich kann dich ausziehen, dich in die Wanne stecken, dich einschäumen und abspülen.“ Er lockerte seinen Griff um das Jackett und holte tief Luft. „Verdammt, Charlie, ich versuche, dir zu helfen.“ Er ließ mich ganz los und wich zurück.

Der Drang, wegzulaufen, krabbelte in mir herum und versuchte, mich in Bewegung zu versetzen. Aber er würde mich fangen. Das wusste ich genauso sicher, wie ich wusste, dass ich ein Bad nehmen musste, während er im Zimmer war.

Er drehte sich zum Waschbecken um und nahm sich mit einer wütenden Geste den Alkohol. Zwei Flügel, jeder mit schwarzer Tinte und feinen Details tätowiert, bedeckten fast seinen gesamten Rücken. Ich folgte den Linien von den Spitzen, die in seiner Hose verschwanden, bis ganz nach oben, wo sie über seine Schulterblätter hinausragten.

In der Mitte des Designs stand in gotischen Buchstaben „Angelus Mortis". Der Todesengel.

8

Conrad

Charlie ging langsam auf die Wanne zu, beugte sich dann vor und drehte an den Wasserhähnen. Wasser strömte in das Becken, während sie die Temperatur mit den Fingern prüfte. Nachdem sie mit der Einstellung zufrieden war, richtete sie sich auf und warf mir einen finsteren Blick über die Schulter zu.

Ich wischte die Austrittswunde an meiner Schulter mit etwas Alkohol ab. Das Brennen knisterte in meinem Gehirn und der Schmerz erinnerte mich daran, dass ich am Leben war. Ich griff über meine Schulter und tastete nach dem Schussloch. Die Eintrittswunde war viel kleiner als die Austrittswunde. Die Kugel hatte auf dem Weg nach draußen eine verdammte Sauerei angerichtet. Ich würde die Austrittswunde vernähen müssen, aber mein Rücken konnte ohne Eingriff verheilen.

Ich tränkte die beiden blutigen Stellen mit Alkohol und wartete darauf, dass sie trockneten. So sehr ich mich auch darauf konzentrieren sollte, meine Schulter zu säubern, meine Aufmerksamkeit wurde auf Charlie gelenkt.

Die Wanne füllte sich schnell, aber sie hatte keine Anstalten gemacht, ihre Klamotten auszuziehen.

„Kannst du bitte nicht hinsehen?" Ihre Stimme war über das Blubbern und Spritzen des Wassers kaum zu hören.

Ich wollte hinsehen, den Körper sehen, von dem ich wusste, dass er schön war. Ihre Form, die Teile von ihr, die unter ihrer Kleidung verborgen lagen ... Ich wollte alles davon unverhüllt sehen. Hatte ich jemals etwas so sehr gewollt, wie ich sie wollte? Nein. Aber nicht auf diese Weise, nicht nach dem, was ihr in dem verdammten Keller zugestoßen war. Ich würde sie nicht noch mehr zu einem Opfer machen und ich würde jeden töten, der ihr auch nur ein schlechtes Gefühl vermittelte. Was verrückt war angesichts der Tatsache, dass ich sie gehen lassen musste.

Ich drehte mich um und nahm mir das Nähset vom Waschtisch. „Ich werde nicht hinsehen, aber wenn du versuchst, dich von hinten an mich ranzuschleichen, werde ich dich im Spiegel sehen. Also mach dir nicht die Mühe."

„Werde ich nicht." Das Wasser wurde abgestellt und es war plötzlich still im Raum, bis auf das rhythmische Tropfen des Wasserhahns. Dann das weiche Rascheln von Stoff, der zu Boden fiel, das Surren eines Reißverschlusses und das Plumpsen ihrer Beine, die eins nach dem anderen ins Wasser tauchten.

Sie seufzte und mein Schwanz wurde steif. *Zumindest zieht das das Blut von meiner Schulter weg.* Fuck. Ich hatte alles durchdacht – Bad, dann Bett, damit sie den Schock verarbeiten und etwas Abstand von dem, was passiert war, gewinnen konnte. Aber mir war nicht klar gewesen, wie schwierig es sein würde, sie nicht zu berühren, die Frau, von der ich seit über einem Jahr geträumt hatte, nicht zu halten.

„Ich bin drin. Du kannst dich umdrehen." Ihre Stimme klang heller, die Strapazen von vorhin flossen ins Wasser ab, genau wie ich gehofft hatte.

Ich wischte mit der Hand über den Spiegel und quietschte die Kondensation weg, um einen guten Blick auf meine

Schulter werfen zu können. Sieben Fäden, höchstens. Ich war ziemlich gut darin geworden, das Ausmaß des Schadens abzuschätzen. Im Laufe meiner Karriere hatte ich einen Flickenteppich aus meinem Körper gemacht, der aus Hunderten von Nähten bestand, jede ordentlicher als die vorherige.

Ich fädelte den Faden in die Nadel ein und fing an einem Ende der zerklüfteten Wunde an. Die erste Naht tat immer am schlimmsten weh. Der Rest war nur ein Echo des ersten Einstichs. Ich arbeitete durch den Schmerz, bis das Fleisch wieder so weit zusammengeflickt war, dass es verheilen konnte. Die ganze Zeit über hörte ich Charlies sanftem Atem zu, ihren kleinen Bewegungen unter Wasser.

Nachdem ich mit der Nadel fertig war, legte ich sie weg und bespritzte sie mit etwas Alkohol. Ich würde später aufräumen. Ich musste mich ausruhen. Jetzt war nicht der richtige Zeitpunkt, um mir den Verstand von Müdigkeit vernebeln zu lassen. Charlies Leben hing davon ab, dass ich scharfsinnig war. Sie im Stich zu lassen, war keine Option, nicht nach dem, was sie durchgemacht hatte. Ich öffnete den Schrank, nahm ein Handtuch heraus und hängte es über den silbernen, beheizten Handtuchhalter neben der Dusche.

„Was machst du da?" Die Beklommenheit in ihrer Stimme ließ mich fast lächeln.

„Ich gehe unter die Dusche." Ohne sie anzusehen, öffnete ich den Reißverschluss meiner Hose und ließ sie und meine Boxershorts auf den Boden fallen. „Wenn du versuchst abzuhauen, werde ich dich fangen. Und wir werden beide nackt sein. Also behalt das im Hinterkopf, okay?" Ich wollte, dass sie weglief, sehnte mich danach, aber ich musste mein Verlangen nach ihr damit zügeln, was sie brauchte. Und in diesem Moment brauchte sie Sicherheit.

Ich drehte die Knäufe, betrat die Dusche und schloss die Tür hinter mir. Charlie hatte durch das Glas freie Sicht auf mich. Es machte mir nichts aus, aber ich musste alle meine Kraft zusammennehmen, um sie nicht anzusehen. Der Gedanke daran, dass sie mich beobachtete, ließ meinen

Schwanz so steif werden, dass es fast weh tat, aber ich wandte ihr so weit wie möglich den Rücken zu.

Als ich fertig war, nahm ich mir mein Handtuch und wickelte es mir um die Taille. „Bist du bereit, aus der Wanne zu steigen?"

„Ja, aber ich will nicht die gleichen Klamotten anziehen." Sie war entspannt, der Klang ihrer Stimme wie Wasser, das über glatte Steine strömte. „Sie riechen nach diesem Ort. Dem Keller. Hast du etwas, das ich mir ausleihen kann?"

Die Vorstellung davon, wie sie eines meiner T-Shirts und sonst nichts trug, gab mir fast den Rest.

„Ja. Warte kurz." Ich trottete zu dem begehbaren Schrank am anderen Ende des Badezimmers, behielt dabei aber die Wanne in meinem peripheren Sichtfeld. Sie rührte sich nicht. Ich zog ein T-Shirt aus einer Schublade, dann zwei Paar Boxershorts aus einer anderen.

„Das sollte für heute Nacht reichen." Ich legte die Klamotten neben ihre Handtücher. „Ich werde mich umdrehen, damit du aussteigen kannst." Ich hoffte, sie würde sagen, dass ich zusehen durfte, dass es ihr nichts ausmachte, wenn ich sie sah.

Stattdessen sagte sie: „Danke, dass du nicht hinschaust."

„Gern geschehen." Ich drehte mich um, wie versprochen, und sie stieg aus der Wanne.

Nach ein paar Momenten ging sie zur verschlossenen Tür. Sie versank in meinem T-Shirt und musste die Boxershorts hochrollen, damit sie nicht runterfielen, aber verdammte Scheiße, sie war atemberaubend. Die Rückseiten ihrer Beine waren hell und glatt, die Haut flehte förmlich darum, dort berührt zu werden, wo sie unter dem karierten Stoff verschwand. *Grundgütiger*.

Sie lehnte ihren Kopf an die Tür und gähnte. „Du hattest recht."

Ich ließ mein Handtuch fallen und zog meine Boxershorts an, klemmte meinen Ständer hinter den elastischen Bund. „Ja? Inwiefern?"

„Ich fühle mich besser." Sie schlug sachte mit der Stirn gegen die Tür. „Ich meine, ich will immer noch nach Hause und ich bin kein Fan von Kellern mehr und mein Gesicht tut weh, aber ich fühle mich nicht mehr ganz so …"

„Kalt."

Sie drehte sich um und fixierte mich mit einem warmen Blick, der direkt bis zu der ausgehöhlten Hülle meines Herzens vordrang. „Ja." Ihre Augen wanderten meine Brust hinunter, an der tätowierten Tinte vorbei, dann weiter nach Süden. Eine perfekte Röte stieg in ihren Wangen auf, aber sie drehte sich abrupt um, bevor ihre Augen auf meinem Schwanz landeten. „Kann ich jetzt die Tür aufmachen?"

„Ja."

Sie fummelte am Schloss herum, bevor sie die Tür aufdrückte und in mein Schlafzimmer ging. Sie näherte sich dem Bett, blieb stehen und fuhr mit den Fingern über die schwarze Daunendecke. „Ich schlafe hier?"

„Ja." Ich ging zu meiner 9mm auf der Kommode und versuchte, mich auf etwas anderes zu konzentrieren als ihre Kurven unter meinem T-Shirt.

„Wo schläfst du?" Sie ging langsam zum Kopf des Bettes.

„Mit dir." Ich ging zu der Seite, die dem Fenster am nächsten war, und schob die Waffe unter mein Kissen. Es gab noch eine, die in einem leicht zugänglichen Holster am Nachttisch klemmte, und eine Schrotflinte auf einem speziell angefertigten Gestell unter meinem Bettrahmen. Ganz zu schweigen von dem Arsenal in meinem Schrank und den anderen Waffen, die in der ganzen Wohnung versteckt waren.

Musik schwoll aus dem Soundsystem im Wohnzimmer an, gefolgt von den unmissverständlichen Geräuschen eines harten Ficks und einer keuchenden Frau. Nate hatte das Bezahlfernsehen gefunden. Super.

9

Charlie

Ein Porno? Ich versuchte, nicht noch alarmierter zu wirken, als ich bereits war, aber ich starrte auf die Tür zum Wohnzimmer, als ein Mann sagte: „Magst du es in deiner engen, kleinen Fotze?“

„Ja, Daddy“, kam die Antwort.

Oh mein Gott. Ich konnte Conrad nicht ansehen, also beäugte ich das Kissen, unter dem er seine Waffe verstaut hatte. Wenn ich sie mir schnappen könnte, könnte ich vielleicht Conrad in Schach halten, während ich floh. Aber dann müsste ich an Nate vorbeikommen. Ganz zu schweigen davon, dass ich mir nicht ganz sicher war, dass Conrad sich nicht von der Stelle rühren würde, nur weil ich eine Waffe auf ihn richtete. Ich würde nicht feuern, aber das wusste er nicht. Oder wusste er es doch? So oder so, ich würde es mit einem wütenden Killer zu tun haben. Ich konnte es nicht riskieren.

„Nate! Nicht so laut!“ Conrad zog die Bettdecke zurück und ließ sich aufs Bett sinken. Er legte sich auf den Rücken, seine Augen waren auf mich gerichtet.

„Sorry, Alter.“ Der Ton wurde leiser. „Aber du solltest den

Arsch dieser Frau sehen. Verdammt. Wie zwei Truthahnkeulen, perfekt gebraten."

„Leg dich hin." Conrad schlug die Bettdecke auf und ließ seinen Arm entlang der Oberseite meines Kissens liegen.

Ein ungewollter Schauer lief durch mich hindurch, als ich ihn anstarrte, einen atemberaubenden Mann, der mich in sein Bett einlud. Aber er war so viel mehr als nur Schaufensterdekoration. Er war ein Killer. Und obwohl er sanft mit mir umgegangen war, dröhnte das Bedürfnis, zu entkommen, immer noch lautstark durch meinen Schädel.

„Hast du kein Gästezimmer?"

„Habe ich, aber da wirst du nicht schlafen." Er steckte sich seine rechte Hand hinter den Kopf und starrte mich an. „Ich werde dich nicht ficken ..." Er zog die Augenbrauen zusammen und fuhr dann fort: „Ich meine, außer du bittest lieb darum. Ich muss einfach nur wissen, dass du in der Nähe bist, dass du in Sicherheit bist. Das ist alles." Als ob er es beweisen wollte, zog er die Decke hoch und legte sich die linke Hand hinter den Kopf. Seine tätowierte Brust war sichtbar, aber die Decke bedeckte seinen Bauch und alles darunter.

Ich schluckte schwer. „Ich habe schon lange nicht mehr mit jemandem geschlafen."

Seine Nasenlöcher weiteten sich und er musterte kurz meinen Körper, bevor er mir wieder ins Gesicht sah. „Warum nicht?"

„Ich meine nicht Sex." Den hatte ich auch lange nicht mehr gehabt, aber das war nicht das, was ich sagen wollte. „Ich habe manchmal Albträume und die können schlimm sein. Manchmal wache ich schreiend auf. Und das ist in der Regel ein Problem."

Ich zog den Saum meines T-Shirts weiter nach unten, obwohl das Ding wie ein Zelt an mir herunterhing.

„Das ist egal. Komm ins Bett."

Passierte das gerade wirklich? „Ich glaube nicht ..."

Seine Stimme wurde härter. „Entweder du legst dich hin oder ich schleife dich ins Bett. Das sind deine Optionen."

Ich griff nach der Bettdecke, knüllte die Ecke in meiner Hand zusammen. Er würde nicht nachgeben und ich wusste, dass er seine Drohung in die Tat umsetzen würde, wenn ich nicht gehorchte. Ich setzte mich hin und schob meine Beine unter die Decke. An der äußeren Kante des Betts legte ich mich seitlich hin, mit dem Rücken zu ihm.

Er seufzte, ein tiefer und männlicher Laut. „Wovon träumst du?"

„Was?"

„Du hast gesagt, dass du Albträume hast. Was macht dir in deinen Träumen so große Angst?"

Der Geist von Brandon, ein grausames Lächeln für alle Ewigkeit in sein Gesicht eingemeißelt, huschte durch die Räume in meinem Kopf. Ich redete nie über Brandon, aus Angst davor, dass das bloße Aussprechen seines Namens ihn von den Toten wiederauferstehen lassen würde. Stattdessen log ich. „Nichts Bestimmtes."

„Alles klar." Sarkasmus tropfte von den Worten wie Wachs von einer Kerze.

„Wann wirst du mich gehen lassen?" Ich fuhr den Rand meines Kissenbezugs mit einem Finger nach.

„Sobald ich mir sicher bin, dass niemand es mehr auf dich abgesehen hat."

„Warum hat es überhaupt jemand auf mich abgesehen? Warum ich? Warum willst du mir den Grund nicht sagen?" *Warum hast du mich ausgewählt?*

„Nichts Bestimmtes."

Arschloch. „Wie lange glaubst du, wird es dauern?"

„So lange, wie es dauert." Das Bett bewegte sich wieder und ich konnte ihn hinter mir spüren. Seine Nähe ließ Gänsehaut auf meinem ganzen Körper ausbrechen. „Ich muss ein paar Leute treffen, aber das muss bis morgen warten. Es ist fast Mitternacht." Seine Stimme war näher, seine Körperwärme wärmte mich. „Schlaf ein wenig."

„Ich weiß nicht, ob ich das kann." Ich schloss die Augen und sah die Betonwände des Kellers.

„Du kannst es.“ Seine Nähe tröstete mich viel mehr, als sie es hätte tun sollen.

„Ich ...“ Ich holte Luft und hielt mich davon ab, meinen Gedanken laut auszusprechen.

„Was?“

„Ich weiß nicht, ob ich dir vertrauen kann.“

Ein Klicken ertönte von seiner Seite des Bettes und das Licht der Lampe wich einer angenehmen Dunkelheit. Seine Stimme wurde leiser, die Worte fast ein Flüstern. „Das kannst du.“

~

Noch ein paar Zentimeter und ich würde sie haben. Seine Brust hob und senkte sich in einem langsamen Rhythmus, sein dunkles Haar fiel ihm in die Stirn im schwachen Licht der aufgehenden Sonne. Ich rückte näher an ihn heran, mein Körper berührte beinahe seinen, aber nicht ganz. Ich schob meine Hand weiter unter sein Kissen, meine Fingerspitzen kamen in Kontakt mit dem kalten Stahl seiner Waffe.

Er drehte sein Gesicht zu mir, seine Augen waren immer noch geschlossen. Ich biss mir auf die Lippe und erstarrte. Er atmete weiter und wachte nicht auf. Er sah jünger aus, die Linien neben seinen Augen waren geglättet und die Zufriedenheit des Schlafs zeichnete ihn mit entspannten Strichen. Selbst mit den Bartstoppeln und der Nase, die von wer weiß wie vielen Brüchen leicht schief war, war er atemberaubend. Die Art von Mann, der bekam, was er wollte, oder *wen* er wollte, was auch immer der Fall sein mochte.

Ich schloss meine Finger um den Kolben der Waffe und zog sie Millimeter um Millimeter zu mir heran. Ich hatte sie fast unter dem Kissen hervorgeholt, als sich seine Augen öffneten.

Ein ersticktes Geräusch entwich meiner Kehle, als er mich auf den Rücken drehte und festhielt. Die Waffe blieb auf der Matratze, während er meine beiden Handgelenke mühelos auf mein Kissen rang. Sein Körper quetschte meinen weichen, sein Gesicht war nur Zentimeter von meinem entfernt und er starrte mich wütend an.

„Was war der Plan, Charlie? Dir die Waffe holen, rauskriegen, wie man sie benutzt, und mich dann im Schlaf erschießen?" Seine Stimme war rau, als wäre seine Kehle mit Sandpapier ausgekleidet.

„Ich will einfach nur gehen." Ich beugte meine Arme, aber er ließ mich nicht los.

„Du wirst gehen, wenn ich sage, dass du gehen kannst." Er drückte meine Handgelenke.

Ich bäumte mich auf und wölbte den Rücken, um zu versuchen, ihn abzuwerfen. Es funktionierte nicht. Er schob sein Knie zwischen meine Oberschenkel. Meine Nippel drückten gegen seine Brust, wurden hart, und etwas in mir erwachte schnurrend zum Leben. Eine Empfindung, die ich seit Jahren nicht mehr verspürt hatte – Verlangen. Was machte er mit mir?

Er lehnte sich näher heran, bis seine Lippen nur einen Hauch von meinen entfernt waren. „Versuch noch mal, dir meine Waffe zu nehmen, und ich fessle dich ans Bett."

„Das würdest du nicht wagen."

„Würde ich das nicht?" Er feixte. „Versuch's doch."

„Arschloch." *Wer war ich und was hatte ich mit Charlie gemacht?*

„Kein Zweifel." Das Grinsen wurde breiter. „Wirst du brav sein?"

„Runter von mir." Ich versuchte, meine Handgelenke zu befreien. Sie rührten sich nicht.

„Sag mir einfach" – er kam noch näher, seine Nasenspitze berührte meine – „dass du brav sein wirst."

Ich konnte nicht atmen, und das lag nicht nur daran, dass seine harte Brust mich ins Bett drückte. Sein Geruch, der hitzige Unterton in seiner Stimme, die dicke Erektion, die gegen meinen Oberschenkel gepresst war. Ich hätte Angst haben sollen. Stattdessen raste ein Schauer durch meinen Körper.

„Fahr zur Hölle." Mein Rückgrat, von dem ich dachte, dass Brandon es aus mir herausgeprügelt hatte, erwachte brüllend wieder zum Leben.

Er zog die Augenbrauen hoch. „Harte Worte von einer Floristin."

„Gib mir eine Astschere und wir werden sehen, wer wirklich hart drauf ist." *Habe ich das gerade zu einem Killer gesagt?*

„Ist das so?" Er bewegte seinen Oberschenkel nach oben, bis er in Kontakt mit meiner heißen Mitte kam. Er stöhnte und schloss die Augen.

Ich biss mir auf die Lippe. „Ja. Runter von mir."

„Erst, wenn du mir versprichst, dass du keine Dummheiten mehr machst." Er drückte seinen Oberschenkel fester gegen mich.

Der Drang, mich an ihm zu reiben, um das Kribbeln in meiner Klit zu lindern, überwältigte mich fast. „Wenn du mich gehen lassen würdest, müsstest du dir darüber keine Sorgen machen."

„Ich lasse dich nicht gehen." Er schüttelte den Kopf, die dunklen Strähnen strichen ihm über die Stirn. „Erst, wenn ich weiß, dass es sicher ist."

„Das sagst du immer wieder, aber du hast mir immer noch nicht gesagt, warum ich überhaupt in diesem Schlamassel stecke!" Meine Stimme zischte die letzten Worte.

„Ich glaube, das weißt du ganz genau." Er schaute auf meine Lippen.

Ich leckte sie mir und seine Augen folgten der Bewegung. „Warum sagst du es mir nicht einfach?"

Er bewegte seinen Oberschenkel gegen meine Mitte, massierte mich langsam, während ich gegen meine Erregung ankämpfte. „Ich glaube, du weißt es, aber du willst es von mir hören."

„Ich weiß, dass du mich an ein paar Abenden die Woche

von deinem Auto aus beobachtest." Ich verengte die Augen und fauchte: „Wie ein Stalker."

„Ja." Meine Feststellung schien ihn nicht aus der Fassung zu bringen.

„Also, warum machst du das?"

„Charlie." Er ließ ein Handgelenk los und fuhr mir mit den Fingern durch die Haare. Sein Blick ruhte weiter auf mir, als hielten wir eine Zwiesprache, die viel tiefer reichte als unser verbales Hin und Her. Er strich mir mit den Fingerspitzen über den Hals, hinterließ dabei eine Gänsehaut. „Warum sollte ich das nicht tun?" Sein Mund schwebte dicht über meinem. Ich musste mich nur das kleinste bisschen hochrecken und wir würden uns berühren. Der stetige Druck seines Oberschenkels machte mich verrückt vor Verlangen. Es war, als hätte er die Schleusentore für die Gelüste geöffnet, die ich in den letzten Jahren angestaut hatte. Ich musste hier weg, musste diesen Moment beenden, um zu verhindern, dass ich außer Kontrolle geriet. Ich tat nichts dergleichen.

Er schien zu spüren, wie ich schmolz, weil er seine Lippen über meine streichen ließ. Eine leichte Berührung, die mich in Brand steckte, so wie der kleinste Funke ein loderndes Inferno auslösen konnte.

Er legte seine Hand um meinen Nacken, hielt mich besitzergreifend fest, während seine Lippen wieder über meine glitten, die sanfte Berührung im Widerspruch zu der Hitze in seinen Augen, der Spannung in seinem Körper.

Ich ließ meine Hüften langsam kreisen, versuchte verzweifelt, das Pulsieren zu lindern, das sich zwischen meinen Oberschenkeln breitmachte.

Er stöhnte. „Gottverdammt." Das Wort war nicht wütend, sondern eher so, als würde er einlenken. Loslassen. Seine Finger schlossen sich fester um meinen Nacken.

Meine Lippen öffneten sich mit einem leisen Seufzer und ich ließ auch los, erlaubte mir, etwas zu wollen, das ich schon lange nicht mehr gewollt hatte.

Sein Handy klingelte, vibrierte auf der Kommode.

Er zog sich zurück, zögerte dann, als ob er in diesem Moment verweilen wollte. Es war ein aussichtsloser Kampf. Das Handy hörte nicht auf, das Klingeln wurde lauter, das Summen der Vibration wollte nicht enden.

„Fuck." Er ließ mich los und rollte vom Bett.

Die Sonne spähte um die Ränder seiner grauen Vorhänge, schickte vertikale Linien aus warmem gelbem Licht quer durch den Raum. Die Flügel auf seinem Rücken flimmerten mit seinen Bewegungen, was die Illusion erweckte, dass sie echt waren und im Moment einfach an seiner Haut anlagen.

Er drückte auf das Display und hielt sich das Handy ans Ohr. „Ja? Einen Moment." Er ging zurück zum Bett, zog die Waffe unter seinem Kissen hervor und ging dann raus, schloss die Tür hinter sich.

10

Conrad

Ich rieb mir mit einer Hand den Kiefer, während ich von der Autobahn abfuhr. Ich hatte Charlie in Nates Obhut zurückgelassen, hatte ihn aber gewarnt, sie nicht anzurühren. Sie hatte wissen wollen, wohin ich fuhr, hatte sogar gefragt, ob sie mitkommen konnte. Ich lächelte, als ich mich daran erinnerte, wie sie mich angesehen hatte. Eben noch hatte sie mich kaltblütig mit meiner eigenen Waffe umbringen wollen; kurz darauf fragte sie, warum sie zurückbleiben musste. Was für eine Marke.

Die Straße machte auf der linken Seite Platz für einen Golfplatz. Es war zu kalt, als dass die reichen Arschlöcher in ihren Golfmobilen herumfuhren, aber die Grünflächen sahen trotzdem makellos aus. Ich nahm einen Schluck schwarzen Kaffee aus meinem Trinkbecher und fuhr weiter die Straße entlang, die Häuser wurden mit jedem Meter größer.

Vince Stanton lebte nicht in der Stadt. Er hatte eine Wohnung in der Innenstadt in Society Hill, zu der er seine Affären brachte, aber sein Hauptwohnsitz war hier draußen im wohlhabenden Vorort Bryn Mawr.

Ich fuhr um den Golfplatz herum und bog dann in eine lange private Einfahrt ein. Braunes Gras breitete sich auf beiden Seiten aus, der Rasen war mit alten Bäumen übersäht und die Landschaftsgestaltung ging an den Rändern des Grundstücks in dichteres Gebüsch über. Die meisten Bäume waren mit Überwachungskameras verkabelt. Vince war stolz darauf, immer zu wissen, wann er Gäste hatte – egal ob geladen oder nicht.

Ich wurde langsamer, als ich mich der Villa im Tudorstil näherte. Sie erstreckte sich über drei Stockwerke und hatte mehrere Flügel. Auf der Vorderseite gab es ein Rondell, in dessen Mitte der Buchstabe „S“ in versetzt angeordneten Pflanzen zu sehen war. Ich fuhr um das Rondell herum und parkte neben der Garage, die Platz für fünf Autos bot.

Der Morgen war kalt und sonnig angebrochen, der Schnee der vergangenen Nacht war auf grasigen Flächen und geparkten Autos liegengeblieben. Ich knöpfte meinen Herrenmantel auf, während ich die Eingangstreppe hochging. Die dunkelbraune Tür öffnete sich vor mir und Mark, einer von Vinces Cousins, winkte mich herein.

„Connie, wie geht's dir, Mann?“

Ich grunzte eine unverbindliche Antwort. „Und dir?“

„Kann mich nicht beschweren.“ Sein Blick flog zu Vinces Büro. „Ganz sicher nicht.“ Er ließ seinen Daumen die Innenseite seiner Hosenträger runtergleiten, die Bewegung voller Nervosität und Unruhe.

Ich nahm meine Sonnenbrille ab und verstaute sie in der Innentasche meines Mantels. Meine Fingerspitzen strichen über den Kolben meiner Waffe. Beruhigung in Form von kaltem Stahl. Mein Bauchgefühl sagte mir, dass etwas nicht stimmte, aber ich schüttelte Marks Hand, als ob alles in bester Ordnung wäre. Ich könnte ihn in zwei Sekunden ausschalten, sollte die Notwendigkeit bestehen. Trotzdem gefiel mir die Atmosphäre im Haus nicht – die ruhige Luft, die Stille, der Schnurrbart aus Schweiß, der Marks Oberlippe bedeckte.

„Er wartet auf dich." Mark schloss die schwere Eingangstür mit einem dumpfen Geräusch.

Ich trat einen Schritt nach vorne und er machte Anstalten, hinter mir zu gehen. Keine Chance.

„Geh vor. Ich folge dir." Ich deutete mit dem Kinn in Richtung Büro.

„Was?" Er schenkte mir ein angestrengtes Lächeln. „Vertraust du mir nicht?"

Ich erwiderte weder sein Lächeln noch beantwortete ich seine dumme Frage. Stattdessen analysierte ich jedes Zucken seiner Finger und die Angst in seinen Augen. Nicht gut.

„Na gut. Meine Güte." Er ging vor mir her, seine billigen Schuhe klatschten auf den Marmorboden der Eingangshalle.

Es juckte mich, nach meiner Waffe zu greifen, aber ich hielt mich zurück. Es war besser, mir einen Eindruck von der Lage zu verschaffen, bevor ich etwas unternahm, das ich bereuen würde. Charlie war jetzt in diesen Bullshit verstrickt. Wenn die Scheiße den Bach runterging, musste ich sie aus der Stadt bringen.

Mir war kein Grund für dieses Treffen genannt worden, aber ich konnte es mir denken. Neuigkeiten verbreiten sich schnell, insbesondere wenn mächtige Männer aus dem Untergrund im Spiel waren. Ich musste alles, was ich in der Lerner Street gemacht hatte, mit Vince klären. Und wenn Berty überlebt hatte, musste ich mir den Auftrag holen, ihn ein für alle Mal auszuschalten.

Vince paffte an einer Zigarre, als ich hereinkam, der beißende Geruch waberte in Rauchschwaden durch die Luft. Ich hatte Zigarren noch nie gemocht. Sie rochen scheiße und posaunten „ich gebe mir zu viel Mühe".

„Wenn das nicht mein Lieblingsauftragskiller ist!" Er legte seine Füße auf den Schreibtisch.

Vince war ein kleinerer Mann, unter 1,80m, mit drahtigen Gliedmaßen und einem kleinen Bierbauch. Seine grau werdenden Haare hatten die vordere Hälfte seines Kopfes verlassen und die Seiten waren kurz geschnitten. Im Alter von fünfundfünfzig Jahren hatte er die Arroganz eines jüngeren

Mannes und einen eisernen Willen. Er hatte ihn gebraucht, um mehr als zwei Jahrzehnte als Serge Genoas rechte Hand zu arbeiten.

Serge war bekannt gewesen für seine Grausamkeit und sein Faible für Brutalität. Ich hatte viele Aufträge von ihm angenommen und genug Blut vergossen, um meinen Weg in die Hölle dunkelrot zu färben. Und dann hatte ich ihm auf Geheiß seiner Nummer zwei das Gehirn rausgeblasen – auf Geheiß von Vince. Es war der einzige Weg für Vince, jemals das Steuer zu übernehmen. Serge war sechzig und auf dem besten Weg, bis ins hohe Alter am Leben zu bleiben. Damit Vince seine Chance bekam, musste Serge verschwinden. Das Problem war nur, dass man nicht der Boss sein konnte, wenn man den Boss tötete. Deshalb war ich ins Spiel gekommen.

„Setz dich." Vince deutete auf die Ledersitze vor seinem Schreibtisch. „Wir müssen etwas besprechen."

Der Raum hatte dunkel getäfelte Wände, die Art, die bei Gerichtssälen und Neureichen beliebt war. Teppiche bedeckten den Großteil des Parkettbodens und mehrere Gemälde von Vinces Familie blickten mit halbherzigen Lächeln auf uns herab.

Mark nahm auf einem Sofa links neben einem breiten Kamin Platz.

Ich zog einen ledernen Ohrensessel zur Seite, damit ich Vince, Mark und die Tür sehen konnte. „Morgen." Ich setzte mich hin und musterte Vince, der weiter an seiner Zigarre paffte.

Er grinste. „Hast du immer noch die Angewohnheit, die Möbel umzustellen?"

„Berufsrisiko." Ich legte meine Hände auf die Armlehnen des Sessels, das hellbraune Leder fühlte sich wie Butter unter meinen Fingerspitzen an. „Ein Typ wie ich kann es sich nicht leisten, nachlässig zu werden."

„Gut gesagt." Er drückte die Zigarre aus. „Wendy und die Kinder sind nicht in der Stadt. Die einzige Gelegenheit, die ich habe, um im Haus zu rauchen, also mache ich das Meiste daraus."

Ich nickte. Ich wurde nicht fürs Reden bezahlt.

„Du willst gleich zur Sache kommen, wie immer. Dafür respektiere ich dich." Er lehnte sich in seinem Stuhl zurück, seine Füße immer noch auf dem Tisch. Sein rechter Schuh musste neu besohlt werden. „Nun, hier kommt's. Ich habe gehört, dass du gestern Abend in Schwierigkeiten geraten bist. Geno hat versucht, dich auszuschalten?"

Ich blickte finster drein. „Das lief nicht so gut für Geno."

„Das freut mich. Auf Nimmerwiedersehen." Er verschränkte seine Hände vor dem Bauch, was seinen Bierbauch wie einen Babybauch aussehen ließ. „Ich habe auch von dem Schlamassel in der Lerner gehört."

Ich nickte.

„Du hast ein halbes Dutzend Typen ausgeschaltet – alle von ihnen waren Serge und der alten Vorgehensweise treu. Das war gute Arbeit, aber es gibt ein Problem." Er zog die Augenbrauen zusammen, als ob seine nächsten Worte ihn stören würden. „Ich habe dir nicht *befohlen*, sie auszuschalten."

Ich antwortete nicht. Die Bombe würde so oder so platzen, egal ob ich etwas sagte oder nicht. Ich wappnete mich und hielt mein Gesicht emotionslos.

Er schwang seine Füße auf den Boden und lehnte sich auf seinen Ellenbogen nach vorne. „Ich weiß auch, dass du auf Berty geschossen hast. Ihn fast getötet hast."

Fast? Verdammt. „Das ist richtig."

„Und das alles wegen einer Frau?" Er lachte, der Klang wie ein Klotz am Bein, und lehnte sich zurück. „Es ist immer wegen einer Frau, nicht wahr? Es geht nichts über eine schöne Frau, um Sand ins Getriebe zu streuen. Imperien können wegen einer schlüpfrigen Fotze entstehen und untergehen, nicht wahr?"

„Aber hallo", meldete sich Mark zu Wort.

„Halt verdammt noch mal die Fresse!" Vince warf Mark

einen tödlichen Blick zu. „Die Erwachsenen unterhalten sich." Seine Stimme wurde ruhiger und er wandte sich wieder mir zu. „Du hast Scheiße gebaut, Conrad. Um die sich jetzt jemand kümmern muss."

Das Einzige, um das ich mich kümmern musste, war, eine Kugel in Bertys Schädel zu jagen. „Du gibst den Befehl und es ist erledigt."

Er lächelte ohne Wärme. „Ich bin froh, dass du so bereitwillig bist."

Berty zu töten, stand ganz oben auf meinem verdammten Wunschzettel. „Ich erledige es noch heute."

„Moment mal, Con." In Vinces Stimme klang eine Kälte mit, bei der sich meine Nackenhaare aufstellten. „Ich will, dass wir uns über diesen Vertrag im Klaren sind. Ich will, dass das Mädchen aus dem Blumenladen vor Sonnenuntergang tot und unter der Erde ist."

Mir drehte sich der Kopf, aber ich hielt meine Stimme ruhig. „Was? Sie hat nichts mit irgendwas zu tun. Berty—"

„Ist meine Nummer zwei." Er wedelte mit der Hand durch die Luft, als ob er eine Rauchfahne beiseite fegte. „Er hat kurz mit dem Gedanken gespielt, der nächste Boss zu werden, aber wir haben uns unterhalten und er ist bereit, sich zu beruhigen und sich meinem Team anzuschließen. Dem Siegerteam. Damit das alles funktioniert, muss die Schlampe aus dem Blumenladen verschwinden. Wenn sie wegen Berty zur Polizei geht, nun ..." Er schürzte die Lippen. „Das können wir schlichtweg nicht zulassen."

Mein Blut kochte, als er Charlie eine Schlampe nannte. Meine 9mm verlangte, dass ich etwas dagegen unternahm. „Warum behältst du Berty an Bord?"

„Das muss dich nicht kümmern. Berty hat mir allerdings von deiner Zuneigung zu der Frau erzählt. Wird das ein Problem sein?" Sein Tonfall wurde düsterer.

Mir schwirrte der Kopf. Die Dinge sollten einfach sein. Ich bekam einen Auftrag, ich führte den Auftrag durch und sammelte mein Blutgeld ein. Einfach. Aber das hier war anders.

Ich stand auf und machte ein paar Schritte auf Vinces Schreibtisch zu, beugte mich dann darüber. Er zuckte zusammen, obwohl er versuchte, wieder die Oberhand zu gewinnen, indem er den Unterkiefer vorschob. Ich sah die Angst in ihm, konnte sie spüren wie eine dünne Schicht Sand in der Luft. Er hatte zu Recht Angst.

„Wenn du das Spiel so spielen willst …“ Ich ließ die Ungewissheit in der Luft schweben.

Mark bewegte sich auf der Couch, erschrocken und verunsichert, was als nächstes passieren würde. Wenn er irgendetwas versuchen würde, wäre er tot, bevor er auf dem Boden aufkam. Ich starrte Vince an und verengte die Augen. Seine kühle Fassade geriet ins Bröckeln, als er mich anstarrte, und ein leichter Schweißfilm legte sich auf seine Stirn.

„Ich habe dir meinen Befehl gegeben.“ Vince stand auf, sein Gesicht wurde rot. „Er ist endgültig.“ Er klopfte mit den Fingerknöcheln auf den Schreibtisch. „Vielleicht hast du den Gefallen vergessen, den ich dir vor fünf Jahren erwiesen habe?“

„Das habe ich nicht.“ Das Verlangen, eine Kugel in ihn zu jagen, wurde größer.

„Gut.“ Er lächelte wie eine Spinne, die ein Opfer eingewickelt und es mit Gift injiziert hatte. „Danke, dass du vorbeigekommen bist, um zu plaudern. Ruf Mark an, sobald du dich um die Frau gekümmert hast.“

„Das werde ich sicherlich tun.“ Ich drehte mich um, um zu gehen, wenn auch nicht so weit, dass ich Vince nicht mehr sehen konnte.

„Du bist eine echte Bereicherung für uns, Connie. Ich würde nicht wollen, dass sich daran etwas ändert. Dein Vater hat gute Arbeit für Serge geleistet. Hat nie einen Befehl in Frage gestellt, egal bei welchem Job. Er war ein guter Mann.“

„Er war ein Killer.“ *Genau wie ich.*

Er knallte seine Hand auf den Schreibtisch. „Er war *loyal.*“

Ich blieb in der Tür zur Eingangshalle stehen. „Er war dem Höchstbietenden gegenüber loyal. Was auch immer ihm den größten Wert geboten hat – das war es, was gewonnen hat.“ Wie viel war mir Charlie wert?

Vince lachte, der Klang war dünn und gezwungen. „Okay, okay. Ich verstehe, was hier vor sich geht. Du willst das Doppelte für diesen Job? Ist es das? Nun, du sollst es bekommen. Das doppelte des üblichen Kopfgelds.“

„Ich kümmere mich darum.“ Ich ging hinaus.

„Oh, eine Sache habe ich vergessen, zu erwähnen“, rief Vince. „Weil dieser Übergang eine heikle Angelegenheit ist und von jetzt an alles reibungslos verlaufen muss, habe ich Ramone auch auf diesen Job angesetzt. Wer sie zuerst bekommt, hat natürlich Anspruch auf das Kopfgeld, so wie üblicherweise.“

Verdammte Scheiße. Ramone Diaz, der einzige Killer an der Ostküste, der einen Ruf hatte, der auch nur annähernd an meinen herankam. Er war methodisch, tödlich und, was am schlimmsten war – er verfehlte nie sein Ziel. Wenn er Charlie im Visier hatte … Mein Magen verdrehte sich bei dem Gedanken.

Ich behielt auf dem Weg durch die Eingangshalle und die Eingangstreppe runter bis zu meinem Auto mein übliches lässiges Tempo bei. Selbst als ich die Einfahrt entlang rollte, behielt ich meine gewöhnliche Geschwindigkeit bei, das Eis um mein Herz herum zerbrach und das Organ fing an, in einem blutigen Stakkato zu pochen.

Ich tippte auf das Bluetooth, um Nate anzurufen. Es ging direkt die Mailbox dran. Ich knirschte mit den Zähnen und wählte erneut. Nichts.

Wenn Ramone hinter Charlie her war, konnte ich nur hoffen, dass sie nicht bereits tot war.

11

Charlie

Conrad war in Eile aufgebrochen, seine Stirn war sorgenvoll zerfurcht gewesen, während er sich anzog und seine Waffe ins Holster steckte. „Komm nicht auf dumme Gedanken. Nate wird dich im Auge behalten, bis ich wieder da bin."

„Wo willst du hin?"

Er hatte die Frage unbeantwortet gelassen und war ins Wohnzimmer gegangen, um sich leise mit Nate zu unterhalten.

„Warum kannst du mich nicht mitnehmen?" Ich war ihm gefolgt und hatte meine Hände in die Hüften gestemmt.

Sein Blick war meinen Körper hinuntergeglitten und meine Nippel richteten sich auf. Ich hatte meine Arme vor ihnen verschränkt, aber erst nachdem er einen guten Blick erhascht hatte.

Er hatte sich über seine vollen Lippen geleckt. „Weil du hierbleiben musst, während ich alles wieder in Ordnung bringe."

„Wirst du Berty töten?" Mein Tonfall hatte es eher wie

eine Forderung als eine Frage wirken lassen. Ich weiß nicht, wer von uns beiden schockierter war.

Er hatte die Augen verengt. „Vielleicht."

Die Drohung in seiner Stimme hatte widersprüchliche Signale durch mich hindurch rasen lassen. Meine Oberschenkel wurden warm, obwohl Angst durch mein Herz galoppierte.

„O-okay." Ich hatte mich umgedreht und gehofft, dass er nicht gesehen hatte, wie Röte meinen Hals hoch und in meine Wangen gestiegen war, und hatte mich ins Schlafzimmer zurückgezogen.

Nachdem Conrad weg war, rief Nate: „Komm raus. Ich bestelle Frühstück."

Ich ging in Conrads Schrank, nahm ein Hemd heraus und zog es über das T-Shirt an, das ich über Nacht angehabt hatte. Es reichte mir bis zur Mitte meiner Oberschenkel und verlieh mir ein größeres Gefühl von Behaglichkeit. Und nicht, weil es nach Conrad roch. Obwohl es das tat, und ich atmete etwas tiefer ein, als ich es hätte tun sollen.

Ich ging ins Wohnzimmer und blieb stehen, um die Aussicht auf den Washington Square zu bewundern. Die Bäume hatten schon vor langer Zeit für den Winter ihre Blätter abgeworfen, aber der Park verlieh dem Teer und Beton im Zentrum von Philadelphia dennoch etwas Farbe. Schneereste waren auf den Grünflächen zurückgeblieben. Nicht gerade ein Winterwunderland, aber trotzdem ein schöner Ausblick.

„Magst du Bacon, ein Omelett, einen Muffin, oder was? Ich bestelle bei Cothard's." Nate stand mit seinem Handy am Ohr an den Küchentresen gelehnt, aber seine Worte waren an mich gerichtet.

„Ein Bananen-Nuss-Muffin? Oder Blaubeere. Bacon und Kaffee." Ich ging zum hintersten Fenster und sah zu, wie die Sonne über dem Fluss aufging, die trägen Lichtstrahlen schickten lange Schatten in meine Richtung. Mein undeutliches Spiegelbild zeigte mir den schmalen Verband über meiner Nase und dunkle Halbmonde unter den Augen. Nicht mein bester Look, aber ich hatte schon schlimmer ausgesehen. Ich würde mich davon erholen.

„Ja, wenn ihr euch beeilt, verdopple ich das Trinkgeld." Nates Spiegelbild kam näher, als er zurück ins Wohnzimmer ging.

Ich spannte mich an. Selbst im Licht des Morgens spukte der Keller mir immer noch im Kopf herum. Ich musste hier raus, zurück zum Laden und zu meiner Wohnung. Wenn ich die Stadt verlassen musste, würde ich es tun.

„Sie sind in höchstens fünfzehn Minuten hier." Er ließ sich aufs Sofa fallen und legte einen Arm über die Rückenlehne. „Komm, setz dich hin. Am Fenster zu stehen, könnte schlecht für deine Gesundheit sein."

Ich warf ihm einen Blick zu und er schenkte mir ein freundliches Lächeln. Er schien etwa in meinem Alter zu sein, dunkle Haare, freundliche Augen, attraktive Gesichtszüge, kleiner als Conrad, aber muskulös und – nach allem, was ich von der vorherigen Nacht erinnerte – er hatte ein freches Mundwerk. Aber er hatte mir geholfen und mit Conrad zusammengearbeitet, um mich aus dieser Schlangengrube zu holen. Ich vertraute ihm nicht, aber es schadete nicht, mitzuspielen, solange er mir keinen Grund gab, es nicht zu tun.

Ich ging langsam um die Rückseite des Sofas herum, setzte mich auf einen Beistellstuhl und zog ein Kissen auf meinen Schoß.

„Da wir uns noch nicht richtig vorgestellt wurden, ich bin Nate." Er nickte mir zu.

„Charlie." Ich hielt seinem Blick stand.

„Richtig. Das Blumenmädchen."

„Ich habe einen Laden, ja."

„Also, woher kennst du Con?" Er legte einen Fuß auf den Tisch, fühlte sich ganz zuhause.

Ich stellte mir vor, wie Conrad ihm einen Tritt gab und ihm sagte, er solle seine Füße von den Möbeln fernhalten, und musste ein Lächeln unterdrücken. „Ehrlich gesagt, kenne ich ihn nicht."

Er legte den Kopf schief. „Bist du dir sicher? Sieht definitiv so aus, als wärt ihr beide ein Paar. Das hat Berty auch gedacht. Und ihr beide" – er deutete mit einem Daumen auf das Schlafzimmer – „habt letzte Nacht zusammen geschlafen."

Meine Wangen wurden warm. „Wir haben geschlafen. Das ist alles. Ich hatte Conrad bis gestern noch nicht einmal gesehen, bis er …" Ein Bild davon, wie er den Mann auf dem Boden erschoss, ging mir durch den Kopf und ich schauderte.

Sein Gesicht wurde weicher, was ihn noch jünger aussehen ließ. „Du hast ihn bei der Arbeit gesehen?"

„Wenn Töten deine Definition von ‚Arbeit' ist, dann ja."

„Das ist sie für Con."

Ich bewegte mich auf meinem Stuhl hin und her, der Gedanke daran, dass Conrad ein Auftragsmörder war, ließ Unbehagen durch mich hindurch schlängeln. „Du und er – ihr beide macht die gleiche Art von Arbeit?" Ich hielt seinem Blick stand, seine Augen waren dunkelgrün mit hellbraunen Flecken.

Er schüttelte den Kopf. „Ich kann nicht so viel Geld verlangen, wie Con bekommt. Nicht einmal annähernd. Ich bin nicht so ein guter Schütze und ich bin nicht …" Er verstummte und starrte auf den Fernseher, obwohl der Bildschirm schwarz war.

„Du bist kein Killer?"

Er richtete seinen Blick wieder auf mich. „Doch, bin ich, aber nicht so wie Con."

„Also nicht für Geld?"

„Nicht wirklich." Er zuckte mit den Schultern, aber die Lässigkeit spiegelte sich nicht im Rest von ihm wider. Er war angespannt, versuchte aber, es abzutun. „Nur, wenn ich muss. Con ist ein Spezialist. Ein unabhängiger Dienstleister, könnte man sagen. Ich bin eher mit der Firma verheiratet."

„Für wen arbeitest du?"

„Das ist streng geheim.“ Er blendete mich mit einem strahlenden Lächeln, ein Lächeln, das mit Sicherheit mehr als nur ein paar Frauen hatte schwach werden lassen. „Und deine Freigabestufe ist nicht hoch genug.“

„Ist auch egal. Solange ihr beide klärt“ – ich bewegte meine Hand in einem vagen Bogen – „in was auch immer ihr mich verwickelt habt, sind mir die Details egal.“

„Das ist eine clevere Einstellung.“ Er fuhr sich mit den Händen über die Oberschenkel, als würde er unser Gespräch an seiner Jeans abwischen.

„Glaubst du, dass sich heute alles klären wird?“

„Das kann man nicht wissen. Wir werden mehr wissen, wenn Con zurückkommt.“

„Wie lange wird das dauern?“ Ich warf einen Blick auf die Digitaluhr am Receiver des Fernsehers. Nur eine halbe Stunde, bevor ich normalerweise den Laden aufmachte.

„Keine Ahnung. Er musste aus der Stadt fahren, um sich mit dem Boss zu treffen, also mindestens ein paar Stunden.“

Der Gedanke, dass Con möglicherweise mein Schicksal mit seinem Boss besprach, gefiel mir nicht. Was, wenn Con beschloss, dass ich entbehrlich war? Wollte ich noch hier sein, wenn er zurückkam? Nate war vielleicht kein Killer, aber ich hatte gesehen, auf welch unerbittliche Art Con seine Arbeit verrichtete. Ich musste aus dem Apartment raus.

Ich stand auf. „Ich muss gehen. Mein Laden—“

„Auf keinen Fall.“ Nate fuhr sich mit einer Hand durch seine dunklen Haare, was sie noch unordentlicher aussehen ließ. Fast jungenhaft. „Er hat gesagt, dass du hierbleiben musst.“

Ich musste schnell denken. „Wenn ich meinen Laden nicht öffne, werden die Leute anfangen, Fragen zu stellen, und dann haben wir wieder einen Haufen Ärger am Hals. Mr. Chan hat vielleicht schon die Polizei gerufen. Normalerweise bin ich jetzt bei der Arbeit und sortiere die Blumenlieferungen. Sobald er sieht, dass sie sich draußen stapeln, wird er wissen, dass etwas nicht stimmt.“

Er warf mir einen Blick zu, der besagte, dass er Bullshit erkannte, wenn er ihn roch. „Ruf Mr. Chan an und sag ihm, dass du krank bist."

Scheiße. Ich verschränkte die Arme vor der Brust. „Ich habe es noch nie versäumt, den Laden zu öffnen. *Nie.* Ich habe mein Handy nicht hier. Ich würde ihn von einer fremden Nummer aus anrufen. Und nach der Schießerei von gestern und meinem schnellen Verschwinden, meinst du wirklich, dass er nicht misstrauisch werden würde?"

Er verengte die Augen und dachte offensichtlich über meine Worte nach. „Con hat gesagt, wir sollen hierbleiben—"

„Du hast gesagt, er kommt erst in ein paar Stunden zurück. In der Zeit könnten wir zu meinem Laden fahren und ich könnte die Lieferungen reinholen. Und dann Mr. Chan anrufen, um ihm zu sagen, dass ich ein paar Tage lang geschlossen haben werde. Sämtliche Probleme gelöst. Wir werden wieder hier sein, bevor Conrad überhaupt merkt, dass wir weg sind."

„Das klingt nach keiner guten Idee."

„Meinst du, dass Polizeisirenen besser klingen? Mr. Chan wird nicht zögern, die Polizei zu rufen. Ich weiß nicht, wie schlampig Berty und seine Kumpel waren, aber wenn die Cops mich zur Lerner Street zurückverfolgen können, dann können sie mich zu euch zurückverfolgen."

„Scheiße." Er zog sein Handy aus der Hosentasche und starrte es ein paar Momente lang an, als würde er versuchen zu entscheiden, ob er Con anrufen sollte. Nach ein paar Augenblicken steckte er es wieder in seine Hosentasche. Er warf mir einen harten Blick zu. „Wenn das irgendeine Masche ist, wird sie nicht funktionieren. Ich verdiene mein Geld vielleicht nicht mit Töten, aber das bedeutet nicht, dass ich ein netter Kerl bin."

„Verstanden. Keine Dummheiten."

Ein summendes Geräusch hallte durch den Raum, gefolgt von einer blechernen Stimme. „Lieferung von Cothard's."

Er warf mir einen durchdringenden Blick zu. „Fuck, ich

sollte das nicht tun.“ Er stand auf und ging an mir vorbei. „Wir essen unterwegs.“

~

Die Hintertür des Ladens war unverschlossen, aber keiner schien die Gelegenheit genutzt zu haben, um sich hereinzuschleichen und die Blumen zu klauen. Die relative Wärme des Hinterzimmers schlug mir entgegen, ebenso wie der tröstliche Geruch von Lilien. Er vermischte sich mit dem Hauch von Con, der noch an seinem Mantel haftete, den ich angezogen hatte, bevor wir die Wohnung verlassen hatten, und den ich beruhigend fand. Warum beruhigte mich der männliche Duft eines Killers? Ich schob die Frage beiseite und ging zu den weißen Schränken an der rechten Wand.

„Hey, was machst du da?“ Nate schaute sich im Raum um und warf dann einen Blick in den vorderen Bereich des Ladens. Nachdem er sich davon überzeugt hatte, dass wir allein waren, lehnte er sich gegen den Türrahmen, der den hinteren und vorderen Bereich trennte.

„Ich habe hier ein paar frische Klamotten.“ Ich zog eine kleine Tasche aus dem obersten Fach.

„Warte kurz.“ Er kam auf mich zu und durchsuchte die Tasche. „Ich kann nicht riskieren, dass du einen auf Annie Oakley machst.“

„Ich besitze keine Waffe.“

„Nein?“ Er wühlte herum und grinste, als er eines meiner Höschen hervorzog. „Das solltest du.“

Ich schnappte mir den Stoff. „Dreh dich um, damit ich mich umziehen kann.“

Er ging wieder zum Türrahmen. „Ich werde dir nicht den Rücken zudrehen, aber ich werde auch nicht hinsehen.“ Er starrte aus dem vorderen Fenster.

„Wehe, wenn.“

„Ich sagte doch, dass ich es nicht tun werde. Ich halte mein

Wort.“ Er schaute nicht in meine Richtung, während ich Cons Klamotten auszog und in meine eigenen schlüpfte.

Mit weitaus mehr Sorgfalt als nötig faltete ich sein Shirt und seine Boxershorts und legte sie in meine Tasche.

„Okay, gut, jetzt holst du die Blumen, rufst Mr. Chan an und dann verschwinden wir von hier, richtig?“ Nate warf mir einen Blick zu.

„Richtig.“ Ich ging zur Eingangstür, schloss sie auf und zog die drei Kisten rein, die direkt davorstanden. Frische Blumen aus Kolumbien, obwohl ich mich fragte, ob ich jemals die Gelegenheit bekommen würde sie auszupacken, bevor sie braun wurden und starben.

„Das mit den Blumen ist geklärt.“ Nate hielt eine Hand gegen seinen Bauch gedrückt, in der Nähe der Waffe in seinem Schulterholster. „Ruf jetzt Mr. Chan an.“

„Na schön.“ Ich ging zu meinem Tresen und atmete tief durch.

Eine Schere lag neben dem Telefon. Ich benutzte sie immer, um Bänder zu schneiden, die Klingen waren scharf und präzise. Würde ich den Mut haben, sie gegen Nate einzusetzen? Ich war mir nicht sicher. Als ich den Hörer abnahm, zitterte meine Hand, aber ich wählte Mr. Chans Nummer ohne Probleme.

„Reinigung!“, ging er mit seinem üblichen Blaffen ran.

„Hey, Mr. Chan, hier ist Charlie—”

“Ich weiß, wer es ist. Das hat mir das Telefon gesagt.“

„Na klar. Ich wollte nur sagen, dass ich den Laden für ein paar Tage schließen werde.“

„Warum?“ Er sprach über den Lärm von Mrs. Chan hinweg, die irgendwo in der Nähe schnell auf Chinesisch redete. „Die Polizei hat gestern nach dir gesucht und dann bist du einfach verschwunden. Sie haben mich gefragt, wo du bist, und ich habe ihnen gesagt, sie sollen mit meinem Anwalt sprechen.“

Ich lächelte. „Gut gemacht, Mr. Chan.“

„Ich kenne meine Rechte." Er murmelte etwas auf Chinesisch. „Und warum schließt du den Laden?"

„Nur Familienkram." Ich hielt meinen Körper so, dass Nate nicht sehen konnte, wie ich mir die Schere nahm. „Keine große Sache. Könnten Sie Ihrem Neffen auftragen, alle Lieferungen reinzubringen, die er vor oder hinter dem Laden sieht? Haben Sie noch den Schlüssel, den ich Ihnen gegeben habe?"

„Natürlich. Wir kümmern uns darum." Das Surren von Maschinen zischte durch das Telefon und ich stellte mir vor, wie die Hängebahn mit der Kleidung sich wie eine Schlange hinter ihm bewegte. „Ruf uns an, wenn du etwas brauchst."

„Danke, Mr. Chan."

Wir legten auf.

„Gut, dass das alles geklärt ist." Nate deutete auf die Hintertür. „Jetzt lass uns abhauen, bevor Conrad merkt, dass ich (A) seinen Benz für diesen kleinen Ausflug gestohlen habe und mir (B) sein Mädchen geschnappt habe."

„Ich bin *nicht* sein Mädchen." Ich steckte die Schere in meine Tasche.

„Na gut. Wessen Mädchen auch immer du bist, lass uns gehen." Er starrte mich an.

Ich schluckte schwer und ging auf ihn zu. Als ich an der Tür ankam, blieb ich stehen, aber er bewegte sich nicht.

„Nach dir." Er bedeutete mir, zuerst rauszugehen.

Ich schob meine Hand in meine Tasche und legte sie um die Schere, während ich vor ihm herging. „Ich muss nur abschließen." Ich zog die Schere raus und hielt sie vor mich, wo er sie nicht sehen konnte.

„Leg einen Gang zu. Wir müssen zurück sein, bevor Conrad—"

Die Hintertür sprang nach innen auf und Conrad stakste herein, Feuer in seinen Augen. Als er die Schere in meiner Hand sah, loderten die Flammen noch höher. „Was zum Teufel?"

In einer Verzweiflungstat holte ich mit der Schere aus. Er packte mein Handgelenk mit Leichtigkeit und drückte zu, bis meine Hand schlaff wurde und die Schere auf den Boden klapperte.

„Was soll ich nur mit dir machen?“ Seine Worte troffen vor Drohung und einem Hauch von etwas anderem, etwas, bei dem sich mein Inneres zusammenzog.

„Eine Schere?“ Nate grunzte hinter mir. „Verdammt, Mädel, ich dachte, du und ich, wir wären ein Team. Da habe ich mich wohl getäuscht.“

Conrad ließ mein Handgelenk los und richtete seinen wutentbrannten Blick auf Nate. „Ich habe dir gesagt, dass ihr in der Wohnung bleiben sollt. Dass ihr auf mich warten sollt. Damit sie in Sicherheit ist.“ Er legte mir seine Hand auf die Taille, seine Finger schickten einen Schock durch mich hindurch.

Meine Hoffnung, zu entkommen, verkümmerte und verschwand ganz, als ich zwischen den beiden Männern gefangen dastand.

„Ich habe mich anscheinend nicht klar genug ausgedrückt.“ Conrad blickte zum vorderen Teil des Ladens und aus der Fensterscheibe auf die Straße.

„Doch, hast du.“ Nates freches Mundwerk war wieder in Aktion. „Ich wollte nur kurz hier vorbeifahren und dir einen netten Strauß holen. Vielleicht ein paar Rosen oder Nelken. Etwas, damit du dich besser fühlst, weil du deine Periode hast und so.“

Conrads Hand schloss sich fester um mich, während er Nate finster anstarrte. „Wir müssen zurück zu meiner Wohnung. Jetzt.“ Er zog mich näher zu sich heran, bis sein Arm um meine Taille gewickelt war. Er roch genau wie vorher, nach der waldigen Seife aus seinem Badezimmer mit einem Hauch von Waffenöl und *ihm*.

„Okay. Ich glaube, sie war fast fertig mit was auch immer für blumigen Sachen sie tun musste.“ Nate schnaubte. „Andererseits kenne ich sie wirklich überhaupt nicht, wenn man die Sache mit der Schere bedenkt. Und ich war im Begriff zu denken, dass sie und ich Busenfreunde werden, aber dann macht sie—"

„Halt die verdammte Klappe. Wir haben größere Probleme." Conrads Stimme war ein irritiertes Knurren, das von seiner Brust bis in meine vibrierte.

„Was zum Beispiel?"

„Spielt keine Rolle. Wir müssen verdammt noch mal von hier verschwinden." Er machte einen Schritt nach hinten und zog mich mit sich.

„Ich kann gehen." Ich drückte gegen seine Brust, die Muskeln unter seinem Hemd waren hart.

„Klar." Er grinste, obwohl sein Kiefer weiter angespannt blieb. „Ich habe gesehen, was du ausgeheckt hast, als Nate dich nicht im Auge behalten hat." Er machte noch einen Schritt nach hinten und hielt mich an sich gedrückt, als würden wir tanzen. „Ich behalte dich in der Nähe. Ich will schließlich nicht von einer Floristin in einem Blumenladen ausgeweidet werden. Das würde meinen Ruf ruinieren."

Ich starrte ihn finster an, aber sein Griff um mich herum lockerte sich nicht.

„Ich will immer noch wissen, was unser größeres Problem ist." Nate folgte uns in den hinteren Teil des Ladens.

„Das erzähle ich dir auf dem Weg zu meiner Wohnung." Conrad hob den Blick und starrte auf etwas im vorderen Bereich des Ladens.

Er zog die Augenbrauen zusammen.

„Oh, scheiße." Nates Stimme wurde tiefer. „Ich hasse es, wenn du diesen Blick auf deinem—"

„Runter!" Conrad warf sich auf mich und Nate duckte sich nach rechts, als das Vorderfenster zersplitterte und eine Kugel in die Wand einschlug.

12

Conrad

Noch eine Kugel schlug in die Wand ein und Ramone würde nicht lange auf sich warten lassen. Ich hatte Charlie auf den Boden geworfen und hielt ihren warmen Körper gegen meinen gedrückt. Ihr Duft umspielte mich, zart, blumig und in völligem Widerspruch zu dem Kugelhagel.

Ich schaute ihr in die geweiteten Augen. „Tu genau, was ich sage."

Sie zuckte zusammen, als eine weitere Kugel in die Trockenbauwand einschlug.

„Wer zum Teufel ist das?" Nate kroch zur Hintertür und legte eine Hand um seine Waffe.

„Ramone."

Er warf mir einen Blick zu und die Farbe wich aus seinem Gesicht. „Willst du mich verarschen?"

„Ich wünschte, das wäre der Fall." Ich rollte seitwärts und zog Charlie auf mich drauf und aus der klaren Schusslinie durch das Vorderfenster. Ihre Brüste drückten gegen mich, ihre Atemzüge waren flach und keuchend. „Atme, Charlie.

Du bist sicher, solange du bei mir bist.“ Meine Wut über die Aktion mit der Schere verflog, als ich ihre Angst sah.

Sie hielt sich an meiner Jacke fest, ihre Augen verzweifelt. Wenn sie sich nicht beruhigte, würde sie hyperventilieren.

„Charlie, hör zu. Atme. Langsam ein, langsam aus.“ Ich strich ihr mit der Hand über den Rücken. „So wie ich.“ Ich atmete langsam und tief durch.

Nach einem Moment machte sie es mir nach, vertiefte ihre Atmung und ließ ihren Körper auf meinen sinken. Sie fühlte sich gut an, zu gut. Wir hatten keine Zeit, nicht mit Ramone in ihrem Nacken.

„Hinter wem ist der Arschficker her?“, fragte Nate, als eine weitere Kugel sich in die Wand bohrte. „Hinter mir? Dir?“

Ich warf ihm einen finsteren Blick zu in dem Versuch, ihn zum Schweigen zu bringen, aber Schweigen war noch nie Nates Stärke gewesen.

Er richtete seine Augen auf Charlie. „Hinter ihr? Warum sie?“

Ich wollte Charlie nicht mehr als nötig erschrecken, aber sie musste wissen, wie ernst die Situation war. „Der Boss will, dass Berty dabeibleibt.“ Ich schob Charlie behutsam von mir runter und setzte mich auf, hielt dabei aber meinen Körper zwischen ihr und den Kugeln, die durch die Vorderseite des Ladens flogen.

„Oh, verdammte Scheiße!“ Nate schlug mit seinem Kopf leicht gegen die Wand.

„Er hat mir aufgetragen, hinter Berty aufzuräumen. Hat gesagt, dass er Ramone auf die Sache angesetzt hat, falls ich den Job nicht erledigen kann.“

Charlie erstarrte, ihre Atmung wurde wieder flach. „Du sollst mich töten?“

„Hey.“ Ich rieb ihr mit den Händen über die Oberarme. „Das wird nicht passieren. Okay?“

Ihr Kinn bebte, während sie mich anstarrte. Die Angst in ihren Augen zerriss mir das Herz. Ich rieb ihr weiter die Arme, als ob meine Berührung sie davon überzeugen könnte, dass ich sie nie verletzen würde.

Nate überprüfte sein Magazin und schob es dann mit einem Tscht und einem Klick fest. „Warum zum Teufel will der Boss diese verdammte Schlange Berty an Bord haben?“

„Das hat er nicht gesagt, aber er will Berty frei und sauber haben, damit er seine rechte Hand werden kann.“

Kalte Erkenntnis färbte Charlies Gesicht in einem fahlen Farbton. „Er will nicht, dass ich zur Polizei gehe. Ist es das?“ Sie hielt sich an meiner Anzugsjacke fest. „Sag ihm, dass ich kein Wort sagen werde. Ich werde es niemandem sagen. Dann wird er mich in Ruhe lassen, oder? Ich schwöre, ich werde nichts sagen.“

Ich schüttelte den Kopf und nahm ihre warmen Hände in meine. „So funktioniert das nicht.“

„Ich werde nichts sagen. Ich verspreche es.“ Ihre Beharrlichkeit änderte nichts an der Tatsache, dass sie in dem Moment tot sein würde, in dem Ramone eine freie Schusslinie hatte.

„Dafür ist es zu spät.“ Ich drückte ihre Hände. „Ramone wartet hinter dem Laden.“

„Hinten?“ Nate schüttelte den Kopf und zeigte auf das zerbrochene Fenster. „Ich bin mir ziemlich sicher, dass die Kugeln aus dieser Richtung kommen.“

„Das ist nicht Ramone. Sieht so aus, als hätte er vorne einen Handlanger. Die Schüsse sollen uns in die Gasse treiben, wo Ramone auf uns warten wird.“

„Woher weißt du das?“ Nate drückte sich mit dem Rücken gegen die Wand und warf der Tür einen skeptischen Blick zu.

„Weil ich es weiß.“ *Weil es das ist, was ich tun würde.* Ich drehte mich zu Charlie um und umfasste ihr Kinn. „Gibt es noch einen anderen Weg aus diesem Laden?“

Panik ließ ihre Stimme hoch und dünn klingen. „N-nein. Nur wenn wir aus dem ersten Stock springen.“

„Gibt es einen Zugang zum Dach?“ Nate sah die Decke an.

Charlies Augen hellten sich ein kleines bisschen auf. „Es gibt eine Leiter, ja." Ihre Hoffnung verblasste genauso schnell, wie sie gekommen war. „Aber die Tür ist verschlossen und der Schlüssel ist vorne im Tresen."

Es spielte keine Rolle. „Unsere beiden Autos sind hinten. Selbst wenn wir es bis aufs Dach schaffen würden, würden wir nicht weit kommen, bevor Ramone uns erwischt." Ich kalkulierte schnell, was wir tun mussten, um lebend aus dem Laden zu kommen. Keiner meiner möglichen Pläne endete damit, dass wir alle drei noch atmeten. „Wir können es nicht alle schaffen und Charlie muss weg von hier, schnell." Ich packte meine Waffe und starrte die Hintertür an. „Ich habe einen Plan."

„Was hast du vor?" Charlie zerknitterte mein Revers in ihren kleinen Fäusten.

„Ich werde für etwas Feuerschutz sorgen. Nate wird dich mitnehmen und von hier verschwinden. Entfernt euch so weit wie möglich von hier und taucht unter."

„Das ist eine Selbstmordmission." Nate schüttelte den Kopf.

„Es ist unsere einzige Option."

„Er wird dich umbringen, Mann. Das ist es, was er tut."

„Nicht, wenn ich ihn zuerst umbringe." Ich stand auf.

„Geh nicht." Charlie hielt meinen Unterarm fest, ihre Augen schimmerten feucht.

Warum würde ein Engel wegen eines Sünders wie mir weinen?

Nate glotzte sie an. „Verdammt, Charlie. Du machst dir Sorgen um ihn und bei mir machst du einen auf Edward mit den Scherenhänden?"

„Du wirst bei Nate sicher sein." Ich musste mein Magazin nicht überprüfen. Es enthielt fünfzehn Kugeln, plus eine in der Kammer. Die 9mm war eine Verlängerung meines Arms; ich konnte das Gewicht jeder Kugel spüren. Sie war einsatzbereit, genau wie ich. „Wo ist der Zugang zum Dach?"

Sie warf einen Blick auf die schmale Tür an der Seite des Raums, presste aber ihre Lippen zusammen.

„Hey." Ich senkte meine Stimme und beugte mich runter, um ihr in ihre glitzernden Augen zu schauen. „Du musst es mir sagen. Sonst gehe ich blind in die Sache rein."

Ihr stockte der Atem und die Worte strömten aus ihr heraus. „Hinter der Tür ist eine Treppe. Wenn du oben ankommst, wirst du eine kleine Tür auf deiner Linken sehen. Sie ist verschlossen, und dahinter ist eine Leiter zum Dach." Eine Träne entwich ihrem Augenwinkel. Ich wischte sie mit dem Daumen weg und brannte mir ihr Gesicht in meine Erinnerung ein. Wenn Ramone mich über die Klinge springen ließ, wollte ich, dass Charlie das Letzte war, woran ich mich erinnerte.

„Bleibt hier, bis ihr mich schießen hört, dann geht. Haltet eure Köpfe unten." Ich zog meine Schlüssel raus und warf sie Nate zu. „Der Audi steht so, dass man schnell fliehen kann. Für den unwahrscheinlichen Fall, dass er die Reifen nicht zerstochen hat, nehmt ihn. Er hat es wahrscheinlich getan, ihr werdet also laufen müssen." Ich schloss die Augen und stellte mir den Grundriss der Gasse vor. „Wenn die Reifen kaputt sind, lauft nach rechts. Er wird links auf der Feuertreppe des vierstöckigen Backsteinhauses am Ende der Gasse sein. Ich werde ihn ausschalten oder festnageln. Sucht euch danach ein Auto und macht euch aus dem Staub."

„Ich kann dich nicht zurücklassen, Mann." Nate schüttelte den Kopf. „Ramone und seine Leute, die machen keine halben Sachen. Wenn du allein da rausgehst, bist du tot." Die Sorge in seinen Augen hätte mich wärmen sollen. Stattdessen hatte ich Angst, dass wir zu viel Zeit verschwendet hatten. Ramone war klug. Jede weitere Sekunde, die wir ihm gaben, war noch eine Möglichkeit für ihn, Charlies Tod zu planen.

„Ramone arbeitet allein. Der Typ vor dem Laden ist eine Ausnahme. Es gibt nur mich und ihn. Wenn ich ihm vom Dach aus zuvorkommen kann, habt ihr eine Chance."

„Das gefällt mir nicht."

„Das muss es nicht." Ich sah Charlie an, ihre verängstigten

Augen glänzten. „Pass auf sie auf, verstanden? Sie ist alles, was mir wichtig ist." Mein Herz offenzulegen, war einfacher, als ich es mir vorgestellt hatte. Vielleicht rückte der Sensenmann, der mir im Nacken saß, die Dinge ins rechte Licht.

Ihre leise Stimme zitterte. „Komm mit uns mit."

„Ich komme nach." Ich küsste sie auf die Stirn, obwohl ich kein Recht dazu hatte.

„Du kannst nicht nachkommen, wenn du in einem Leichensack bist, Mann." Nates Warnung prallte an mir ab wie Wasser von einem Dach. Es war der einzige Weg.

Ich nahm seinen Arm und drückte ihn. „Du hast noch nie zuvor an mir gezweifelt. Fang jetzt nicht damit an."

„Scheiße." Nate zog die Schultern nach hinten und nickte. „Du kannst es schaffen, okay? Du kannst es hier raus schaffen. Du bist besser als er."

Er hatte recht, aber nicht recht genug, als dass ich Charlies Leben darauf verwetten würde. Ich stand auf und eilte zur Tür. Eine dunkle Treppe führte nach oben. Ich wollte sie noch einmal ansehen, um mir das Bild ihres süßen Gesichts einzuprägen und es mit in die Hölle zu nehmen. Aber ich hatte dieses letzte bisschen Trost nicht verdient.

Ich ging hoch, nahm dabei zwei Stufen auf einmal, und bereitete mich darauf vor, ihnen bei der Flucht zu helfen, auch wenn es mich zerstören würde.

13

Charlie

Conrad verschwand die dunkle Treppe hoch, seine Schritte entfernten sich und verstummten.

„Fuck." Nate kniff sich in den Nasenrücken. „Das ist Bullshit."

Ein dumpfer Schlag und das Krachen von zersplitterndem Holz schnitten durch die Luft – Conrad war auf dem Weg zum Dach. Ich starrte die Türöffnung an, als ob ich herbeiwünschen könnte, dass Conrad wiederauftauchte und sich einen anderen Plan ausdachte. „Was sollen wir tun?"

Eine weitere Kugel schlug in die Wand ein und ließ eine kleine Wolke aus weißem Staub aufsteigen.

„Wir werden tun, was er gesagt hat."

„Aber er wird sterben." Mir drehte sich der Kopf angesichts der Schmerzen, die dieser Gedanke verursachte. Ich kannte ihn nicht. Nicht wirklich. Ich wusste nur, dass er ein Killer war. Aber das stimmte nicht ganz. Er hatte mich auch vor Berty gerettet, obwohl er mich dort hätte lassen können.

„Schreib ihn nicht so schnell ab." Er legte die Hand auf den Griff der Hintertür. „Er ist ziemlich unberechenbar."

Ein leiser Knall, und ein Schrei ertönte von der Straße. Nates Kopf schnellte herum und wir beide starrten auf die Tür zum vorderen Bereich des Ladens. Nach ein paar Momenten angespannter Stille wurde mir klar, dass der Beschuss aufgehört hatte.

„Er hat den Kerl vor dem Laden erwischt." Nate drehte sich wieder zur Tür um. „Gut. Wenn ich sie aufmache, wirst du zu meinem Schatten. Bleib bei mir. Komm her." Er nahm meine Hand und zog mich zu sich heran. „So."

„Okay."

„Wenn ich zu Boden gehe, nimm die Schlüssel aus meiner Hand und mach dich aus dem Staub. Halt erst an, wenn du Banjos oder den Ozean hörst. Kapiert?"

Ich nickte, mein Körper wurde kalt und meine Gedanken überstürzten sich so schnell, dass ich nicht klar denken konnte.

„Wenn die Reifen platt sind, lauf so schnell du kannst." Er wartete, sein gesamter Körper vibrierte vor Spannung.

Andere knallende Geräusche unterbrachen die Stille.

„Das ist unser Zeichen." Er riss die Tür auf und rannte in die Gasse. Ich blieb so dicht wie möglich hinter ihm.

„Fuck! Die Reifen sind im Arsch." Er drehte sich nach rechts und zog mich hinter sich her.

Mehr Schüsse ertönten, einige von einer lauteren Waffe, gemischt mit dem leiseren Knallen.

Ich rutschte auf einer Eisfläche aus, aber Nate hielt meine Hand mit eisernem Griff fest, während wir rannten, unsere Schritte hallten zwischen den Gebäuden. Ein paar Autos säumten die Gasse, ebenso wie ein paar Abfallcontainer und Mülltonnen. Ein Autofenster zu meiner Rechten explodierte und Nate zog mich schnell hinter den nächsten Müllcontainer.

Er musterte die Gasse vor uns, bevor er sich wieder neben mich hockte. „Wem gehören diese Autos?" Er wedelte mit seiner Pistole in Richtung des schwarzen SUVs auf der anderen Seite der Gasse.

Mein Herz hämmerte in meiner Brust und die eisige Luft

verbrannte meine Lungen. „Den Personen, denen die Geschäfte gehören. Das Schwarze gehört Mrs. Chan."

„Wo ist ihre Hintertür?"

„Zwei Türen weiter."

„Verschlossen?"

„Keine Ahnung." Ich zuckte zusammen, als hinter mir ein Klonk ertönte. Jemand hatte auf den Müllcontainer geschossen. „Wahrscheinlich."

„Wir müssen weiter." Er hob seine Waffe über das rostige blaue Metall und feuerte drei Schüsse ab, drängte mich dann zur Hintertür der Reinigung.

Nate rüttelte am Griff, aber er bewegte sich nicht. „Scheiße." Er schob mich hinter eine graue Mülltonne und holte aus, um gegen die Tür zu treten. Sie war aus dickem Metall gefertigt. Wie ich Mr. Chan kannte, war sie innen wahrscheinlich auf drei verschiedene Weisen verschraubt und verriegelt.

Ich streckte die Hand aus und drückte auf die leuchtende Türklingel neben der Gegensprechanlage an der Wand.

Mrs. Chans angsterfüllte Stimme knisterte durch die Sprechanlage. „Gehen Sie weg. Wir wollen keinen Ärger."

„Tan! Ich bin es, Charlie. Lassen Sie uns bitte rein."

„Charlie?"

„Ja!" Mehr Schüsse wurden vom anderen Ende der Gasse abgefeuert.

Nate erwiderte das Feuer mit wilden Schüssen, während er weiter auf die unbewegliche Tür eintrat. Er brüllte und zuckte zusammen, bevor er sich den Oberarm hielt und neben mir in Deckung ging.

„Was ist, wurdest du angeschossen?" Ich zog seine Hand von seinem Arm weg und entdeckte Rot, das durch sein Hemd sickerte. „Oh, nein." Ich drückte meine Hand auf die Wunde.

„Ist schon okay. Hat mich nur gestreift." Er feuerte noch ein paar Schüsse über die Mülltonne, bis die Waffe klickte. „Leer. In meiner Tasche ist noch ein Magazin." Er versuchte, danach zu greifen, aber sein verletzter Arm wollte nicht kooperieren.

Ich wühlte in seiner Manteltasche herum, bis meine Finger auf Metall trafen. „Ich habe es."

„Kannst du die Waffe laden?"

Ich nickte und nahm ihm die Pistole ab. Ich drückte den Knopf an der Seite, ließ das leere Magazin in meine Hand fallen, steckte es ein und rammte dann das neue rein.

Seine Augenbrauen schossen nach oben. „Wer bist du?"

„Eine Floristin." Ich lud die Waffe durch und gab ihm die .45er zurück.

Die Hintertür schwang auf und ein verängstigter Mr. Chan lehnte sich gerade weit genug heraus, um uns an der Wand zu sehen. Nate packte mich und zog mich rein. Mr. Chan schlug die Tür hinter uns zu und brach in eine chinesische Litanei aus, der ich nicht folgen konnte.

„Autoschlüssel." Nate trat auf die kauernde Mrs. Chan zu. Mir kam der Gedanke, dass er im Vergleich zu dem winzigen alten Paar eine furchterregende Gestalt war.

„Warte." Ich schob mich zwischen sie und legte ihr leicht eine Hand auf die dünne Schulter. „Mrs. Chan, wir müssen uns Ihr Auto ausleihen. Bitte. Und dann werden wir verschwinden."

Sie blinzelte mich an. „Charlie, dein Gesicht."

Ich hatte den Verband über meiner Nase vergessen. „Mir geht's gut, wirklich."

Ihre dunklen Augen flackerten von mir zu Nate und sie presste ihre Lippen zu einer dünnen Linie zusammen.

Ich legte ihr meine Hände auf die Schultern und lenkte ihre Aufmerksamkeit wieder auf mich. „Das war er nicht. Er versucht, mir zu helfen. Ich verspreche es. Aber wir brauchen Ihre Autoschlüssel. Wir müssen hier raus, damit Sie in Sicherheit sind."

„Aber bist du in Sicherheit?" Sie nahm meine Hand und zog mich von Nate weg. „Bleib hier bei uns."

„Ich kann nicht. Sie sind hinter *mir* her." Ich drückte ihre Hand.

Die Erkenntnis schien ihr den Wind aus den Segeln zu

nehmen. Sie warf Nate noch einen harten Blick zu, bevor sie mich wieder anschaute. „Nehmt das Auto.“ Sie eilte zu einem kleinen Schreibtisch, der an der hinteren Wand stand und auf dem sich Quittungen und andere Papiere stapelten, und nahm eine schwarze Handtasche aus der unteren Schublade.

Ein Summer ertönte und Nate schwang seine Waffe in Richtung des Geräusches.

Mr. Chan hielt seine Hände hoch. „Nein, die Wäsche ist fertig. Nur die Wäsche.“ Er zeigte auf die riesige Frontlader-Waschmaschine, die an der rechten Wand stand. „Sehen Sie?“

Nate starrte sie an und blickte dann wieder Mr. Chan an. „Passen Sie beide da rein?“

Mr. Chan rückte sein Brillengestell aus Kunststoff zurecht. „Was?“

„Hören Sie, ein wirklich übler Typ ist hinter uns her. Wenn Sie ihm im Weg sind, knallt er Sie vielleicht nur zum Spaß ab. Sie müssen sich verstecken.“

Mr. Chan drehte sich zu seiner Frau um und sie unterhielten sich auf Chinesisch.

„Super gemacht, jetzt haben sie Todesangst.“ Ich nahm mir einen Stoffgürtel mit einem frühlingshaften Blumenmuster von einem der Wäscheständer in der Nähe. „Halt still.“

Nate tat, was ich ihm befohlen hatte, während Mr. Chan sein Gespräch mit Mrs. Chan beendete. Keiner der beiden schien sehr erfreut zu sein, was auch immer sie untereinander ausgemacht hatten. Nate beobachtete, wie ich seinen Arm verarztete.

Ich band die Wunde ab und hoffte, dass der Druck die Blutung stoppen würde. „Das sieht nicht gut aus.“

„Nur ein Kratzer.“ Er wandte sich an die Chans. „Und, was ist mit der Waschmaschine?“

Mr. Chan blickte hinter seiner Brille düster drein.

„Ich denke, der Plan mit der Waschmaschine ist gestorben.“ Ich ging auf Mrs. Chan zu. „Gibt es hier drinnen einen anderen Ort, an dem Sie beide sich verstecken können?“

Sie reichte mir ihren Autoschlüssel. „Wir haben einen Raum. Ein Schrank neben dem WC. Er hat ein Schloss und wir passen beide rein.“

Nate zuckte zusammen und fasste sich wieder an den Oberarm. „Gut. Verstecken Sie sich da. Kommen Sie erst wieder raus, wenn es lange Zeit ruhig war oder Sie die Cops hören. Haben Sie schon die Polizei gerufen?“

Sie nickte. „Ja.“

„Gut. Gehen Sie.“

Mr. Chan nahm seine Frau und schob sie in Richtung WC. „Charlie? Wirst du zurechtkommen?“

„Ich glaube schon.“ Ich hielt den Schlüssel hoch. „Danke für den hier.“

Mr. Chan schüttelte den Kopf, Sorge ließ ihn noch älter aussehen, aber er folgte Mrs. Chan zu ihrem Versteck.

„Lass uns gehen.“ Nate packte den Türgriff.

Wir waren im Begriff, den Spießrutenlauf wieder von vorne zu beginnen. Ich atmete tief durch und nickte ihm zu. Bereit.

Er riss die Tür auf und ich sprang zurück, als ein Mann hereinstürmte.

Conrad packte Nates Handgelenk und riss es nach oben, als Nate seine Waffe abfeuerte. „Fuck, Nate.“

Eine weiße Deckenplatte fiel hinter uns klappernd zu Boden, das Opfer von Nates abgelenkter Kugel.

„Mensch!“ Nate schubste Conrad zurück. „Du hast mich zu Tode erschreckt.“

Conrad ignorierte Nate und kam auf mich zu, fuhr mir dann mit seinen Händen über die Arme. „Alles in Ordnung?“ Seine Augen bohrten sich in meine und Besorgnis ließ Krähenfüße entstehen, die vorher noch nicht dagewesen waren. „Wurdest du getroffen?“

„Nein, es geht mir gut.“ Ich wollte ihn umarmen, obwohl das keinen Sinn ergab.

„Gut.“ Er unterlegte das Wort mit einem erleichterten Seufzen.

„Was ist mit dir?“ Ich suchte ihn nach blutigen Stellen ab, aber sein dunkles Hemd und seine dunkle Hose verbargen jede mögliche Verletzung.

„Mach dir um mich keine Sorgen.“ Er legte mir seine kalte Hand an die Wange. Ich schmiegte mich an sie.

„Hey, Arschloch. Ich wurde getroffen“, grummelte Nate.

Conrad ignorierte ihn. „Ich werde dich nicht wieder allein lassen.“

Wärme breitete sich in mir aus, obwohl ich mich fragte, ob er gerade ein Versprechen gemacht hatte, das unmöglich einzuhalten war.

„Das ist total herzergreifend, aber wo ist Ramone?“ Nate legte wieder seine Hand auf den Türgriff.

„Ich weiß es nicht.“ Conrads Gesichtsausdruck wurde hart. „Er wäre tot, wenn er nicht eine Weste angehabt hätte. Ich habe sie mit genug Blei gefüllt, um ihn zu verlangsamen, aber wir müssen los.“

„Ich habe den Schlüssel für den schwarzen SUV da draußen.“ Nate ließ den Schlüsselanhänger baumeln.

„Gut.“ Conrad betastete seine Waffe und nahm meine Hand. „Bleib dicht bei mir. Wir müssen schnell sein.“

Ich drückte seine Finger.

„Bereit?“, fragte er Nate.

Nate ließ seine Waffe um seinen Finger kreisen und hielt sie tief an seiner Hüfte nach oben, wie ein Revolverheld aus dem Wilden Westen. „Bereit geboren, Motherfucker.“

„Du bist ein Idiot.“ Con schüttelte den Kopf.

„Sie fand es super.“ Nate grinste mich an. „Du fandst es super, oder?“

Conrad knurrte irritiert. „Halt die verdammte Klappe und mach die Tür auf.“

„Spielverderber.“ Nate zog die Tür nach innen auf und wir stürzten raus. Gewehrfeuer brach fast unmittelbar los, aber wir rannten weiter. Nate und Conrad feuerten in Richtung meines Ladens, während ich mich dicht an Conrads Rücken drängte.

„Rein!“, schrie Conrad, als wir am SUV ankamen.

Ich riss die Tür auf und sprang auf den Rücksitz. Conrad folgte mir und bedeckte mich mit seinem Körper, während er die Tür hinter uns zuschlug. Nate startete den Motor und dann waren wir unterwegs, rasten die Gasse entlang, während Kugeln in das kalte Metall um uns herum einschlugen. Conrad drückte mich nach unten, seine Brust an meinem Rücken, sein warmer Atem an meinem Hals.

„Fick dich, Ramone!“, schrie Nate, während wir die Gasse in einem halsbrecherischen Tempo verließen. Das Auto scherte aus, als er scharf nach rechts abbog, aber er bekam es wieder unter Kontrolle und wir schossen davon.

„Alles in Ordnung?“ Conrads raue Stimme liebkoste mein Ohr.

Ich schluckte schwer. „Es geht mir gut.“

„Gut.“ Er setzte sich auf und zog mich auf den Sitz neben sich.

Ein Zittern lief durch mich hindurch und ich umklammerte meine Ellbogen.

„Schock.“ Conrad legte mir einen Arm um die Schultern. „Das wird schon wieder. Atme einfach durch.“

Nate schoss um Autos herum und raste über rote Ampeln, während Conrad durch die Heckscheibe starrte. Schrilles Gehupe und quietschende Reifen bildeten eine Kakophonie um uns herum. Ein leichter Graupelschauer begann zu fallen und klickte gegen die Windschutzscheibe.

„Die Luft ist rein.“ Conrad zog mich auf seinen Schoss. „Fahr langsamer.“

„Es geht mir gut.“ Ich drückte gegen seine Brust, aber er hielt mich fest.

Nate überholte einen LKW und ging dann vom Gas.

Ein weiteres Beben lief durch mich hindurch, meine Zähne klapperten aufeinander und schickten schmerzhafte Stiche durch meinen Kiefer.

„Schh.“ Er fuhr mir mit seiner Hand durch die Haare.

Warum fand ich ihn so beruhigend? Ich lehnte mich gegen

ihn und atmete die besondere Art von Gewalt ein, die ihm anhaftete. Das gleichmäßige Klopfen in seiner Brust erinnerte mich daran, dass wir den Fängen des Killers entkommen waren, aber Ramone würde erst dann aufgeben, wenn mein Herz verstummte.

„Wir können nicht zurück zu meiner Wohnung." Conrads Unterkiefer war vorgeschoben, Spannung beherrschte jeden seiner Muskeln. „Da wird Ramone als nächstes hinfahren."

„Wie sieht der Plan aus?" Nate fuhr auf die Autobahn in Richtung Innenstadt.

„Es ist besser, wenn du das nicht weißt."

„Was zum Teufel, Alter?" Nate starrte Conrad im Rückspiegel an. „Ich werde nicht auf der Reservebank sitzen. Ich bin der Einzige, der dir den Rücken freihält."

"Und deshalb musst du in der Stadt bleiben. Vince im Auge behalten."

„Ich war gerade in eine Schießerei mit Ramone verwickelt." Nate schlug mit seiner guten Hand auf das Lenkrad. „Glaubst du, dass Vince diese kleine Tatsache übersehen wird?"

Conrad nickte, seine Hand streichelte meinen Rücken. „Ich weiß, dass er es wird. Du bist ein Soldat. Auch wenn du Ramone im Weg warst, bist du ein Teil von Vinces Familie. Ramone ist nur ein Auftragskiller. Wie ich. Deine Loyalität wird jede Auseinandersetzung mit einem Söldner überwiegen."

Nates Blick flackerte zu mir. „Super. Jetzt weiß die kleine Lady, wer versucht, sie umzulegen."

Conrad verlagerte sein Gewicht und drückte mich noch enger an sich heran. „Sie verdient es zu wissen, wer versucht, sie zu töten."

14

Charlie

Wir setzten Nate an einer schäbigen Häuserzeile auf der anderen Seite des Flusses ab. Er hatte immer wieder versucht, mit Conrad zu diskutieren, um bei uns zu bleiben, aber Conrads Entscheidung stand fest.

Conrad hielt mich während der gesamten Fahrt fest. Ich versuchte nicht, mich ihm zu entziehen, sondern ließ einfach zu, dass er meine Nerven beruhigte und das Zittern mit dem gleichmäßigen Streicheln seiner Hand vertrieb. Vielleicht hatte er recht und ich stand unter Schock.

Ich wusste nicht, wohin ich unterwegs war oder was ich tun konnte, um zu verhindern, dass die Lawine von schrecklichen Ereignissen mich lebendig begrub. Trotzdem ließ ich mich von der Umarmung eines Killers erwärmen und schien mich vom Abgrund zu entfernen, indem ich mich einfach an ihm festhielt.

Nachdem wir Nates Nachbarschaft erreicht hatten, unterhielten die Männer sich kurz und dann holte Nate eine Tasche aus dem Kofferraum eines kaputten Sentra, der in der

Einfahrt stand. Als er die Tasche hinten in den SUV legte, hörte ich das unverwechselbare Klappern von Waffen.

Ich kletterte über die Mittelkonsole, setzte mich auf den Beifahrersitz und wartete, während Conrad die Tasche durchwühlte. Die tief hängenden Wolken schienen diesen Teil von Philadelphia einzuhüllen, sie pressten nach unten und zerdrückten ein paar ausgebrannte Häuser entlang der Straße. Einige wenige waren gut erhalten, ihre Rasenflächen waren gepflegt und die Autos in den Einfahrten noch gepflegter. Dazwischen mischten sich Häuser, bei denen die Farbe abblätterte und Laken mit Kindermotiven anstelle von Vorhängen in den Fenstern hingen.

So viele Fragen schossen mir durch den Kopf. Wo fuhren wir hin? Was würde er mit mir machen? Wann würde es vorbei sein? Ich wollte sie alle stellen, aber ich hatte Angst vor den Antworten. Ich könnte den Laden schließen und die Stadt verlassen, aber so wie Nate und Conrad über Vince sprachen, bekam ich das Gefühl, dass er mich trotzdem finden würde. Mir stellten sich die Haare auf bei dem Gedanken daran, wieder in Bertys Fänge zu geraten.

Con kletterte auf den Fahrersitz.

„Pass auf dich auf, Arschloch." Nate lehnte sich gegen die Tür auf der Fahrerseite.

„Das werde ich."

Nate wandte sich an mich, seine Augen waren trotz seines Tonfalls ernst. „Bleib weg, Charlie. Vertrau Conrad. Er ist deine Fahrtkarte, um aus dieser Sache lebend rauszukommen." Seine Lippen zuckten. „Ich meine, ich weiß, dass du die ganze Zeit über an mich denken wirst, während ihr weg seid, aber—"

„Das reicht jetzt." Conrads Stimme nahm einen tödlichen Tonfall an und er schloss seine Hände fester um das Lenkrad.

Ein Auto fuhr rückwärts aus einer Einfahrt auf die Straße und rollte langsam an uns vorbei. Conrad griff in seinen Herrenmantel und Nate starrte den Fahrer an.

Als das Auto vorbeigefahren war, sagte Nate: „Hannah

von der Bäckerei drüben in Springfield. Leider scheint sie untenrum immer ein Sauerteigbrot im Ofen zu haben."

Ich rümpfte die Nase und warf Nate einen Blick zu, der hoffentlich voll blankem Ekel war.

Er grinste. „Ach, komm schon. Ich sage hier nur die Wahrheit."

Conrad nahm die Hand von seiner Waffe, behielt aber weiterhin die Straße im Blick, seine Augen immer auf der Suche nach Gefahren.

„Nate, kannst du für mich nach den Chans sehen?" Ich hoffte, dass sie in ihrem Versteck in Sicherheit gewesen waren, und Conrad versicherte mir, dass Ramone sich nicht die Mühe machen würde, ihnen etwas anzutun. Aber eine kleine Bestätigung würde mich beruhigen, da ich der Grund für die Schießerei vor ihrer Tür gewesen war.

Nate zuckte mit den Schultern. „Sie wollen den Kerl, der sie in eine Waschmaschine stecken wollte, wahrscheinlich nicht sehen."

„Guter Einwand." Irgendwie war mir Nate in den letzten 24 Stunden ans Herz gewachsen. Meine Mundwinkel kräuselten sich, obwohl ich mich sehr bemühte, ernst zu bleiben. „In dem Fall solltest du sie anrufen, anstatt vorbeizuschauen."

„Mach ich." Er wandte sich wieder an Conrad. „Hast du eine Strategie?"

„Immer." Er strahlte kaltes Selbstvertrauen aus. So warm, wenn ich in seinen Armen war, aber berechnend und methodisch, wenn es um alle anderen ging.

„Woher werde ich wissen, wann es so weit ist?"

„Ich melde mich. Halt den Kopf unten. Folge den Befehlen von Vince. Wenn er fragt, was mit Ramone passiert ist, sag ihm die Wahrheit. Wenn du in irgendeine Scheiße gerätst, nimm Kontakt zu mir auf. Ich rufe dich später von einem Wegwerfhandy aus an."

Nate seufzte. „Die Scheiße wird noch haariger werden, oder?"

„Mit Ramone im Spiel? Auf jeden Fall."

„Wir sprechen uns bald." Nate wich zurück und salutierte mir, bevor er sich zu seiner vollen Größe aufrichtete und sich zum Haus umdrehte. Conrad drückte aufs Gas und wir ließen Nate im Rückspiegel zurück.

„Wo fahren wir hin?"

Er hielt seine atemberaubenden Augen auf die Straße gerichtet. „Aus der Stadt."

„Wohin?" Ich verknotete meine Finger ineinander und versuchte, die wachsende Flut an Sorgen in meinem Inneren einzudämmen. Ich war allein mit einem Mörder auf dem Weg nach wer-weiß-wo. Was, wenn Conrad beschloss, mich zu töten? Keiner würde mich je finden. War ich zu vertrauensselig gewesen? Ich hatte flüchtig den Wunsch nach einer Waffe, aber ein Blick auf Conrad sagte mir, dass es sinnlos war. Selbst wenn ich bis an die Zähne bewaffnet wäre, wenn Conrad mich tot sehen wollte, würde ich genau das sein.

Er warf mir einen kurzen Blick zu. Müde, unrasiert und vom Vortag verletzt ließ er trotzdem unwillkommene Schmetterlinge durch meinen Bauch flattern. Mit der harten Kante seines Kiefers könnte man Eis meißeln und die Kraft, die in seinem großen Körper steckte, könnte das Leben eines jeden Mannes auslöschen.

„Meine Möglichkeiten sind begrenzt." Er betätigte den Blinker und verließ Nates Nachbarschaft, um zurück zur Autobahn zu fahren. „Wir können nicht in der Stadt bleiben. Ramone wird erwarten, dass wir in einem Motel übernachten, irgendwo, wo man mit falschen Namen und Bargeld einchecken kann. Er wird jeden Ort im Umkreis von 100 Meilen um Philly herum im Auge behalten."

„Wenn wir also nicht in ein Motel fahren, wo geht es dann hin?" Ich wollte nicht im Auto schlafen, aber wenn ich es tun musste, um am Leben zu bleiben, würde ich es tun.

Er fädelte sich in den Verkehr auf der Autobahn ein, der zur Mittagszeit langsam und dicht unter dem dunklen Himmel war. „Irgendwohin, wo sie nicht suchen werden. Jedenfalls nicht für eine Weile. Cape May."

Cape May war ein alter Ferienort am Meer, wie ein kleineres, weitaus weniger glamouröses Atlantic City. Ich war noch nie da gewesen, aber die Leute, die früher das Uhrengeschäft am anderen Ende der Straße meines Ladens gehabt hatten, hatten sich dort zur Ruhe gesetzt.

„Hast du eine Wohnung in Cape May?" Ich konnte mir nicht vorstellen, wie Conrad Mercer am Strand lag, während in der Nähe eine Mischung aus Rentnern und Enkeln im Sand herumtollte.

Er schüttelte den Kopf. „Nein, aber ich kenne jemanden, der dort ein Haus hat."

„Vertraust du dieser Person?" Ich machte es mir auf meinem Sitz bequem, während der Verkehr immer dünner wurde, je weiter wir uns von Philadelphia entfernten.

„Bedingungslos. Tote können nicht sprechen." Conrad nahm die nächste Ausfahrt und bog dann an der ersten Ecke rechts auf eine Tankstelle ein.

„Was meinst du damit?" Ich beugte mich rüber und warf einen Blick auf die Tankanzeige. „Und warum halten wir an?"

„Ich meine, dass wir zum Haus eines Toten fahren." Er parkte neben einer Zapfsäule. „Bleib hier. Ich brauche nur eine Minute." Er warf mir einen strengen Blick zu, bevor er aus dem Auto stieg.

Ich beobachtete im Seitenspiegel, wie er um den SUV herumging, sein Kopf drehte sich hin und her.

Ein großer weißer Truck mit einem kaputten Kotflügel stand auf der anderen Seite unserer Zapfsäule, sein Besitzer rauchte und hatte sein Handy am Ohr, während er tankte. Conrad ging hinter dem Raucher vorbei und kniete sich hin. Ich drehte mich um, um mich nach ihm umzuschauen, aber er war außer Sicht. Was zum Teufel machte er? Nach einer Minute tauchte er hinter dem SUV auf, wenngleich ich keine Ahnung hatte, wie er zu unserem Auto zurückgekommen war, ohne dass ich ihn gesehen hatte.

Er kletterte auf den Fahrersitz und warf ein Nummernschild auf den Rücksitz.

„Hast du gerade die Nummernschilder von diesem Typen gestohlen?"

„Das habe ich." Er lenkte uns zurück auf die Autobahn. „Mach's dir bequem. Es wird eine Weile dauern, bis wir Cape May erreichen. Ist dir warm genug?" Er streckte die Hand aus, um die Heizung aufzudrehen, bevor ich antworten konnte. „Ich halte an, damit wir etwas zu essen kaufen können, wenn wir weiter außerhalb sind."

„Okay." Es war nicht so, dass ich viel zu melden hätte. Ich fuhr nur mit. „Wann glaubst du, wird die Sache sich gelegt haben?"

„Schwer zu sagen. Nate wird mir so viele Infos wie möglich besorgen. Ich muss dich an einen sicheren Ort bringen und dann die Verhandlungen mit Vince wieder aufnehmen. Er war in der Vergangenheit vernünftig, aber die Dinge sind anders, jetzt, wo er das Sagen hat."

„Glaubst du, er wird seine Meinung über mich ändern?"

Die Muskeln an seinem Kiefer traten hervor und verrieten ihn, auch wenn seine Antwort ausweichend war. „Vielleicht."

„Und wenn er es nicht tut?"

Er spannte sich noch mehr an. „Ich regle das schon." Er warf mir einen Blick zu. „Warum hast du den Laden Jesse's Flower Pot genannt und nicht Charlie's? Wer ist Jesse?"

Was? Die Frage brachte mich aus dem Gleichgewicht. Ich klemmte meine Lippen zwischen meinen Zähnen ein und schüttelte den Kopf. Ich redete nicht über Jesse. Wann immer jemand mich nach dem Namen des Ladens gefragt hatte, lächelte ich einfach und wechselte das Thema.

Er seufzte. „Okay, warum dann die Blumen?"

„Du meinst, warum ich den Laden eröffnet habe?"

„Ja."

Das hatte mich noch nie jemand gefragt. Ich hätte sagen sollen, „um Geld zu verdienen" oder, „weil ich ein Talent dafür habe". Aber beides war nicht wahr. Ich verdiente nicht viel und ich hatte üben und lernen müssen, wie man Arrangements für verschiedene Anlässe machte – welche Farben zueinander passten, geeignete Vasen, Schleifentricks und was die Blumen bedeuteten.

Ich sagte ihm die Wahrheit. „Blumen sind flüchtig."

„Flüchtig?" Er warf mir einen fragenden Blick zu.

„Weißt du, dass manche Frauen sagen, sie mögen es nicht, Blumen zu bekommen?"

„Das habe ich gehört, ja. Weil sie sterben, oder?"

„Ja." Der Gedanke daran, wie er einer Frau Blumen schenkte, die sie nicht zu schätzen wusste, ließ mich mit den Zähnen knirschen. „Selbst wenn der Gärtner sie nicht schneiden und mir zuschicken würde, würden sie nicht lange halten. Die Blütenblätter würden abfallen und der Stängel würde welken. Sie sind nur für kurze Zeit hier." Ich fuhr mit den Fingern über meinen Sicherheitsgurt, es war mir plötzlich peinlich, ihm zu viel von mir zu erzählen. „Aber in dieser Zeit geben sie alles. Obwohl sie verblassen werden, gehören sie trotzdem zu den schönsten Dingen der Welt. Und ich habe mich entschieden, in dieses kurze bisschen Herrlichkeit zu investieren, im Moment zu leben und anzuerkennen, dass die Dinge enden können und werden, aber dass ich mich nicht von der Angst vor dem Ende beherrschen lassen muss."

Conrad musterte mich, schaute mich viel zu lange an, da er auf die Straße hätte achten sollen. Er tat es schon wieder – er versuchte, mich zu sehen. Ich hatte ihm einen Einblick gegeben und ihm mehr von mir gezeigt, als ich seit langem irgendjemandem gezeigt hatte.

Er wandte sich wieder der Straße zu, seine Augenbrauen zerknittert. „Was in aller Welt ist mit dir passiert, Charlie?"

15

Conrad

Sie drehte sich weg und starrte raus auf die Bäume, die den New Jersey Highway säumten, ihre Lippen zu einer festen Linie zusammengepresst. Ihr Schweigen war fast so aufschlussreich wie das, was sie über ihre Liebe zu Blumen gesagt hatte. Sie wusste, was Verlust bedeutete, hatte ein Trauma durchlebt, das ich nur erahnen konnte. Und hatte vielleicht nur knapp überlebt.

Ich hatte sie immer als zarte Blume betrachtet, aber ihre Vergangenheit hatte sie mit Dornen ausgestattet. Dornen, die ich inspizieren musste, über die ich meine Hände gleiten lassen musste, bis sie bluteten, bis ich jedes Quäntchen Schmerz verstand, das sie erlitten hatte. Ich wollte die Details, wollte ihr versichern, dass sie bei mir in Sicherheit war. Ich wusste nur, dass ich das nächste Mal, wenn ich jemanden fand, der ihr wehgetan hatte, ihn ohne zu zögern töten würde. Und das schloss auch Berty mit ein.

Frustration wallte in mir auf. Ich hatte ihn entgegen meines Instinkts am Leben gelassen. Weil ich Befehle befolgte. Ich tötete nur, wenn es mir aufgetragen wurde. So funktionierte der Job. Keiner wollte einen Verrückten engagieren. Mein Geschäft war methodisch, professionell. Ich war eine Waffe und nur kalte grüne Scheine konnten meinen Abzug betätigen. Aber diesmal war es anders.

„Warum tust du das, was du tust?" Sie sah mich nicht an, als sie ihre Frage stellte.

„Es lohnt sich." Die harte Wahrheit.

„Hast du es schon immer getan?"

„Ja." Ich hielt den Tacho fünf Meilen über der Geschwindigkeitsbegrenzung, während wir am Rand von Vineland vorbeifuhren, einem kleinen Ort zwischen Philly und Cape May, an dem Cops gerne Radarfallen aufstellten.

„Wie viele Menschen hast du schon umgebracht?" Das leichte Zittern in ihrer Stimme war wie ein Messerstich. Sie hatte Angst vor mir, vor den Dingen, zu denen ich fähig war.

„Viele." Ich griff nach ihr und nahm ihre linke Hand. „Und ich werde jeden töten, den ich töten muss, um deine Sicherheit zu garantieren."

Sie entzog sich mir nicht und eine Hitzewelle schoss durch mich hindurch, als mir klar wurde, wie sehr ich sie hatte berühren müssen. Sie in meiner Nähe zu behalten, war keine Option mehr. Es war eine Notwendigkeit. Ich war ausgerastet, als ich zu meiner Wohnung zurückgekehrt war und festgestellt hatte, dass sie und Nate weg waren. Ich konnte nicht klar denken, bis ich sie gefunden hatte. Sie hatte mich zu einem Süchtigen gemacht. Es ergab keinen Sinn, aber ich konnte es nicht ändern. Vielleicht wollte ich es nicht.

Die Wolken vor uns lichteten sich und ließen falsche Hoffnung aufkommen, dass das Wetter sich bessern würde. Der Sturm war uns dicht auf den Fersen und würde innerhalb einer Stunde das wenige Licht verschlucken, das noch da war. „Lass uns hier anhalten, um uns etwas zu essen zu holen. Wir müssen ein paar Sachen einkaufen, die wir mitnehmen können. Ich gehe davon aus, dass das Haus seit einer Weile leer steht."

„Okay.“ Sie zog ihren Pullover fester um sich herum. „Ich muss mir die Beine vertreten.“

„Du bleibst im Auto.“ Ich verließ die Autobahn direkt hinter Vineland. „Ich werde alles besorgen, was wir brauchen. Ich will nicht, dass du auf einem Überwachungsvideo zu sehen bist.“

Sie schüttelte den Kopf und zog ihre Hand aus meiner. „Ich muss auch ein paar Sachen besorgen.“

„Sag mir, was für Sachen, und ich hole sie dir.“ Ich wollte sie nicht aus den Augen lassen, aber das Risiko war zu groß. Sie musste im Auto bleiben.

Sie knabberte an ihrer Unterlippe, die Bewegung viel verlockender, als sie es hätte sein sollen. „Aber ich muss pinkeln.“

Das war eine Sache, die ich nicht für sie erledigen konnte. *Praktisch.* Ich warf ihr einen durchdringenden Blick zu. „Sicher?“

„Bin ich mir sicher, dass ich pinkeln muss? Soll das ein Scherz sein?“ Sie verschränkte die Arme und schob ihr Kinn vor, was ihr eine bockige Miene verlieh, die ich ihr direkt wegficken wollte.

Ich zuckte mit den Schultern und bog auf den Parkplatz eines heruntergekommenen Tante-Emma-Ladens ein. „Na gut. Aber ich gehe mit dir rein.“ Ich begutachtete die Außenfassade von „Printzel's Quik Zip“. Das kaputte Schild, vereinzelte Graffiti und die glanzlose Kundschaft sagten mir, dass dies nicht die Art von Laden war, der sich High-End-Überwachungsequipment leisten konnte. Vielleicht eine Kamera an der Kasse, aber ansonsten würden wir nicht von digitalen Augen beobachtet werden.

„Was meinst du mit ‚mit mir‘?“ Sie legte ihre Hand auf den Türgriff.

„Ich glaube, das weißt du.“ Ich öffnete meine Tür und ging um das Auto herum, während sie heraushüpfte. „Bringen wir es hinter uns.“ Ich legte ihr meine Hand unten auf den Rücken und führte sie an einem antiken Buick, der wahrscheinlich seit Jahren nicht mehr gefahren wurde, und einem alten Mann vorbei, der auf dem Bordstein saß und uns ein zahnloses Grinsen schenkte.

Als ich die Glastür aufschob, die mit handgeschriebenen „Herumlungern verboten", „Keine Checks" und „Ladendiebe werden strafrechtlich verfolgt" Schildern versehen war, schlug mir der schwache Geruch von verdorbener Milch entgegen. Der kleine Laden befand sich am Ende eines größtenteils leerstehenden Einkaufszentrums. Eine Kamera wachte über die Kasse; ansonsten wurde der Laden nicht überwacht. Ein paar Käufer schlenderten zwischen den etwa ein Dutzend niedrigen Regalen herum und auf einem weiteren handgeschriebenen Schild an der Rückwand stand: „Toilette NUR für zahlende Kunden".

Ich nahm mir einen kleinen Korb, während die einzige Kassiererin mich beäugte und ihr Kaugummi mit offenem Mund kaute. „Gibt es einen WC-Schlüssel?", fragte ich sie aus mehreren Schritten Entfernung. Es war am besten, die Kamera so weit wie möglich zu meiden.

„Nein, aber Sie dürfen es nur benutzen, wenn Sie etwas kaufen." Sie ließ eine Blase zerplatzen, der rosa Kaugummi klebte auf ihren dunkel gemalten Lippen.

„Wir kaufen etwas." Ich hielt den Korb hoch, während Charlie zur hinteren Wand ging. Ihre Hüften schwangen, während sie ging, ihre Jeans schmiegte sich an ihre Kurven. Ich stellte mir vor, sie ihr auszuziehen, die Weichheit ihrer blanken Haut.

„Ich kann allein pinkeln." Sie warf mir einen finsteren Blick über die Schulter zu.

Ich antwortete nicht, sondern folgte ihr einfach und genoss die Aussicht. Ein schwach beleuchteter Flur enthüllte drei Türen – eine mit WC gekennzeichnet und die anderen beiden mit „Privat" markiert. Die starken Gerüche nach Pisse und einer Art Scheuermittel vermischten sich in der Luft.

„Warte kurz." Ich trat vor sie und griff nach der Türklinke. Ich zog sie auf und das Holz schrammte über den Fliesenboden, als sie aufging. Der Geruch wurde intensiver, aber das

WC war sauber und hatte kein Fenster. Charlie würde in Sicherheit sein. „Nur zu."

Sie drückte sich gegen die Seite ihrer Nase, als ob sie sie zuhalten wollte, ging dann rein und schloss die Tür. Als ich das Klicken des Schlosses hörte, rüttelte ich am Griff. Er rührte sich nicht.

„Ich besorge uns ein paar Sachen, aber ich gehe nicht weit weg." Ich ging zurück in den Hauptbereich des Ladens und nahm verschiedene Lebensmittel von den Regalen – Brot, eingebeulte Konservendosen, Erdnussbutter, Wasserflaschen –, aber ich warf ab und zu einen Blick auf die WC-Tür. Charlie schien sich Zeit zu lassen, also sammelte ich noch ein paar Dinge ein, von denen ich dachte, dass sie ihr gefallen könnten, und ging zum vorderen Teil des Ladens. In einer Vitrine lagen ein paar billige Wegwerfhandys.

„Eins von denen", sagte ich der Kaugummi kauenden Kassiererin. Sie schob die Rückseite der Vitrine auf und nahm eine Schachtel heraus, ließ sie dann in meinen Korb fallen. Ich hielt den Kopf unten und wich vom Tresen zurück.

Ein Mann ging den Mittelgang entlang, in Richtung des hinteren Bereichs. Er hatte ein fleckiges weißes Unterhemd und eine tiefsitzende Jeans an, seine blasse Haut war mit Kratern von starkem Drogenkonsum übersäht. Ich spannte mich an, bereit, ihn außer Gefecht zu setzen, falls er sich dem WC näherte.

Er schlurfte noch etwas weiter und blieb stehen, um sich die Auswahl an Fleischkonserven anzusehen. Seine fettigen gelben Haare hingen ihm ins Gesicht, als er eine Dose hochnahm und sie sich in die Tasche steckte.

Die WC-Tür öffnete sich und Charlie kam heraus. Ihre dunklen Haare flossen ihr über die Schultern und ihre Augen fanden meine im Bruchteil einer Sekunde. Selbst mit dem kleinen Verband über dem Nasenrücken war sie atemberaubend. Der schmierige Drogenabhängige sah auf und ließ von seinem kleinen Diebstahl ab, um sie anzustarren. *Meine* Charlie. Ich ging auf sie zu.

Sie bewegte sich an dem Junkie vorbei, aber er drehte sich und packte ihre Hand, zog sie zu sich zurück. „Hey, Hübsche." Seine Hand wanderte zu ihrem Arsch und er drückte hart genug zu, um ihr wehzutun.

Ich zog meine Waffe, während sie angewidert aufstöhnte. Dann, bevor ich etwas unternehmen konnte, trat sie ihm auf den Fuß, hieb ihm mit dem Ellenbogen seitlich gegen den Kopf und stach ihm mit etwas in den Oberschenkel, das ich nicht erkennen konnte. Er schrie vor Schmerzen auf, während sie an ihm vorbeieilte.

„Heilige Scheiße. Was war das?" Ich steckte meine Waffe ins Holster, während sie mich am Arm nahm und zur Kasse zog.

„Nichts." Das Wort verließ ihre Lippen in einem atemlosen Hauch. Ihre Wangen waren rosa gefärbt und Stolz glimmerte in ihren Augen, als sie dem Abschaum noch einen Blick zuwarf. Er saß immer noch auf dem Boden und hatte wahrscheinlich keine Ahnung, was zum Teufel gerade passiert war. Ich war fast genauso verwirrt wie er.

Die Kassiererin telefonierte bereits und erzählte jemandem von der „Auseinannasetzung", die sie gerade gesehen hatte. Die Polizei, kein Zweifel. Wir mussten verschwinden.

Ich nahm meinen Geldbeutel raus und kramte einen Hundert-Dollar-Schein hervor. Ich warf ihn auf den Tresen und schob Charlie hastig aus der Tür. „Behalten Sie den Rest."

Der Betrunkene auf der Bordsteinkante fügte seinem zahnlosen Grinsen ein Winken hinzu, als wir an ihm vorbeirannten.

"Steig ein." Ich öffnete Charlies Tür für sie und warf dann das Essen – inklusive Korb – auf den Rücksitz, bevor ich zur Fahrerseite rannte. Ich schlug die Tür zu, raste vom Parkplatz und reihte mich in eine Schlange von Autos ein, die an einer Ampel warteten.

Rote und blaue Lichter leuchteten in meinem Rückspiegel

auf, als ein Streifenwagen vor den Laden fuhr. Nachdem ich gesehen hatte, wie ein Polizist aus dem Auto gestiegen und reingegangen war, fuhr ich über den Bordstein, fädelte durch den Gegenverkehr und bog in die Auffahrt ein. Charlie quietschte und hielt sich an dem Griff über der Tür fest, während wir vom Tatort unseres letzten Verbrechens davonrasten.

Ich beschleunigte und scherte vor einem LKW ein, um ihn als Deckung zu benutzen, falls sich irgendwelche Autos von hinten näherten. Wir waren sauber davongekommen und ich erwartete nicht, dass wir noch mehr Ärger bekommen würden, aber ich hatte im Laufe der Jahre gelernt, dass Vorsicht der Schlüssel zum Überleben war.

Das Bild des Junkies auf dem Boden kam mir wieder in den Sinn. Womit hatte sie auf ihn eingestochen? Etwas, das aussah wie ein Plastikgriff. Und dann machte es Klick. Sie hatte den Griff einer Klobürste genommen und ihn irgendwie zu einer Waffe umfunktioniert. *Grundgütiger*. „Willst du mir erklären, was du da drinnen mit dem Arschloch veranstaltet hast? Und die *Klobürste*?"

Sie zitterte und schüttelte den Kopf. Ich drehte die Heizung auf und streckte die Hand aus, um ihren Sicherheitsgurt festzuschnallen. Meine Fingerknöchel strichen über die weichen Spitzen ihrer Brüste und meine Erektion machte sich wieder bemerkbar.

Sie drückte die Hände gegen ihre Wangen und starrte aus dem Seitenfenster. „Ich hatte einfach Glück. Das ist alles."

„Bullshit, Charlie. Die Art und Weise, wie du ihn in einer Sekunde ausgeschaltet hast, war kein Glück. Und die MacGyver-Scheiße mit der Klobürste? Das hat man dir beigebracht." *Und es war verdammt heiß*. Ich wollte anhalten und sie zum Reden bringen, tun, was auch immer nötig war, um ihr die Zunge zu lösen. Obwohl meine Vorgehensweise bei ihr etwas angenehmer sein würde als meine üblichen Methoden. Ich wollte sie zum Keuchen und Betteln bringen und vor allem hören, wie sie meinen Namen stöhnte.

Sie presste ihre Lippen zu einem Ausdruck zusammen, den ich zu verstehen begann und der bedeutete: „Ich sage kein Wort." Von den Dornen meiner Blume tropfte bereits das Blut ihrer Feinde.

„Für wen war dein Klobürsten-Knastmesser eigentlich gedacht?" Ich blickte in die Seitenspiegel, um zu sehen, ob sich jemand näherte. Die Autobahn war leer, also beschleunigte ich und fing an, schnell in Richtung Cape May zu fahren.

„Nicht für dich."

„Hmm." Ich warf ihr einen skeptischen Blick zu, aber sie hielt ihr Gesicht von mir abgewandt.

Nach einem angespannten Schweigen versuchte ich es mit einer anderen Taktik, die mir nicht angenehm war. Aber wenn das Öffnen einer Vene sie dazu bringen würde, mit mir zu reden, mir zu vertrauen, dann würde ich es tun. „Als ich noch klein war, war mein Vater der beste Auftragskiller für die Bosse in Philly und Boston. Er bekam einen Anruf, verschwand für ein paar Tage und tauchte dann wieder auf – meistens mit jeder Menge Bargeld."

Sie drehte ihren Kopf ein kleines bisschen, hörte zu.

„Meine Mutter war längst gestorben, als ich ein Teenager war. Sie entschied sich für die Flasche. Ich nehme es ihr nicht mehr übel. Das tat ich lange, aber irgendwann wurde mir klar, wie schwer es für sie war, mit einem Killer und einem Jungen zusammenzuleben, der dazu bestimmt war, den gleichen Weg zu gehen. Es gab also nur meinen Dad und mich. Ich habe mir beigebracht, wie man kocht, mich um ihn gekümmert, wenn er angeschlagen nach Hause kam, und irgendwann bin ich in seine Fußstapfen getreten." Ich hielt inne und wartete darauf, dass sie etwas von sich erzählte.

Als sie es nicht tat, verknotete sich mein Inneres. Ich erzählte ihr Dinge, die ich noch nie einer Seele zugeflüstert hatte. Alles in der Hoffnung, sie dazu zu bringen, etwas von sich mit mir zu teilen. Es war dumm und würde wahrscheinlich nicht funktionieren. Ich verfluchte mich im Stillen, während die Reifen auf der Straße surrten.

„Lebt er noch? Dein Dad?“ Sie hatte sich nach vorne gedreht, ihr schönes Profil war wie für Portraits gemacht.

„Nein.“

„Das tut mir leid.“ Sie machte Anstalten, nach meiner Hand auf dem Schalthebel zu greifen, hielt dann aber inne und legte ihre Hand auf ihren Oberschenkel. „Darf ich fragen, was passiert ist?“

Es gab kein Quidproquo mit ihr. Aber es war mir egal. Ich wollte, dass sie mich kannte, etwas anderes in mir sah als einen Killer. Vielleicht existierte der Mann nicht, den ich sie finden lassen wollte, vielleicht hatte ich ihn mit jedem Leben, das ich ausgelöscht hatte, Stück für Stück umgebracht. Ich musste es trotzdem versuchen.

Ich atmete tief durch und erzählte ihr etwas, das immer noch ein schmerzhaftes Stechen durch mich hindurch schickte, wie ein Splitter, den ich nicht entfernen konnte. „Eines Abends machten wir uns auf den Weg zu einem Job. Es sollte eine einfache Sache sein, ein unbedeutender Mord an einem Spitzel.“ Ich spielte die Nacht in meinem Kopf wieder durch, während ich sprach. „Ich war zweiundzwanzig, ein Killer in der Ausbildung. Dad hatte mich noch nicht den Abzug drücken lassen, aber ich hatte ihn bei einer Handvoll Jobs begleitet. Ich sagte ihm, dass ich bereit war, dass er mir eine Chance geben sollte. Jedes Mal sagte er Nein und ich beschwerte mich darüber, dass er mich zurückhielt. Er sagte, ‚Wenn du diesen Weg einschlägst, gibt es kein Zurück mehr, und zweite Chancen sind teuer.‘“ Ich seufzte, Reue presste die Luft aus meiner Lunge. „Mittlerweile weiß ich natürlich, dass er versucht hat, mich zu retten. Das erste Mal ein Leben zu nehmen …“

„Es hinterlässt Wunden.“ Ihre leise Stimme zitterte und sie blickte mich endlich an. „Man kann es nicht vergessen.“ Sie verknotete ihre Finger, bis ihre Knöchel weiß wurden.

Ich streckte die Hand aus und ließ sie von ihrem Handgelenk bis zu ihrer Hand gleiten. *Was ist dir nur zugestoßen?*

„In der Nacht sind wir zu dem Job gefahren und ich war

überzeugt, dass Dad mich den Typen ausknipsen lassen würde. Aber das tat er nicht. Er befahl mir, im Auto zu bleiben, und dann sagte er etwas, das ich nie vergessen werde. ‚Das erste Mal ist immer das schwierigste. Es wird mit jedem Mal einfacher, Connie. Es betäubt deine Seele, bis du keine mehr hast, bis das Töten eines Mannes genauso automatisch ist wie Atmen, wie Pissen. Weil du hohl bist. Wie ich.'" Die gequälten Augen meines Vaters, der saubere Schnitt seines Trenchcoats, der Geruch seines Aftershaves, alles brach in einer schmerzhaften Welle über mich herein. „Das war die Nacht, in der er starb. Der Spitzel erwischte ihn. Schoss ihm in den Hinterkopf."

Die Straße wurde zu einer zweispurigen Autobahn, die auf beiden Seiten von Bäumen flankiert war, während das Wetter uns langsam einholte und den Himmel verdunkelte.

Charlie drückte meine Finger. „Es tut mir so leid."

„Ich hörte den Schuss, wusste, dass er nicht aus der Waffe meines Dads gekommen war. Ich rannte rein und fand ihn auf dem Boden liegend. Der Spitzel war mein erster Mord."

Sie verschränkte unsere Finger, ihre Wärme floss in mich hinein und gab mir die Kraft, weiterzureden.

„Die Sache ist, ich kannte meinen Vater. Unter keinen Umständen hätte ein vollgekokster Gangster ihn ausschalten können, vor allem nicht mit einer Kugel von hinten. Unmöglich. Was nur einen Schluss zuließ. Dad hat es mit Absicht getan." Der Schmerz dieses Gedankens war im Laufe der Zeit schwächer geworden, aber nie wirklich verschwunden. Der Splitter steckte immer noch unter meiner Haut.

„Danach warst du allein?" Charlie fuhr mir mit dem Daumen über meine vernarbten Fingerknöchel.

„Abgesehen von Nate, ja. Die Bosse in Philly und Boston gaben mir ein paar beschissene Jobs. Ich erledigte sie. Mehr Aufträge kamen rein. Ich machte mir einen Namen und seitdem bringe ich Menschen um. Und das ist alles, was ich glaubte, jemals zu sein, ein Killer. Bis ..." Ich schaute sie an und versuchte, ihr klarzumachen, dass die Dinge jetzt anders waren. Die Monate, in denen ich sie beobachtet hatte, hatten mich auf grundlegende Weise verändert. Einem Auftrag den Rücken zuwenden, mich dem Boss widersetzen – das hätte ich nie riskiert, bis ich sie sah. Ein Blick in ihr Gesicht ließ mich erkennen, dass es vielleicht mehr gab, etwas anderes als Blut und Geld.

„Ich wusste, dass du da warst." Sie knabberte an ihrer Unterlippe. „Wenn du draußen geparkt und mich beobachtet hast."

„Habe ich dir Angst gemacht?" Ich lebte davon, eine furchteinflößende Gestalt zu sein, das Schreckgespenst, das böse Männer in ihren Träumen verfolgte. Für sie wollte ich etwas anderes sein – ein Beschützer.

„Anfangs ja."

„Aber dann ..." Ich zwang mich dazu, zu schweigen und sie reden zu lassen.

„Aber dann habe ich irgendwie, ich bin mir nicht sicher, was das Wort ist, aber vielleicht habe ich dich gespürt? Ich hatte nicht das Gefühl, dass du mir wehtun wolltest. Etwas daran, dass du direkt vor der Tür warst, hat mir ein Gefühl von Sicherheit gegeben. Mehr Sicherheit, als ich seit langem empfunden hatte. Und das mochte ich. Ich wollte dich da draußen haben. Mehr noch, ich wollte wirklich, dass du in den Laden kommst. Obwohl ich mir Sorgen machte, dass dein wahres Ich die Fantasie zerstören würde, die ich mir in meinem Kopf ausgedacht hatte."

„Habe ich das?"

Sie blickte mich unter ihren Wimpern hervor an. „Als du aus dem Auto gestiegen bist, nachdem die Schießerei angefangen hatte, sahst du aus wie ... Ich weiß nicht." Ihre Wangen wurden rosa. „Besser, als ich es mir vorgestellt hatte. Gefährlich." Sie presste ihre Oberschenkel zusammen, wusste wahrscheinlich nicht einmal, dass sie es getan hatte.

Diese kleine verräterische Geste verriet mir viel. Gefahr machte sie an. *Ich* machte sie an. Ihre Worte ließen meinen Stolz und meinen Schwanz gleichzeitig anschwellen.

„Selbst nachdem du diese Männer getötet hattest, hatte ich immer noch das Gefühl, dass du mir nie wehtun würdest." Sie zuckte mit den Schultern. „Dumm, ich weiß. Ich sehe, wie ein Kerl kaltblütig zwei andere Typen umbringt, und denke immer noch, dass ich etwas Besonderes bin."

„Das bist du. Vertraue deinem Instinkt." Ich bog in das Stadtzentrum von Cape May ab, die Schaufensterfronten glühten unter dem unheilvollen Himmel. Nur noch ein paar Blocks bis zum Haus. „Er hat recht."

„Nicht immer." Sie starrte die klassische Küsten-Architektur an, die Schneckenverzierungen und das Flachglas, die die alten Städte entlang der Küste von New Jersey kennzeichnete.

„Wieso?" Ich brauchte mehr von ihr.

„Ich habe nur ein paar Fehler gemacht, das ist alles. Habe jemanden falsch eingeschätzt." Sie wickelte ihren Pullover enger um sich herum und verschränkte die Arme. „Jemanden, der mir wehgetan hat."

„Wer?" Ich wollte einen Namen und eine Adresse. Zum Teufel, ein Name würde reichen. Ich hatte Leute schon mit weniger gefunden.

„Es spielt keine Rolle mehr." Sie sah mich an, ihr Blick stählern. „Er ist tot."

16

Charlie

Wir kamen an einem grau geschindelten zweistöckigen Haus an, das durch eine kleine Sandfläche und eine schmale Straße vom Strand getrennt war. Das Haus im Hamptons-Stil war eines der größten an der Strandstraße, aber die Fenster waren dunkel und mit Rollläden bedeckt. Beide Stockwerke waren von Veranden umgeben, die den Blick auf das offene, wütende Wasser des Atlantiks freigaben. Die Wellen prallten schäumend gegen das Ufer und weiße Kämme rollten in endlosen Reihen auf uns zu.

Nach meiner Offenbarung im Auto war Conrad still geworden, obwohl ich spüren konnte, wie er mit den Zähnen knirschte. Ich wollte wissen, was er dachte, aber ich hatte zu viel Angst zu fragen. Und ich wollte nicht über Brandon reden. Noch nicht.

„Lass mich zuerst einen Blick ins Haus werfen." Conrad schaltete die Scheinwerfer aus und parkte hinter dem Haus. „Bleib hier."

„Wem gehört das Haus?" Ich schaute mich im Garten

um. Die benachbarten Grundstücke auf beiden Seiten waren leer und ich nahm an, dass die verschiedenen dort wachsenden Gestrüppe als Barriere gegen Hochwasser dienten.

„Es hat Bertys Vater gehört."

Mein Blut gefror zu Eis und ich packte seinen Unterarm. „Das ist Bertys Haus?"

„Technisch gesehen, ja. Außer Vince beansprucht es für sich. So oder so, sie werden beide eine Weile lang nicht hierherkommen." Er legte seine Hand auf meine. „Sie haben in der Stadt viel zu tun. Uns direkt unter ihrer Nase zu verstecken, ist im Moment die sicherste Variante. Versprochen."

Panik stieg in meinem Hals empor und versuchte, mich zu ersticken. „Was, wenn einer von ihnen hierherkommt?"

„Das werden sie nicht." Conrad legte mir seine Hand um den Nacken, umfasste mein Genick auf eine Weise, die ebenso beschützend wie besitzergreifend war. „Ich habe Bertys Vater, den alten Boss, vor zwei Tagen getötet. Der neue Boss, Vince, räumt gerade auf und sorgt für Ordnung. Das schließt auch Berty mit ein. Sie werden in absehbarer Zeit keinen Urlaub in Cape May machen. Es ist der letzte Ort, an dem sie suchen werden."

Ich drehte und wendete seine Worte in meinem Kopf herum, untersuchte seine Logik auf Löcher und Fehler. Ich fand keine. Er hatte recht. Meine Atmung beruhigte sich, während ich das piekfeine Haus mit dem Millionen-Dollar-Blick aufs Meer beäugte. Niemand würde auf Bertys Anwesen nach uns suchen, da wir schließlich alles daransetzten, zu entkommen.

„Ich denke." Ich atmete tief durch. „Ich denke, es könnte funktionieren."

Er lächelte, nur einer seiner Mundwinkel zuckte nach oben. „Ich bin froh, dass es deine Zustimmung findet. Aber ich brauche eine Sache von dir." Er bewegte seine Hand runter zu meiner Schulter, seine Handfläche wärmte mich durch meinen Pullover hindurch.

„Was denn?“ Ich schluckte schwer, als sein Blick zu meinen Lippen flackerte.

„Du musst hierbleiben, während ich mich umsehe.“ Seine Fingerspitzen strichen über meinen Hals, die Berührung so leicht wie Schmetterlingsflügel.

„Ja.“

„Versprochen?“ Conrad wartete mit seiner anderen Hand auf dem Türgriff.

Er war misstrauisch, und nach dem Vorfall im Laden hatte er allen Grund dazu. Ich hatte eine Waffe gewollt, nur für den Fall, also hatte ich das Ende der Klobürste zu einer scharfen Spitze zersplittert. Ich hatte nicht erwartet, dass ich sie sofort benutzen müsste und mich so selbst verraten würde.

„Ich werde mich nicht vom Fleck rühren.“ Ich starrte ihm in die Augen und versuchte, vertrauenserweckend zu wirken. „Versprochen.“

„Okay.“ Er öffnete die Tür, das Geräusch der rauschenden Wellen drang fauchend an meine Ohren, und stieg dann raus. „Bleib hier.“

Ich vermisste seine Hand in dem Moment, in dem er sie von mir nahm.

Er verschwand um die Seite des Hauses. Es war mitten am Nachmittag, aber die Sonne war schon lange von den Wolken überschattet worden. Ein leichter Nieselregen fiel. Er würde bald zu Eis werden, wenn die Wetterfront uns erreichte.

Conrad tauchte wieder auf und stieg die Holztreppe zur Hintertür hinauf. Er kniete sich hin, seine Hände arbeiteten am Türgriff. Nach ein paar Momenten stand er auf und die Tür schwang nach innen. Er musste das Schloss geknackt haben. Nach einem Blick auf mich betrat er das Haus mit gezogener Waffe.

Sobald er außer Sichtweite war, drehte ich den Knopf am Handschuhfach und suchte im Inneren nach etwas, das uns helfen oder als Waffe dienen könnte. Alles, was Mrs. Chan hatte, waren ein paar Parktickets, eine Betriebsanleitung fürs Auto und ein Reifendruckmesser. Ich schloss das Handschuhfach und öffnete die Mittelkonsole. Etwas Schwarzes lugte unter einer Schachtel mit Taschentüchern hervor. Meine Augen weiteten sich, als ich nach dem rechteckigen Gerät griff. Es hatte zwei simple Tasten auf beiden Seiten und eine leuchtend orangefarbene Warnung vor Hochspannung auf der Vorderseite.

„Nicht übel, Mrs. Chan." Ich schloss die Mittelkonsole und versuchte, den Elektroschocker in meine Hosentasche zu stecken, aber meine Jeans war zu eng. Ich kniete mich hin und beugte mich über den Sitz, um in dem Korb mit den Lebensmitteln herumzuwühlen, und versteckte ihn ganz unten, in der Hoffnung, ihn mir später wiederzuholen. Ich vertraute Conrad – wahrscheinlich viel mehr, als ich sollte –, aber es schadete nie, einen Plan B zu haben.

Gerade als ich mich wieder hinsetzte, kam Conrad aus der Tür und ging die Treppe runter. Er öffnete den Kofferraum. „Es ist sicher. Komm. Ich habe die Heizung angeschaltet, aber es wird eine Weile dauern, bis es warm wird."

„Okay." Ich stand auf und streckte mich, meine Arme und Beine waren von der Fahrt steif.

„Ich mache ein Feuer, damit es schneller warm wird."

„Gut." Ich öffnete die hintere Tür und hakte meinen Arm unter die Griffe des Kunststoffkorbs.

„Lass mich ihn tragen." Er nahm ihn mir aus den Händen, die Tasche mit den Waffen hatte er sich über den Rücken geworfen, und führte mich die Treppe hoch. Der Wind nahm zu, pfiff an den Traufen entlang und drang mit eisigen Fingern durch meinen Pullover.

Hinter der Hintertür lag eine Küche aus dem oberen Marktsegment. Granit und Edelstahl glänzten und alles schien brandneu zu sein, als ob noch nie jemand etwas auf dem Herd gekocht oder den Kühlschrank aufgemacht hatte.

„Sieht nett aus." Ich kämpfte mit dem Wind, gewann und schloss die Tür hinter uns.

Er griff an mir vorbei und schob den Riegel vor. „Das Beste, was man mit Geld kaufen kann. Bertys Vater hat immer gerne auf großem Fuß gelebt."

Ich legte den Kopf schief und betrachtete ihn, während er den Korb und die Waffen auf der breiten Kücheninsel abstellte. „Du sagst das so, als ob du, ich weiß nicht, ihn mochtest?“

Er hielt inne, als ob er darüber nachdenken würde. „Er hat mich gut behandelt. Hat mir Arbeit gegeben. Aber er war kein netter Kerl. Das ist keiner von uns.“

Ich starrte ihm in die Augen, das Blau funkelte im schwachen Licht. „Doch, das bist du.“

Er fuhr sich mit einer Hand durch die Haare. „Nein, bin ich nicht.“

„Zu mir schon.“

„Du bist anders.“ Er ließ seine breiten Schultern kreisen und zuckte zusammen.

„Ich muss mir deine Schulterwunde ansehen. Sie könnte sich infizieren.“ Meine Worte endeten mit einem Frösteln und mein Atem stieg in einer Dampfwolke vor mir auf. Die Luft hier drinnen war fast so eisig wie draußen, aber das leise Summen der Heizung verhieß, dass wärmere Zeiten vor uns lagen.

Er zog seine Jacke aus. „Sicher, aber erst, nachdem ich alles gesichert und dich aufgewärmt habe.“ Er schwang die Jacke um mich herum und legte sie mir über die Schultern. „Mach kein Licht an.“

Sein Geruch überflutete mich und die Restwärme von seinem Körper gab mir einen unvergleichlichen Kick. Ich lehnte mich gegen den Tresen. „Dir wird kalt werden.“

„Ich werde schon zurechtkommen.“ Er ging ins Esszimmer und holte einen Stuhl, klemmte ihn dann unter die Klinke der Hintertür. „Ich werde oben ein Feuer machen. Kann ich dich kurz allein lassen?“

Ich blickte mich in der Küche um, die dreimal so viel wert war wie meine Wohnung. „Ich glaube, das schaffe ich gerade eben so.“

Er ging um die Kücheninsel herum und zog eine Schublade auf, schloss sie, machte eine andere auf, schloss sie und machte eine dritte auf. Er fuhr mit seinen Fingern – die Rückseiten waren mit den Worten „hell“ und „sent“ tätowiert, Höllengesandter – über was auch immer er gefunden hatte. „Ich denke, du bist eher die Sorte Mädchen, die zusticht, als die Sorte, die aufschlitzt, wenn man nach deiner Performance im Minimarkt geht.“ Er nahm ein langes Küchenmesser mit einem schwarzen Griff heraus und kam auf mich zu. „Halte das hier griffbereit, bis ich wiederkomme.“ Er hielt es an der Klinge fest und reichte es mir so, dass ich das Ende greifen konnte, das nicht spitz war.

„Du vertraust mir?“ Ich wickelte meine Finger um das kalte Holz.

„Mit meinem Leben.“ Sein Blick bohrte sich in meinen und ich fragte mich, ob meine Knie vielleicht nachgeben würden.

„Ist das eine gute Idee?“

Er ließ die Klinge los und trat auf mich zu, so dass die Spitze gegen seinen harten Bauch drückte. „Mein Leben gehört dir. Von dem Moment an, als ich dich zum ersten Mal sah, hat es dir gehört. Ich wusste es damals nicht, hatte keine Ahnung, wie sehr du mir unter die Haut gingst. Bis ich dich in diesem Keller gefunden habe. Mein Fehler hat dich dorthin geführt. Und ich verdiene es, dafür zu bezahlen.“

„Welcher Fehler?“ Meine Hände zitterten, als er sich vorbeugte. Ich wich bis zur Kücheninsel zurück, bis ich mich nicht weiterbewegen konnte. Er kam noch näher, bis der Griff gegen meine Rippen drückte.

„Dich zu wollen.“ Er hob eine Hand und fuhr mir mit den Fingerspitzen über die Stirn, dann über die Wange. „Dich so sehr zu wollen, dass du manchmal alles warst, woran ich denken konnte. Du warst das Einzige, was mich durch die Dunkelheit geleitet hat. Dich auf der anderen Seite zu sehen, hat alles erträglich gemacht, auch wenn ich dich nie in meinen Armen halten würde.“ Die rohen Emotionen ließen seine Stimme kratzig klingen. „Aber mein Fehler hat dich in den Keller geführt, direkt in die Hände dieses Wichsers. Ich hätte in dem Moment lernen sollen, hätte mich ändern sollen. Aber das tat ich nicht. Und ich machte noch einen Fehler.“ Er drückte stärker, als ob er mir trotz der Schmerzen nahe sein musste. Oder vielleicht gerade deswegen.

„Was für einen Fehler?“ Mir drehte sich der Kopf. Er kannte mich nicht, aber er redete so, als wäre ich das Einzige, was er je geliebt hatte.

„Berty.“

„Weil du ihn hast davonkommen lassen?“

Er beugte sich runter, bis sein Gesicht nur wenige Zentimeter von meinem entfernt war. „Ich habe ihn atmen lassen. Ich hatte nicht den Auftrag bekommen, ihn zu töten, also tat ich es nicht.“

„Was wäre passiert, wenn du es getan hättest?“

„Wenn er für Vince so wichtig ist, wie er zu sein scheint, hätte Vince mich ausgeschaltet.“ Er feixte, die Grausamkeit in seinen Augen verlieh ihm den Blick eines aushungerten, blutgierigen Wolfs. „Er hätte es zumindest versucht.“

„Und was wäre dann mit mir passiert?“ Ich holte Luft und legte ihm meine Hand auf seine stoppelige Wange. „Wenn du getötet oder verletzt worden wärst, hätte Ramone mich umgebracht, oder?“ Seine Haut war selbst in der kalten Luft warm und seine kratzigen Stoppeln kitzelten meine Hand. „Du hast das Richtige getan.“

„Das Richtige wäre gewesen, dich nie zu beobachten, dich nie …“ Er biss die Zähne zusammen, hielt seine Worte zurück, aber nicht die Intensität in seinen Augen.

„Zu wollen?“ Ich sah seine vollen Lippen an und fragte mich, wonach er schmecken würde.

„Genau.“ Seine Stimme war ein Knurren und er wich zurück. Ich ließ das Messer auf die Kücheninsel fallen und trat auf ihn zu, aber er griff an mir vorbei und nahm sich die Tasche mit den Waffen.

„Ich bin in fünf Minuten wieder hier, länger wird’s nicht dauern.“ Er ging tiefer ins Haus hinein, die Finsternis verschluckte ihn ganz.

17

Conrad

Als ich in die Küche zurückkehrte, hatte Charlie ein paar Erdnussbutter-Sandwiches, Chips und Wassergläser auf den Küchentisch aus Holz gestellt. Graupel klickte gegen die Fenster an der Rückseite des Hauses und der Wind wehte heftig genug, um die verbarrikadierten Fenster rattern zu lassen.

„Danke."

„Kein Problem." Sie hielt ihre Ellbogen fest, die Kälte setzte ihr zu.

„Oben brennt das Feuer. Da wird es wärmer sein." Ich nahm die zwei Teller und klemmte die Wassergläser zwischen meinem Arm und meinem Körper ein.

Sie streckte die Hand nach mir aus. „Die kann ich tragen."

„Nimm den Korb mit. Wir wollen später vielleicht einen Snack und ich habe nicht vor, wieder nach unten zu gehen." Eine erhöhte Position war sicherer und ich konnte eine Treppe weitaus besser bewachen als einen Vorder- und Hintereingang.

„Okay." Sie nahm den Korb in die Arme und folgte mir

durch das Haus, unsere Schritte schlurften über die massiven Holzdielen.

Wenn sie mich jetzt ansah, lag in ihren Augen eine Kenntnis. Ich war mir nicht sicher, ob mir das behagte, obwohl ich ihr blindlings meine Vorgeschichte erzählt hatte. Vielleicht war es keine so gute Idee, dass sie mich – mein gesamtes Ich – sah. Aber ich konnte die Zeit nicht zurückdrehen. Ihr Informationen zu geben, mich ihr zu öffnen – es schien mir leichtzufallen. Ich konnte tagelang mit niemandem sprechen, aber wenn ich in ihrer Nähe war, wurde ich zu einem Kind und plauderte alles aus.

Wir gingen den Flur entlang zur Vorderseite des Hauses. Edle Gemälde säumten die dunklen Wände und jeder Einrichtungsgegenstand schrie nach „Geld" – von den schönen Teppichen bis hin zu den kunstvollen Holzverzierungen. Was mich betraf, war alles von Blut durchtränkt. Der Großteil davon war zuerst von meinem Vater vergossen worden, dann von mir.

Ich drehte mich nach rechts um und fing an, die Treppe hoch in den ersten Stock zu gehen. Die mit Teppich ausgelegten Stufen knarrten unter unseren Füßen und die Dunkelheit vertiefte sich, je weiter wir gingen.

„Warst du schon einmal hier?"

„Ja." Ich kam am Ende der Treppe an und trat beiseite, damit sie vor mir gehen konnte. „Die letzte Tür am Ende des Flurs. Als ich klein war, hat mein Vater mich ein paar Mal mitgenommen, wenn er mit dem Boss geredet hat."

Das Feuer knisterte und tauchte das große Schlafzimmer in ein bernsteinfarbenes Licht. Der Schornstein würde etwas rauchen, aber angesichts des Wetters und der schlechter werdenden Sicht war ich nicht allzu besorgt, dass jemand es sehen würde.

„Vermisst du ihn?" Sie stellte den Korb am Rand des marineblauen Teppichs ab, der unter dem Kingsize-Bett lag.

„Wen?"

„Deinen Dad."

„Irgendwie schon."

„Irgendwie schon?"

Ich stellte die Teller und Gläser auf der antiken Kommode ab. „So läuft das nicht."

Ihre Augenbrauen wanderten nach oben und sie stemmte ihre Hände in die Hüfte. „Was meinst du damit?"

Ich ließ ihren Anblick auf mich wirken, von Kopf bis Fuß, und mein Schwanz erwachte brüllend zum Leben. Ihr war so kalt, dass ich ihre Nippel durch ihren Pullover hindurch sehen konnte. Herr im Himmel, ein Anblick wie dieser konnte einen Mann umbringen.

„Warte kurz." Ich stakste in den begehbaren Kleiderschrank, schloss die Tür und schaltete das Licht an. Keine Fenster, kein Problem. Ich inspizierte die Reihen von Kleidungsstücken und Schuhen auf beiden Seiten des breiten Schranks, bis ich fand, wonach ich suchte.

Ich ging zurück ins Schlafzimmer und auf sie zu.

„Wow, ist der echt?" Ihre Augen weiteten sich, als ich ihr den schwarzen Pelzmantel über die Schultern legte.

„Ich bin mir sicher, dass er es ist."

„Ich dachte, reiche Leute bezahlen dafür, ihre Pelze irgendwo kalt zu lagern?" Sie fuhr mit den Händen über den luxuriösen Pelz. Wie würde sie aussehen, wenn sie bis auf den Pelzmantel nackt wäre? Wie eine Verführerin.

Ich zuckte mit den Schultern. „Wirklich reiche Leute kaufen einfach neue Pelze, wenn die alten zerschlissen sind."

„Das ist krank. Wenn ich so etwas hätte ..." Sie kuschelte ihr Gesicht in den Kragen, ihre dunklen Haare stellten den Zobel in den Schatten. „Hey, Moment mal." Sie hörte auf zu schmusen. „Was hast du mit ‚So läuft das nicht' gemeint?"

Ich wandte ihr den Rücken zu und starrte ins Feuer. „Ich meine, dass ich dir viel über mich erzählt habe. Jetzt bist du an der Reihe."

„Es gibt nichts zu erzählen." Ihr Magen rumorte fast so laut wie der Wind um das Haus herum.

„Setz dich vor das Feuer." Ich ging zu den Tellern.

„Hör auf, das Thema zu wechseln.“ Sie folgte mir ums Bett herum.

„Du frierst und bist hungrig. Setz dich hin.“ Ich nahm das Essen und stellte es auf die gemauerte Feuerstelle. Das Feuer war noch klein, die größeren Scheite fingen gerade erst an zu brennen, aber der Raum würde im Handumdrehen warm und gemütlich sein.

Sie ließ sich auf den weißen Wollteppich sinken und fuhr mit einer Hand über das Gewebe. „Alles hier ist so weich.“

Nichts hier ist so, wie es scheint. Ich setzte mich neben sie. „Iss.“ Ich stellte ihr einen Teller auf den Schoß.

„Du bist herrisch.“ Sie hob ihr Sandwich hoch und nahm einen Bissen. Als ihr ein Stöhnen entwich und sie die Augen schloss, wollte ich sie auf den verdammten Teppich drücken und sie nehmen.

„Ich hatte nicht gemerkt, wie hungrig ich war. Das ist das Beste, was ich je gegessen habe.“ Sie nahm noch einen Bissen und spülte ihn mit etwas Wasser runter, bevor sie mir einen neugierigen Blick zuwarf. „Willst du gar nichts essen?“

„Doch.“ Ich biss in mein Sandwich, konnte den Blick aber nicht von ihr abwenden. „Aber ich ziehe es vor, dir zuzusehen.“

Ihr Wangen wurden rosa und mir wurde warm, nur weil ich wusste, dass ich die Ursache für diese Farbe war.

„Du kennst mich nicht.“ Sie nahm noch einen Bissen.

„Das sagst du immer wieder, aber dann erzählst du mir nie etwas von dir.“

Sie betrachtete mich, als ob sie versuchte, mich einzuschätzen. „Wenn ich das tue, wirst du mich leider nicht mehr auf diese Weise ansehen.“

„Auf welche Weise?“ Ich wollte ihr sagen, dass es mir egal war, ob sie eine ganze Schar von Nonnen ermordet hatte; ich würde sie immer noch genau so ansehen.

„Als wäre ich ...“ Sie seufzte, ihre Stimme wurde leiser. „Kostbar.“

„Warum versuchst du es nicht einfach?“ Ich aß mein

Sandwich auf, die Erdnussbutter klebte an meinem Gaumen fest und ließ mich meine Worte nuscheln. „Erzähl mir von deiner dunkelsten Sünde und vielleicht erzähle ich dir dann eine von meinen Hunderten."

„Ich weiß nicht, ob ich das kann." Sie senkte den Blick und nahm einen großen Schluck Wasser, schindete Zeit.

„Wir werden hier eine Weile lang festsitzen. Was gibt es für einen besseren Zeitvertreib, als uns tiefgründige, dunkle Geschichten aus unserer gequälten Vergangenheit zu erzählen?" Ich wollte sie zum Lächeln bringen. Stattdessen verzog sie das Gesicht und stellte ihr Glas ab. Ich nahm ihre Hand und drückte sie. „Nichts, was du sagst, wird etwas ändern. Nicht eine verdammte Sache. Vertrau mir."

„Okay, gib mir einen Moment." Sie aß ihr Sandwich auf, kaute langsam und bedächtig, als würde sie ihre Worte auswählen, bevor sie sie laut aussprach. Als sie fertig war, räusperte sie sich. „Als ich klein war, sind meine kleine Schwester und ich immer in einem verlassenen Steinbruch ein paar Meilen von unserem Haus entfernt schwimmen gegangen."

Sie hungerte nach Essen und ich hungerte nach jedem Wort, das ihr von den Lippen fiel. Ich nickte, ermutigte sie.

„Meine Eltern warnten uns, nicht hinzugehen, weil man dort nicht schwimmen durfte und es gefährlich war. Man wusste nicht, was die Bergbaugesellschaft tief im Wasser zurückgelassen hatte. Jesse und ich ignorierten ihre Warnungen natürlich und gingen an heißen Sommertagen dort schwimmen. Ein paar andere Kinder von meiner Highschool kamen auch und wir veranstalteten Wettbewerbe, wer von der höchsten Stelle springen konnte."

„Hast du mitgemacht?" Ich schaute durch das kleine Fenster in ihre Vergangenheit, das sie für mich geöffnet hatte.

„Anfangs nicht. Ich blieb mit Jesse in den flacheren Bereichen. Sie war erst acht, ich musste also auf sie aufpassen und dafür sorgen, dass ihr nichts passierte. Meine Mom sagte immer, dass Jesse meine Verantwortung sei, und das habe ich ernst genommen.“ Sie drehte sich weg, um ins Feuer zu schauen. „Zumindest eine Zeitlang.“

Ich rutschte näher an sie heran, mein Instinkt verlangte von mir, sie in die Arme zu nehmen.

„Eines Tages hänselte mich ein älteres Mädchen dafür, nicht den Mut zu haben, zu springen. Ich ignorierte sie, bis ein paar meiner anderen Klassenkameraden auch mitmachten. Ich war in einen älteren Jungen verknallt. Er war da und hat zugeschaut. Ich wollte nicht wie ein Weichei aussehen, weißt du?“

Mein Arm glitt um ihre Schultern. Der Schmerz in ihrem Inneren strahlte nach außen und ich wusste bereits, wie die Geschichte enden würde.

„Ich wollte ihnen beweisen, dass ich es konnte. Ich befahl Jesse, sich an den Rand des Wassers zu setzen und nicht ohne mich reinzugehen. Sie sagte, sie würde warten, obwohl ihr nicht gefiel, dass ich springen würde. Sie hatte Angst, dass ich mir wehtun oder ertrinken würde.“ Sie schüttelte den Kopf, Tränen glitzerten in ihren Augen. „Ich kletterte zu der höchsten Stelle, von der aus je jemand gesprungen war. Mir schlotterten die Knie und ich dachte, ich müsste mich vor Angst übergeben. Aber mein Schwarm stand unten. Er feuerte mich gemeinsam mit allen anderen an. Ich holte tief Luft und sprang. Das Wasser tat weh, als ich aufschlug, aber als ich an die Oberfläche schwamm, fühlte ich mich … unbesiegbar. Ich hatte es geschafft.“ Sie wischte sich eine Träne weg. „Ich schwamm zu Jesse, aber sie war nicht mehr am Ufer. Ich rief nach ihr, aber sie antwortete nicht. Panik setzte ein und ich fing an zu tauchen, um sie zu finden. Die anderen Kinder sprangen rein, wir alle suchten nach ihr.“ Ihr Kinn bebte, aber sie schloss fest den Mund, um es zu unterdrücken, und schluckte dann schwer. „Sie fanden sie am nächsten Tag, ihr Fuß hatte sich in dem Draht eines versenkten Baggers verheddert.“

„Charlie.“ Ich strich ihr mit der Hand über die Wange. „Das war nicht deine Schuld.“

„Doch.“ Sie drehte sich zu mir um, ihre Augen schimmerten und sahen gequält aus. „Ich hätte auf sie aufpassen sollen. Stattdessen war ich damit beschäftigt, anzugeben."

„Du warst noch ein Kind. Kinder machen sowas. Es war nicht deine Schuld." Ich wollte ihr das irgendwie einhämmern.

„Nach Jesse haben meine Eltern mich nicht mehr auf die gleiche Weise angesehen. Es war irgendwie so, als hätten sie abgeschaltet, weißt du? Ich auch, schätze ich. Als Jesse starb, hat das unsere Familie umgebracht. Wir hatten keine Zuneigung, keine Liebe; nichts. Als ich aufs College ging, ich glaube, sie waren ... erleichtert. Als wäre ich eine Erinnerung, die sie nicht mehr sehen wollten."

„Es tut mir leid." Ich umarmte sie fest, drehte sie und zog sie an meine Brust.

Sie schlang ihre Arme um mich, ließ sich von mir halten und sich die Haare streicheln. „Ich denke jeden Tag an sie, weißt du? Jeden Tag. Sie war nur acht Jahre hier, aber sie hat die Welt schön gemacht. Sie hat gelacht und gesungen und gespielt. Wenn wir uns gestritten haben, habe ich immer nachgegeben, weil sie so viel jünger war und super schmollen konnte. Und" – sie legte ihren Kopf auf meine Schulter – „sie hat Blumen geliebt."

„Jesse's Flower Pot."

Sie schniefte. „Sie hatte etwas Besseres verdient. Aber in ihrer kurzen Zeit hat sie mir so viel gezeigt und mir mehr über Liebe beigebracht, als die meisten Menschen in ihrem ganzen Leben lernen. Ich hätte alles für sie getan." Ihre Stimme senkte sich zu einem kaum wahrnehmbaren Flüstern. „Lange Zeit habe ich mir gewünscht, ich wäre an dem Tag ertrunken."

„Schh." Ich ließ meine Hand über ihre Haare gleiten. „Du kannst es nicht ändern. Und ich vermute, dass Jesse wollen würde – mehr als alles andere –, dass du glücklich bist."

„Das würde sie." Sie nickte gegen meine Schulter. „Das ist die Art Mensch, die sie war. Das weiß ich jetzt. Aber es hat lange gedauert, bis ich aufgehört habe, so viele Schuldgefühle zu haben. Ich träume immer noch ab und zu von ihr, aber wenn ich es tue, dann lächelt sie, ist glücklich und hat Blumen im Haar. Diese Träume trösten mich, sagen mir, dass es ihr gutgeht und dass ich sie eines Tages wiedersehen werde.“

„Das sind also nicht die Albträume?“

„Nein.“ Sie stieß einen zittrigen Seufzer aus. „Die kamen erst später.“

Wir saßen eine Weile schweigend da, während der Sturm tobte und der Raum wärmer wurde. Ich hätte sie für immer festhalten können, hätte alles in meiner Macht Stehende getan, um ihr den Schmerz zu nehmen. Das Feuer fing an, zu erlöschen, und sie zog sich zurück und wischte sich über die Augen.

„Der Mantel wird jetzt irgendwie ziemlich warm und ich weine nur ungern in ihn hinein.“ Sie zwang ein Lächeln auf ihre Lippen, während sie mit den Händen über den seidigen Pelz fuhr.

„Es würde ihn nur noch besser machen.“ Ich sah zu, wie sie sich wieder vor mir versteckte. Ihr wahres Ich – das Ich, das litt und vom Tod ihrer Schwester verfolgt wurde – entzog sich meiner Sicht. Sie war stark, so viel stärker, als ich es mir je vorgestellt hatte.

„Entschuldigst du mich für eine Minute?“

„Na klar.“ Ich half ihr auf die Beine und sie ging ins Badezimmer und schloss die Tür hinter sich.

Ich stapelte die Teller auf der Feuerstelle, bevor ich einen Stuhl aus der kleinen Sitzecke an der Seite zog und die Tür damit verbarrikadierte. Nachdem ich mich davon überzeugt hatte, dass wir so sicher wie möglich waren, lehnte ich eine Schrotflinte gegen die Wand, zählte die Kugeln in meiner 9mm und legte noch eine 9mm auf den Nachttisch. Dann schürte ich das Feuer und dachte über alles nach, was sie mir über ihre Schwester erzählt hatte. Ich wollte sie fest umarmen und ihr sagen, wie wichtig sie war, was für ein gutes Herz sie hatte.

Charlie kam aus dem Bad, der Verband auf ihrer Nase war

verschwunden und ihr Gesicht sah rosig und frisch gewaschen aus.

„Das hätte ich saubermachen können."

„Ich weiß." Sie zog den Fellmantel aus und ging zum Schrank. „Da wir es uns hier gemütlich machen, würde es ihnen wahrscheinlich nichts ausmachen, wenn ich mir einen Pyjama leihe, oder?"

Ich folgte ihr und sah ihr dabei zu, wie sie den Mantel vorsichtig auf einen Bügel hängte und zurücksteckte. Natürlich tat sie das.

Sie öffnete eine Schublade, rümpfte die Nase über die Auswahl an Strings und öffnete dann eine andere.

„Bingo." Sie zog ein T-Shirt heraus, das überall mit dem Wort „pink" bedruckt war, und eine dazu passende Shorts. „Ich wünschte, es gäbe eine Hose." Sie wühlte noch etwas herum.

„Ja, das ist wirklich schade." Ich lehnte mich gegen den Türrahmen.

„Zieh dein Hemd aus." Sie legte sich den Pyjama über den Arm.

„Was?" Das Verlangen, sie mir zu greifen, das mich in der Küche fast überwältigt hatte, tauchte wieder auf.

Sie schnaubte entnervt. „Ich meine, geh ins Badezimmer und zieh dein Hemd aus, damit ich mir deine Schulter ansehen kann."

Fuck. Ich schien das Einschussloch jedes Mal zu vergessen, wenn ich sie ansah, oder wenn ich in ihrer Nähe war, oder, verdammt, wann immer sie mir in den Sinn kam, was andauernd war. Ich wünschte, ich hätte noch ein anderes Hemd dabei, das sie tragen könnte. Es hatte etwas Urtümliches an sich, als ob das Tragen meiner Kleidung das Gleiche wäre wie das Tragen meines Stempels.

„Na los." Sie zeigte auf die Tür, ihre Lippen zu einer spröden Linie verzogen.

„Okay." Ich ging ins Badezimmer und zog mein Hemd aus, während sie sich keine zwei Meter entfernt von mir umzog.

Um mich davon abzulenken, durchsuchte ich die Schränke, bis ich Erste-Hilfe-Material fand.

Ich beugte mich näher an den Spiegel heran und überprüfte meine Nähte. Sie hatten gehalten, trotz der Action in der Gasse hinter Charlies Laden.

Sie tapste hinter mich. „Lass mich mal sehen."

Ihre weichen Finger drückten auf die Haut entlang des oberen Bereichs meiner Schulter. „Das muss ich saubermachen."

Ich reichte ihr den Alkohol und einen Wattebausch. Ihre haselnussbraunen Augen sahen mich einen Moment lang an, bevor sie hinter meinem Rücken verschwand. Der stechende Geruch von Alkohol waberte an mir vorbei und es brannte wie Feuer, als sie den getränkten Wattebausch auf die Wunde drückte.

Ich stieß zischend den Atem aus. „Verdammt, ich dachte, es wäre mittlerweile besser verheilt."

„Die Wunde ist klein, aber tief. Du musst dich ausruhen, damit sie sich schließen kann." Sie drückte den Bausch fester gegen mich.

Ich stöhnte. „Du bist eine Sadistin."

„Heulsuse." Sie blies Luft auf die Stelle und klebte einen kleinen Verband darüber. „Jetzt die Vorderseite."

Ich drehte mich um.

Ihr Blick schweifte über meine Brust und weiter nach unten. Röte breitete sich auf ihren Wangen aus und ihre kleinen weißen Zähne nibbelten an ihrer Unterlippe. Ein Wort, das ich noch nie zuvor benutzt hatte, flatterte in meinem Kopf herum. Niedlich. Sie war verdammt niedlich.

„Deine Tattoos sind übrigens schön. Die Flügel, meine ich." Sie griff an mir vorbei und ihre Brust streifte meinen Arm.

Allein die Berührung ihres harten Nippels ließ Blut südwärts schießen. „Danke."

Sie richtete sich schnell wieder auf, ein neuer Wattebausch zwischen ihren Fingern, und inspizierte die Austrittswunde. „Diese scheint nicht so schlimm zu sein. Vielleicht, weil du sie vernäht hast.“ Sie drückte etwas Alkohol auf die Stelle. „Sieht so aus, als wärst du schon oft genäht worden.“ Ihr Augen wanderten über meine Brust, über die Narben, die Dutzende von blutgetränkten Geschichten erzählten.

Der Alkohol brannte, aber nur wenig im Vergleich zu der Eintrittswunde auf meinem Rücken. Nachdem sie sie saubergewischt hatte, pustete sie auf die Stelle, und ihre hübschen, geschürzten Lippen brachten mich auf Ideen.

„Okay.“ Sie wich einen Schritt zurück, was den Blick auf ihr gesamtes Outfit freigab. Heilige Scheiße, ihre Nippel drückten gegen den dünnen Stoff ihres T-Shirts und ihre Beine sahen in den Shorts noch länger aus. „Und was jetzt?“

„Jetzt schlafen wir etwas.“

„Ich hatte gehofft, dass du das sagen würdest.“ Sie gähnte. „Ich bin erledigt.“

„Geh ins Bett. Ich muss einen Anruf machen.“ Ich ging auf den Korb zu.

„Lass mich das holen.“ Sie trat vor mich, ihr runder Arsch füllte die Shorts gut aus, und beugte sich vor, um im Korb herumzuwühlen.

Mein Blick landete direkt auf dem Stück Stoff, das gegen die Pussy drückte, die in meiner Vorstellung die süßeste Pussy war, die ich je schmecken würde. Mein Schwanz war mehr als bereit für eine Kostprobe, aber ich hielt mich zurück. Jetzt war nicht der richtige Zeitpunkt. Noch nicht.

„Hier.“ Sie richtete sich auf und gab mir die Schachtel mit dem Handy.

„Danke.“ Wenn sie nach unten schauen würde, würde sie sehen, wie sehr ich ihr Pyjama-Outfit und ihre feminine Art, in der Taille abzuknicken, zu schätzen wusste.

„Gern geschehen.“ Sie zog die Decke zurück und ließ sich zwischen Laken und Decke gleiten. Ihre Haare breiteten sich auf dem weißen Kissen aus, ein dunkler Engel in einem Meer aus Schneeweiß.

Ich riss die Schachtel auf und nahm das simple Klapphandy raus. Innerhalb weniger Momente hatte ich Nates Nummer gewählt.

Er ging nach dem zweiten Klingeln ran. „Oma, bist du es?"

„Hast du Gesellschaft?"

„Ja, ich habe die Katzen gefüttert. Es sind viel zu viele."

„Wir haben einen Ort gefunden, an dem wir untertauchen können. Was gibt's Neues?"

„Der Tierarzt hat gesagt, dass du den großen hässlichen Kater und die kleine Süße mit den dunklen Haaren einschläfern lassen musst."

„Fuck. Vince hat auch auf mich ein Kopfgeld ausgesetzt?"

„Ja. Es wird ein Vermögen kosten, viel mehr Geld, als sie wert sind. Aber es wird das Problem beseitigen. Vor allem der große, hässliche Mistkerl, der immer auf deinen Teppich scheißt. Den wird keiner vermissen."

Die Stimme eines anderen Mannes ertönte. „Hey, sag deiner Oma, dass ich mich gerne um ihre Muschi kümmere, so wie gestern Abend auch schon." Wildes Gelächter füllte den Hintergrund.

„Sie ist eine alte Dame, Herrgott. Habt verdammt noch mal etwas Respekt." Nates Schelte führte zu noch mehr Gelächter. „Ich muss gehen, Oma."

„Danke, Mann."

„Hab dich auch lieb, Oma." Er legte auf.

„Jetzt werden wir also beide gejagt?" Charlie zog die Knie an die Brust, ihre Augen waren im flackernden Schein des Feuers weit geöffnet.

Ich schnallte meinen Gürtel auf und zog meine Hose aus. „Ist nicht so schlimm."

Sie starrte meine Brust an, ihre Augen leuchteten auf. Verdammt, mein Schwanz wachte sofort wieder auf. Ich beeilte mich und schlüpfte neben ihr ins Bett, bevor sie das Zelt in meiner Boxershorts bemerkte.

„Was?" Sie zog die Decke bis zu ihrem Hals hoch. „Es ist definitiv schlimm."

Ich verschränkte die Finger hinter dem Kopf, hauptsächlich um sie nicht zu berühren. „Ich würde sterben, um dich zu verteidigen. Ich bin eh schon in ihrem Fadenkreuz. Noch ein Kopfgeld ändert daran nichts."

Sie ballte die Decke in ihren kleinen Händen zusammen. „Warum *sagst* du solche Dinge?"

„Was für Dinge?"

„Dass du für mich sterben würdest."

„Weil es wahr ist."

Sie rutschte weiter unter die Decke und drehte sich auf die Seite, um mich anzusehen. „Du kennst mich nicht."

„Ich weiß eine Menge."

„Ja? Dann teile es mit der Klasse." Licht tanzte in ihren Augen, eine Herausforderung.

„Ich weiß, dass du Blumen magst." Ich rückte näher an sie heran und sie wich nicht zurück, behielt mich einfach im Auge.

Sie verdrehte die Augen. „Das weiß jeder."

„Ich weiß, dass du mich magst." Meine Handflächen waren schwitzig und ich fühlte mich wie ein Teenager, der seinen Schwarm fragt, ob sie mit ihm zum Abschlussball geht. *Alter, reiß dich zusammen.*

Sie lächelte und die Wärme reichte bis in ihre Augen. „Vielleicht."

„Vielleicht?" Ich legte meine Hand auf ihre Taille und betete zu jedem Gott, den es gab, dass sie mich nicht wegstoßen würde.

„Ein bisschen." Sie ließ ihre Hand über meinen Unterarm gleiten.

„Sehr."

„Kein Kommentar." Sie zuckte mit den Schultern. „Sonst noch was?"

Ich schob meine Finger unter den Saum ihres Shirts. Ihre Haut fühlte sich weich, glatt und perfekt an. *Langsam.* Ich wollte sie nicht verschrecken.

Ich ging aufs Ganze. „Ich weiß, dass du manchmal darüber nachdenkst, mich zu küssen."

„Ist das so?“ Sie wölbte eine Augenbraue. „Und woher weißt du das?“

Ich rückte näher an sie heran, bis unsere Körper sich fast berührten, wir lagen beide auf unseren Seiten. „Weil deine Wangen rosa werden und du meinen Mund anstarrst, so wie du es jetzt gerade tust.“

Sie blinzelte und richtete ihren Blick dann auf meine Augen. „Nein, tue ich nicht.“

„Doch, das hast du.“

„Wenn du meinst.“ Sie gab ein *pfft*-Geräusch von sich, ihr warmer Atem kitzelte mein Kinn. „Ist das alles?“

Ich ließ meine Hand weiter unter ihr Shirt gleiten. „Ich weiß, dass du willst, dass ich dich küsse.“

„Ich müsste mehr über dich wissen, um das zu entscheiden.“ Ihre Stimme war hauchig, verriet sie. Sie wollte mich, auch wenn sie mich unmöglich so sehr wollen konnte, wie ich sie wollte.

„Was willst du wissen?“ Ich befeuchtete meine Lippen und betrachtete ihre, sehnte mich danach zu wissen, wie sie schmeckte.

„Hmm.“ Sie starrte einen Moment lang das Kopfende an und fing dann wieder meinen Blick ein. „Wie ist dein zweiter Vorname?“

„Das ist es? Von all den Dingen, die du fragen könntest, ist das deine Frage?“ Ich fuhr ihr mit einer Hand durch die Haare, die seidigen Strähnen glitten durch meine Finger.

„Fürs Erste.“ Ihr Tonfall war gespielt unschuldig.

„Ivan.“

„Russisch?“

„Die Familie meiner Mutter kommt aus der Ukraine.“ Ich näherte mich langsam ihrem Mund, ihr süßer Atem umspielte meine Lippen.

„Okay, das ist alles, was ich wissen wollte.“ Sie versuchte, sich auf den Rücken zu drehen, weg von mir. Sie war eine verdammt heiße Provokateurin, aber es gab nicht den Hauch einer Chance, dass ich sie entwischen lassen würde. Ich konnte mich nicht davon abhalten, sie zu küssen, selbst wenn ich es versucht hätte, was ich nicht tat. Ich fasste sie um die Taille und zog sie zu mir heran.

Sie stieß einen leisen, hohen Laut aus, als ich meine Lippen auf ihre drückte. Aber dann öffnete sie den Mund und hieß mich willkommen, umklammerte meinen Rücken. Ihre Fingernägel fühlten sich himmlisch auf meiner Haut an, ihre Zunge paradiesisch auf meinen Lippen. Ich küsste sie hart, zu hart, aber jeder Urinstinkt, der mir innewohnte, verlangte von mir, dass ich ihr alles gab, was ich hatte.

Sie reagierte, reckte den Hals nach hinten und öffnete den Mund, ließ ihre Zunge mit meiner kämpfen, während wir uns küssten, als würden wir uns nacheinander verzehren. Was von meiner Seele übrig war, verwob sich mit ihrer, und ich wollte jeden köstlichen Zentimeter von ihr verschlingen. Ich ließ meine Hand zu ihrem Arsch gleiten und drückte ihn. Sie quietschte in meinen Mund, als ich meinen Oberschenkel zwischen ihre Beine schob. Ihre Pussy war wie ein verdammter Atomreaktor, heiß und kurz vorm Explodieren. Der Gedanke daran, diese Hitze auf meinem Schwanz zu spüren, ließ mich neue Höhen erreichen, und ich rollte mich auf sie drauf, hielt ihren üppigen Körper unter meinem gefangen.

Sie keuchte, als ich mich zu ihrem Hals küsste und die Haut zwischen meine Zähne saugte. Ich küsste und leckte tiefer, bis ich den Ausschnitt ihres Shirts erreichte.

„Con, bitte."

„Fuck." Mein Name auf ihren Lippen, ihr Flehen nach mehr. Ich befürchtete, dass ich in meine gottverdammte Boxershorts kommen würde.

Ich zog ihr Shirt hoch und saugte eine ihrer steifen rosa Spitzen in meinen Mund. Sie wölbte den Rücken und krallte sich an meinem Kopf fest. Ich umfasste ihre andere Brust, eine perfekte Handvoll, und zwirbelte ihren Nippel zwischen Daumen und Zeigefinger. Ich wechselte, widmete beiden die gleiche Aufmerksamkeit. Als ich sie biss, ließ der Schrei, der ihrer Kehle entwich, meine Eier schmerzen. Ich musste sie schmecken, jeden Teil von ihr.

Ich küsste mich über ihren Bauch, bis ich an ihrer pinken Shorts ankam, und gab ihr Küsse entlang des Bundes. Sie war nicht die einzige, die reizen konnte.

„Berühr deine Nippel." Ich packte ihre Shorts und riss sie ihren Körper hinunter, warf sie dann beiseite, während die Decke zu meinen Füßen runterrutschte. „Ich will sehen, was dir gefällt."

Sie drückte ihre Brustwarzen, als ich ihre Scheide zu Gesicht bekam, rosa und glänzend. „Feucht für mich?"

Ihre Wangen wurden rot, aber sie brach den Blickkontakt nicht ab. Sexy Sirene.

„Spreiz deine Beine für mich." Ich starrte ihre rosa Falten an, während sie ihre Beine so weit wie möglich öffnete. „Perfekt." Das Wasser lief mir im Mund zusammen und ich beugte mich runter und küsste sie auf den Venushügel.

Ihre Hüften bockten, aber ich legte ihr meine Hände flach auf die Oberschenkel, um sie an Ort und Stelle zu halten. Als ich sie zum ersten Mal leckte, verlor ich jegliche Kontrolle, ihre feuchte Spalte perfekt auf meiner Zunge. Ich schnippte ihre Klit, schnellte vor und zurück, während sie stöhnte und sich anspannte. Als ich meinen Mund auf sie legte, stemmte sie mir ihre Hacken in den Rücken. *Verdammt, ja.* Ich leckte und saugte, bis ihre Beine anfingen zu zittern und ihr Körper am Rande einer Explosion war.

„Sag meinen Namen, wenn du kommst." Ich tauchte wieder ab und legte meine Lippen um ihre Klit, leckte sie mit dem breiten Teil meiner Zunge, bis sie erstarrte und in eine Millionen Stücke zerbrach. Sie stieß zischend den Atem aus, mein Name auf ihren Lippen. Sie zitterte und krallte sich am Laken fest, bis ihr Körper sich entspannte und sie still da lag. Ich küsste sie noch einmal, genoss ihren süßen Geschmack, bevor ich mich ihren Körper hochbewegte. Sie hatte sich einen Arm über ihr Gesicht gelegt.

„Das war, das war …" Ihre Stimme bebte. „Oh mein Gott."

Ich küsste sie, gab ihr ihren Geschmack zurück. „Danke."

„Danke?" Sie schlang ihre Arme um meinen Nacken. „Ich bin mir ziemlich sicher, dass ich dir danken sollte."

„Auf keinen Fall." Ich gab ihr noch einen Kuss auf die Lippen. „Und jetzt entschuldige mich kurz, ich muss mich um etwas kümmern." Ich stieß meinen harten Schwanz gegen ihren Oberschenkel und stand dann vom Bett auf.

Sie setzte sich auf, ihr verräterisches Shirt fiel nach unten und verdeckte ihre Brüste. „Du meinst, du willst nicht—"

„Das war für dich." Ich meinte es ernst, auch wenn es die schlechteste Entscheidung meines Lebens zu sein schien, nicht auf ihr Angebot einzugehen. „Nur für dich. Du kannst mir vertrauen, Charlie. Okay?"

Sie kräuselte die Nase auf ihre niedliche Art. „I-ich glaube, das tue ich."

Ich beugte mich runter und küsste sie auf die Stirn. „Dann setzen wir diese Übung fort, bis die Antwort ein eindeutiges ‚Das tue ich' ist."

18

Charlie

Jesse schwebte unter der Oberfläche des Wassers, ihre Augen waren geöffnet, sahen aber nichts. Ihre blonden Haare flossen um sie herum wie ausgebleichter Seetang. Ich versuchte, zu ihr zu schwimmen, sie zu retten, aber es war so, als würde man versuchen, durch Sand zu schwimmen, um zu ihr zu gelangen. Als ich sie endlich erreichte, fiel ein Schatten über mich. Brandon stand über mir, Wut in seinen Augen und Anschuldigungen auf seiner Zunge. Ich bedeckte meinen Kopf, als er Schläge auf mich niederprasseln ließ, mich boxte und schrie, während ich einfach versuchte, zu überleben. Ich schrie, damit er aufhören würde, schrie seinen Namen und erinnerte ihn daran, dass ich es war, Charlie. Aber dann wurde Brandon zu Berty, mit seinen glänzenden Augen und seinem breiten Lächeln. Ich konnte nicht entkommen, egal wie sehr ich es versuchte.

„Charlie." Brandon schrie mir ins Gesicht, packte mich an den Oberarmen und schüttelte mich. „Charlie!"

Ich öffnete die Augen. Hellblaue starrten auf mich runter.

Con war über mich gebeugt, sein Gesicht von Sorge gekennzeichnet. „Du hattest einen Albtraum."

Die Morgensonne spähte durch die Rollläden und das Feuer war bis auf etwas Glut erloschen.

„Ja, davon habe ich dir erzählt." Mein Gesicht brannte. „Sorry, dass ich dich geweckt habe." Ich versuchte, mich wegzudrehen und aus dem Bett zu steigen, aber er hielt mich fest.

„Wer ist Brandon?"

„Niemand." Ich hatte ihm schon viel erzählt. Brandon war ein Gespenst, das besser begraben blieb. „Ich will nicht darüber reden."

Frustration zerfurchte seine Stirn. Eine Sache, die ich über Con gelernt hatte: Er war es nicht gewohnt, dass ihm jemand Nein sagte.

Er ließ mich los und setzte sich auf, seine Rückenmuskeln spielten unter den Flügeln. Er seufzte, drehte sich dann zu mir um und riss die Decke weg. „Ich sehe schon, ich muss dir noch einmal zeigen, was Vertrauen bedeutet."

„Con!" Ich schrie auf, als er meine Shorts nach unten zog und meine Beine spreizte.

Sein tiefes Knurren steckte mich in Brand und ich wand mich, als er mich leckte. Er grinste, ein teuflisches Funkeln in den Augen. „Du wolltest es so."

~

„Irgendwelche Neuigkeiten von Ramone?" Con saß in einem Stuhl in der Nähe des Fensters im Schlafzimmer, das Handy an seinem Ohr.

Ich hatte mich geduscht, nachdem er mir zwei atemberaubende Orgasmen beschert und mir wieder nicht erlaubt hatte, den Gefallen zu erwidern. Seine Weigerung – auch wenn sie gut gemeint war – nervte mich tierisch. Ich wollte ihn berühren, ihn spüren, alles erleben, was er zu bieten hatte. Aber er würde nicht nachgeben, nicht, bis ich ihm alles von mir zeigte.

Das Problem war, dass ich Angst hatte, er würde das ganze Bild sehen und genau wissen, wie kaputt ich wirklich war.

Ich durchsuchte wieder den Kleiderschrank und zog mir eine Jeans, ein T-Shirt und einen Fleece-Pullover an, der ungefähr eine Größe zu klein war. Wenigstens waren die Klamotten warm. Ich ging zum marineblauen Teppich und fing an, im Korb herumzuwühlen, wobei ich darauf achtete, meinen elektrisierenden Freund am Boden nicht freizulegen.

Con schüttelte den Kopf, das Handy an sein Ohr gedrückt. „Nein, Mann, ich werde es dir nicht sagen. Wenn wir uns von hier wegbewegen, sage ich dir Bescheid. Pass auf dich auf."

Er klappte das Handy zu und warf es aufs Bett. „Keine Neuigkeiten von Ramone. Aber wir können davon ausgehen, dass er uns auf der Spur ist."

„Ich dachte, du hast gesagt, dass wir hier sicher sind?"

Er ließ sich auf die Knie nieder und setzte sich neben mich. „Das sind wir, aber Ramone wird irgendwann der richtigen Spur folgen. Sobald er das tut, steht er bei uns vor der Tür. Der Trick ist, in Bewegung zu bleiben."

„Wo geht's als nächstes hin?" Ich tauchte einen Graham Cracker in das Glas mit Erdnussbutter und reichte ihn ihm.

„Nach Norden, dann nach Westen." Er kaute auf dem Cracker rum und ich machte noch einen für mich.

„Und was dann?" Die Erdnussbutter schockte meine Zunge mit ihrer Süße.

„Und dann sehen wir weiter."

Ich hörte auf zu kauen. „Das ist dein Plan?"

„Nicht ganz, nein." Er tunkte noch einen Graham Cracker in das Glas und schaufelte eine obszöne Menge an Erdnussbutter auf. Er steckte ihn sich in den Mund und grinste mich an, während ich ihn anstarrte.

„Was ist der andere Teil deines Plans?" Ich schaufelte eine angemessene Menge Erdnussbutter auf meinen Cracker und knabberte daran.

„Das ist meine Sache. Alles, was du bei diesem Plan

machen musst, ist, meinen Anweisungen zu folgen und am Leben zu bleiben. Okay?" Er nickte und stand lautlos wie eine Katze auf. „Gut. Ich gehe duschen."

„Das ist keine Antwort." Ich stand auf und folgte ihm ins Badezimmer.

„Das ist die einzige Antwort, die du bekommst." Er stellte das Wasser in der Dusche an, sah mir in die Augen und schaute nicht weg, als er seine Boxershorts auszog.

Seine Erektion war dick und hart. Ich konnte meine Augen nicht davon abwenden. Die dunklen Haare um die Wurzel herum waren ordentlich getrimmt und sein gesamter Körper – inklusive Narben und allem – war ein männliches Kunstwerk. Er legte eine Hand um seinen Schaft und ein leises *uff* entwich meinen Lippen.

„Und jetzt entschuldige mich, ich muss etwas gegen das hier tun, bevor ich dich auf den Boden werfe und ficke, bis du mich anflehst, kommen zu dürfen." Er bewegte seine Hand in einem stetigen Rhythmus, seine hungrigen Augen ruhten auf mir. „Es sei denn, du vertraust mir." Er machte einen Schritt auf mich zu und meine Knie wurden weich. „Tust du das, Charlie? Vertraust du mir genug, um mir von Brandon zu erzählen, wer auch immer er ist?"

Die Erwähnung seines Namens riss mich aus meiner Träumerei. „Ich, ähm, ich sollte gehen und ein paar Sachen im —" Ich zeigte hinter mich, obwohl wir beide wussten, dass ich rein gar nichts im Schlafzimmer zu tun hatte. Nicht, solange er nicht mit mir im Raum war.

„Wie du willst." Er stieg unter die Dusche und ich stützte mich am Türrahmen ab. Wie lange konnte ich noch durchhalten?

19

Conrad

Ich überprüfte unsere Waffen wieder und wieder. Nachdem die Sonne stark genug durch die Wolken schien, dass wir die Lichter anschalten konnten, ohne Aufmerksamkeit zu erregen, durchsuchten Charlie und ich das Haus nach zusätzlichen Schusswaffen. Ich entdeckte ein kleines Lager, das in einer falschen Wand in der Speisekammer versteckt war. Charlie fand drei Handfeuerwaffen, die in den Schlafzimmern im Obergeschoss verteilt waren.

Wir packten sie mit in unsere Tasche, sammelten dann das wenige Essen zusammen, das in der Speisekammer war, und schleppten es nach oben in das große Schlafzimmer.

„Kann ich fernsehen?“ Charlie setzte sich aufs Bett.

„Klar, aber mach ihn nicht zu laut.“ Ich setzte mich in den Beistellstuhl, legte mir eine Schrotflinte über die Knie und nahm einen kleinen Schraubenzieher in die Hand. Sie hakte beim Durchladen und ich dachte mir, dass ein bisschen Wartung nicht schaden könnte. Wir hatten Zeit. Ich musste auf einen weiteren Anruf von Nate warten, bevor ich entscheiden konnte, ob es an der Zeit war, den Unterschlupf am Meer zu verlassen und Charlie nach Westen zu schicken.

Sie drückte die Fernbedienung und der an der Wand montierte Flachbildschirm leuchtete auf. Er war auf einen lokalen Nachrichtensender eingestellt.

„— Todesfälle, die scheinbar im Zusammenhang mit Mafiagewalt stehen. Mehrere Männer wurden tot in einem Haus in der Lerner Street aufgefunden, das seit langem für Bandengewalt bekannt war. Die Polizei gibt die Namen der Opfer nicht bekannt, bis alle Angehörigen benachrichtig wurden." Das Lerner-Haus ragte im Hintergrund der Aufnahme empor, der Vordereingang war mit gelbem Absperrband abgegrenzt.

Der Bildschirm wurde dunkel, das elektrische Summen signalisierte das Ende unseres Fernsehabends.

„Diese Männer." Charlie warf die Fernbedienung von sich weg, als wäre sie giftig, und verschränkte die Arme über ihrem Bauch. „Alle tot."

„Ja." Ich zog den Vorderschaft zurück, um festzustellen, wo der Haken war. Er schien in der Nähe des Magazins zu sitzen.

„Wie viele?"

Ich schaute in die Waffe und entdeckte ein Stück abgenutztes Metall, das ein bisschen zu weit rausragte. „An die ich mich erinnere? Vielleicht sechs. Aber da waren noch ein paar mehr, um die Nate sich gekümmert hat." Ich drückte den Schlitzschraubenzieher gegen das Metall und schob es wieder an seine ursprüngliche Position.

„Nein." Sie schüttelte den Kopf. „Ich meine, wie viele Menschen hast du getötet?"

Ich legte den Schraubendreher auf die Fensterbank und testete den Vorderschaft. Er glitt reibungslos vor und zurück, nichts hielt ihn auf. Eine Killermaschine, die für einen Zweck entwickelt wurde.

„Ich glaube nicht, dass du die Antwort auf diese Frage

wirklich wissen willst." Ich lehnte die Waffe an die Wand und wischte mir das Öl von den Händen, bevor ich ins Badezimmer ging, um sie zu waschen.

Sie folgte mir und beobachtete mich im Spiegel. „Wenn ich dir von Jesse erzählen kann, kannst du mir sagen, wie viele Menschen du umgebracht hast."

Ich trocknete meine Hände ab und drehte mich zu ihr um. Sie hatte ein weißes Fleece-Oberteil an, das fast zu klein für sie war. Es schmiegte sich an ihre Kurven, betonte ihre vollen Brüste und die Einbuchtung ihrer Taille. Ich wollte nicht reden, nicht über das Blut an meinen Händen oder all die anderen Morde, die ich würde begehen müssen, um sie zu beschützen. Ich wollte mit ihr leben, hier in diesem Moment. Mit ihr am Meer Familie zu spielen, war mein einziger Trost, der einzige sichere Ort, den ich in den letzten zwanzig Jahren gehabt hatte. Wenn sie das Monster sah, das in mir lebte – das Monster, das kein Problem damit hatte, dafür bezahlt zu werden, Leben zu nehmen – würde die dürftige Fiktion, in der wir lebten, ein Ende finden. In der kurzen Zeit, die ich sie kannte, war mir klar geworden, dass ich nicht wollte, dass es jemals ein Ende fand.

Ihre Augen weiteten sich, als ich auf sie zukam und sie gegen die Wand drückte. „Con—"

„Du willst wissen, wie böse ich bin? Wie viele Seelen ich aus dem Leben gerissen habe?" Ich packte sie an den Haaren und zog ihren Kopf nach hinten.

Ihr Puls wurde schneller, flatterte an ihrer Kehle, und sie grub ihre Fingernägel in meinen Bizeps. „Ja." Ihre hauchige Stimme verriet mir alles, was ich wissen musste. Sie mochte meine Gewalt und verdammt, das machte mich geil. Mein Schwanz erwachte brüllend zum Leben und verlangte, dass ich sie endlich eroberte.

Ich fuhr ihr mit den Zähnen über den Hals und biss in die zarte Haut über ihrer Halsschlagader. „Ich habe Männern die Kehle rausgerissen. Ihr Blut auf den Boden gespuckt, während sie sich quälten und starben."

„Con!“ Der Hauch von Angst gemischt mit Erregung durchtränkte meine Gedanken mit blutrünstigem Verlangen.

„Ich habe Männer mit meinen bloßen Händen erwürgt.“ Ich schob meinen Oberschenkel zwischen ihre und stieß zischend die Luft aus, als ich die feuchte Hitze spürte, die mich erwartete. „Ich habe mich an die Spitze der Nahrungskette geschossen, gestochen und geschlagen.“

Der Atem stockte ihr in der Kehle, als ich ihr Ohrläppchen zwischen meine Zähne saugte und zubiss.

„Ich würde es alles wieder tun. Ohne zu zögern.“

Sie ließ ihre Hand meine Seite runtergleiten und drückte ihre Handfläche gegen meine Erektion. Meine Hüfte hob sich ihr entgegen, ich musste in sie rein. Aber ich würde sie nicht ganz nehmen, nicht, bevor sie mir vertraute.

„Weißt du, warum ich all das wieder machen würde?“ Ich zog mich zurück und sah ihr in die Augen.

„Warum?“ Sie glitt mit ihrer Hand auf und ab, schürte die Flammen meiner Begierde.

„Weil es mich zu dir geführt hat.“ Ich küsste sie, hart und gnadenlos, nahm mir das, was mir gehörte, mit allem, was ich hatte – mit all den abgefuckten Emotionen, vermischt mit den neuen, die sie in mir hervorgerufen hatte. Sie stöhnte in meinen Mund und ich zog noch härter an ihren Haaren, damit sie alles gemeinsam mit mir spürte.

Ihre Hände fummelten an meiner Hose herum, und als sie hineingriff und meinen Schwanz packte, biss ich ihr in die Unterlippe. Ihre weiche Hand streichelte mich, glitt meinen Schaft auf und ab, während ich ihren Mund mit meiner Zunge fickte. Als sie mit dem Daumen über meine Eichel fuhr, gaben meine Knie fast nach.

„Darf ich, bitte?“ Ihre lüsterne Bitte war etwas, das ich ihr nicht abschlagen konnte.

Ich hielt sie weiter an den Haaren fest und drückte sie auf die Knie. Ihre Zunge schlängelte hervor und sie kostete meine Eichel. *Verdammte Scheiße*. Ihre nach oben gerichteten Augen gaben mir fast den Rest, als sie ihre rosa Lippen um meinen Schwanz legte und mich so tief aufnahm, wie sie konnte.

Ihre samtweiche Zunge schnellte über die Unterseite meines Schwanzes. Ich ließ meine andere Hand sinken und packte noch eine Handvoll ihrer dunklen Haare, zog sie dann nach vorne. Ihre Augen tränten, als ich sie von mir wegschob und wieder zu mir heranzog.

Ich starrte auf sie runter, während sie sich mit mir vertraut machte, und als sie die Wurzel meines Schwanzes mit einer Hand drückte und gleichzeitig saugte, stöhnte ich. Meine Eier waren schon prall und ich schob mich tiefer in sie hinein, wurde gröber, als ich es hätte werden sollen. Sie stöhnte, das Summen vibrierte durch meinen Schwanz und ich drückte, bis die Rückseite ihres Kopfes gegen die Wand stieß. Ich hielt sie dort fest und fickte ihren Mund, während sie meine Schwanzwurzel mit der Hand bearbeitete.

„Ich komme gleich." Ich grunzte und sie saugte stärker, ihre Zunge arbeitete schneller. Mein Schwanz wurde noch steifer, als mein Saft meinen Schaft emporstieg. Ich fing an, mich zurückzuziehen, aber sie hielt meinen Schaft fest und ließ mich genau da bleiben, wo ich sein wollte. „Oh fuck, Charlie!" Ich kam hart, mein Schwanz pulsierte in ihrem Mund, während sie schluckte und leckte.

Sie ließ mich schließlich los, nachdem ich leer war. Ich wich zurück, drehte mich dann um und nahm ein Handtuch vom Waschbecken.

Ich zog sie auf die Beine, wischte ihr über die geschwollenen Lippen und legte ihr eine Hand ans Gesicht. „Du bist eine verdammte Göttin."

„Dann sind wir wohl ein gutes Paar, da du ein Engel bist." Sie schlang ihre Arme um mich und streichelte meinen Rücken.

„Ich hoffe, ich war nicht zu grob." Ich küsste sie auf die Stirn, auf die Nase und dann auf die Lippen.

„Das war wahrscheinlich der heißeste Moment meines

Lebens, ich würde also sagen, alles war gut.“ Ihr Lächeln löste ein seltsames Gefühl in meiner Brust aus, als wäre mein Herz schwerelos und schwebte auf ihren Worten.

„Danke.“ Ich küsste sie wieder, konnte nicht genug von ihr bekommen. Würde ich das jemals?

20

Charlie

Ich saß auf dem überdachten Balkon, weit weg vom Geländer, damit vorbeifahrende Autos mich nicht sehen würden, und beobachtete, wie das wütende Meer sich mit sich selbst kabbelte. Die Sonne ging hinter dem Haus unter und schickte seinen Schatten über die Strandstraße und auf die Dünen am Rand der Sandfläche. Conrad saß drinnen, direkt hinter der Tür, und ging noch einmal die Waffen durch, um sicherzustellen, dass alle perfekt funktionierten. Er hatte eine Handvoll Waffen mit dem Schraubenzieher bearbeitet, ihre Einzelteile geschliffen, bis alles reibungslos ineinandergriff, jedes Stück Metall zu einem Zweck vereint.

Der Eissturm der vergangenen Nacht hatte auf den Spitzen der Dünen einen Hauch von Weiß hinterlassen und niemand wagte sich nach draußen ans Ufer. Das raue Meer sah heute aus der Ferne am besten aus. Ich zog die Decke fester um mich herum und starrte auf die graue Fläche hinaus. Ich hatte das Meer nicht mehr gesehen, seit meine Eltern Jesse und mich mit an den Strand genommen hatten, als ich zehn gewesen war. Meine vagen Erinnerungen bestanden aus der

Suche nach Muscheln und der Jagd auf Krabben, die viel zu schnell waren, um sich fangen zu lassen. Wir hatten Spaß gehabt, auch wenn Jesse zu klein war, um ins Wasser zu gehen. Ihr kleiner gelber Sonnenhut stieg in meinen Erinnerungen auf und trieb an der Oberfläche, bevor er wieder in den finsteren Tiefen verschwand.

Conrad summte, während er arbeitete. Wusste er überhaupt, dass er das tat? Ich erkannte das Lied. Ich glaube, es war „I Shot the Sheriff". Passend. Ein Lächeln huschte über meine Lippen, als ein paar Möwen vorbeiflogen und sich auf der Meeresbrise treiben ließen, während das Sonnenlicht einer sternenklaren Dämmerung wich.

Als meine Füße eisig wurden und das angenehme Summen aufgehört hatte, kehrte ich ins Schlafzimmer zurück und schloss die Balkontür hinter mir.

Er hatte die Waffen verstaut und nur die nicht weggepackt, die er immer bei sich hatte.

„Alles sauber?" Ich ließ mich auf den Teppich vor dem Feuer fallen und legte meine Füße auf den Kaminvorsprung.

„Ja. Ein paar waren ziemlich mitgenommen." Er schüttelte den Kopf und ich bemerkte einen Flecken Schmierfett unter seinem rechten Auge. So nach-mir-die-Sintflut. „Ich muss mich mal mit Nate unterhalten und ihm sagen, dass er seinen Scheiß in einem guten Zustand halten muss. Man muss seine Waffen respektieren. Wenn man es nicht tut, kann man sich nicht auf sie verlassen." Er zuckte mit den Schultern. „Das hat mein Vater mir zumindest immer beigebracht. Und ich hatte noch nie eine einzige verdammte Ladehemmung."

Er setzte sich neben mich, der Geruch nach Waffenöl war irgendwie beruhigend. Das Feuer leckte an den frischen Scheiten und das Harz knallte ab und zu, während meine Füße langsam auftauten.

Ich rutschte näher an ihn heran und lehnte mich gegen ihn. „Ich glaube, Nate ist aus einem anderen Holz geschnitzt."

Er legte mir seinen Arm um die Schultern. „Ich glaube, da hast du recht."

„Aber er ist lustig. Das ist doch auch was.“

Er versteifte sich. „Ich bin lustig.“

Ich lachte und sah ihn an. „Wirklich?“

„Das bin ich.“ Er drückte meinen Oberarm.

„Bist du eifersüchtig?“

„Auf diesen Klugscheißer?“ Er stieß einen *pfft*-Laut aus. „Natürlich nicht. Ich meinte nur, dass ich dich auch zum Lachen bringe.“

Ich nickte. „Das stimmt. Ich finde dein Summen amüsant.“

„Mein Summen?“ Er drückte seine Lippen gegen mein Ohr und ich zitterte.

„Du hast gesummt, während du an den Waffen gearbeitet hast.“

„Habe ich das?“ Seine Hand glitt zu meiner Taille.

„Nicht so schnell.“ Ich lehnte mich weg und krabbelte zum Korb. „Wir müssen etwas essen und du musst dich duschen.“

Er stöhnte auf. „Hast du irgendeine Vorstellung davon, was du mir antust?“

Ich schaute ihn über meine Schulter hinweg an und sein Blick klebte auf meinem Arsch. „Ich kann es mir vorstellen.“

„Quälgeist.“ Er streckte sich auf dem Boden aus, stützte sich auf den Ellenbogen ab und sah mir dabei zu, wie ich den Rest unseres Essens aufteilte.

Nach einem schnellen Abendessen duschte Con und telefonierte dann mit Nate. Basierend auf dem einseitigen Gespräch reimte ich mir zusammen, dass Vince alles daransetzte, uns zu finden.

Als er auflegte, fragte ich: „Und?“

„Wir müssen morgen von hier weg.“

„Oh.“ Ich schlüpfte ins Bett, während er sich mit einem Handtuch seine feuchten Haare trocken rieb.

„Keiner hat etwas von Ramone gehört. Diese Scheiße macht mich nervös. Er ist ein gerissener kleiner Wichser.“ Er legte sich neben mir ins Bett und zog mich an seine Brust heran.

„Was ist der Plan?"

„Ich habe ein paar Ideen." Er ließ seine Fingerspitzen meinen Rücken auf und ab gleiten.

Kleine Schauder huschten über meine Haut, wo er mich berührte. „Zum Beispiel?"

„Wir reden morgen darüber." Er küsste mich auf den Kopf. „Ich will unsere letzte Nacht hier genießen."

Ich seufzte und starrte die Kassettendecke an, während draußen der Wind zunahm und die Traufen entlang pfiff. „Warum so geheimnistuerisch?"

„Nicht geheimnistuerisch. Ich muss nur eine Nacht darüber schlafen." Er ließ seine Hand zu meiner Taille gleiten. „Und wo wir gerade von Geheimnissen sprechen. Vertraust du mir jetzt?"

Tat ich das? Ich rutschte etwas zurück und sah ihm in die Augen, legte ihm dann meine Hand auf seine stoppelige Wange. Ich kannte ihn seit ein paar Tagen, aber in der Zeit hatte er mir das Leben gerettet und versprochen, mich auf Schritt und Tritt zu beschützen. Vertrauen war für mich nicht einfach – das war es für niemanden. Aber hier war er nun, nachdem er mir wieder und wieder sein Herz offenbart hatte, und fragte mich, ob ich das Gleiche tun konnte. Er hielt den Atem an, alles in ihm fokussierte sich auf die nächsten Worte, die ich aussprach.

Ich beugte mich vor und küsste ihn, eine weiche, zärtliche Zustimmung. „Das tue ich."

21

Conrad

Ich hatte ihr Vertrauen nicht verdient, hatte den Blick in ihren Augen nicht verdient, als sie mich im Schein des Feuers ansah. Aber ich würde es annehmen. Ihr Vertrauen war wie eine kleine Flamme, die flackerte und drohte zu erlöschen. Ich würde sie nähren, ihr geben, was sie brauchte, damit sie hell brennen konnte, und sie beschützen.

Sie legte mir wieder ihren Kopf auf die Brust, ihre Finger umspielten eine besonders brutale Narbe entlang meiner rechten Seite. „Ich habe dir schon mehr erzählt als jedem anderen." Ihre leise Stimme schlich sich in mein Herz und rollte sich dort zusammen.

Ich musste alles über sie wissen, sehnte mich mehr danach als nach meinem nächsten Atemzug. „Lass uns mit dem Knastmesser anfangen, das du gemacht hast, und wie du gelernt hast, zu kämpfen. Das scheint nicht zu den normalen Fertigkeiten einer Floristin zu gehören."

„Das tut es nicht." Sie seufzte.

„Muss ich dir noch eine rührselige Geschichte über

meinen Dad erzählen, um dich zum Reden zu bringen?" Ich lächelte, als ich spürte, wie ihre Lippen sich auf meiner Brust verzogen.

„Ich nehme an, du hast eine auf Lager?"

„Ich habe eine Million Geschichten. Wie wäre es mit damals, als ich neun war: Er ließ mich während eines Schneesturms allein zu Haus, der Strom fiel aus und zwei Männer kamen auf der Suche nach ihm vorbei. Sie wollten mich als Köder benutzen."

Sie kaute auf ihrer Lippe. „Was ist passiert?"

„Dad kam nach Hause. Kein guter Tag für die Typen." Ich fuhr mir mit dem Daumen über den Hals, um es zu verdeutlichen.

Ihr Zittern übertrug sich auf mich und ich drückte sie fester. „Mir ging es gut. Keine Sorge."

„Es hört sich nicht gut an." Sie ließ ihre Hand über die Narbe gleiten, berührte unwissentlich eines meiner Andenken an diese höllische Nacht. „Das muss schrecklich gewesen sein."

Ich erwähnte nicht, dass Dad sie gefesselt und dann dafür, dass sie seinen Sohn bedroht hatten, langsam getötet hatte. Einige Erinnerungen hinterließen einen Makel, ein unauslöschliches Mal, das das Herz eines Mannes für immer verdunkelte. Dieser Vorfall war für mich der erste von vielen.

„Siehst du, was du getan hast? Du bringst mich zum Reden, obwohl du eigentlich auspacken und erzählen solltest." Ich gab ihr einen Klaps auf den Arsch. „Ich plaudere alles aus wie eine Jungfrau auf einer Pyjamaparty, bevor du irgendetwas gebeichtet hast."

Sie kicherte. „Ich würde dich gerne mit Zöpfen sehen."

„Für dich tue ich alles."

„Das werde ich im Hinterkopf behalten." Ihr Tonfall nahm eine vorgetäuschte Ernsthaftigkeit an. „Nun, ich nehme an, wir sind gemeinsam auf der Flucht."

„Das sind wir."

„Und du scheinst keine Bedenken zu haben, geladene Waffen in meiner Gegenwart herumliegen zu lassen."

„Da bist du die Einzige."

„Was ist mit Nate?"

Ich lachte, es war das erste Mal seit langem, dass ich wirklich lachen musste. „Ich würde kein Buttermesser herumliegen lassen, das er in die Finger bekommen könnte."

Sie lächelte und kuschelte sich an mich, legte ihren Oberschenkel über meinen.

Ich drückte ihren Arsch. „Quid pro quo, Clarice."

Sie brach in Gelächter aus. „Nicht vertrauenserweckend, Dr. Lecter."

„Gott sei Dank. Wenn du diese Filmreferenz nicht verstanden hättest, hätte ich dich rauswerfen müssen."

Sie schüttelte den Kopf. „Wenn du mir letzte Woche gesagt hättest, dass ich mit einem Killer im Bett liegen und über *Das Schweigen der Lämmer* reden würde, während wir uns vor der Mafia verstecken ..."

„Hättest du was?" Ich strich ihr mit dem Daumen über die Hüfte.

„Hätte ich dir angeboten, einen lieblichen, nicht bedrohlichen Blumenstrauß für dein Zimmer in der Psychiatrie zu binden."

„Ich bin mir sicher, er wäre wunderschön gewesen."

„Ich habe viel gelernt, seit ich damit angefangen habe, ich denke also, dass ein paar beruhigende Farben sich am besten eignen würden. Keine Vase aus Glas, natürlich."

„Du hast also nach dem College angefangen, mit Blumen zu arbeiten?"

„Müssen wir da jetzt wirklich durch?" Sie schloss die Augen.

„Ich fürchte schon."

Sie atmete tief durch und blieb dann lange Zeit still. Ich unterbrach sie nicht. Ihre Stimmung änderte sich, als ob sie in einem Theater auf den Beginn einer Show wartete und alle Lichter sich abdunkelten.

„Nach—" Sie räusperte sich. „Nach Jesse schloss ich die

Highschool ab und schrieb mich an der Penn State University ein. Ich wusste nicht, was ich machen wollte, aber College schien der richtige Weg zu sein, um es herauszufinden. Im zweiten Semester überredete meine Mitbewohnerin mich dazu, mich für einen Naturkurs anzumelden. Der Professor war ..." Sie hielt inne. „Er war älter, charmant, etwas seltsam. Brandon wusste sehr viel über die Wälder und wie man überlebt."

Als ich die Düsternis in ihrer Stimme hörte, als sie von dem Professor sprach, stellten sich meine Nackenhaare auf. Er war eine Bedrohung; das konnte ich spüren. Und es gefiel mir nicht, dass sie sich duzten.

„Er war an mir interessiert. Ich war mir damals nicht sicher, warum er sich aus einer Klasse voller leicht zu beeindruckender Mädchen mich raussuchte, aber er vereinbarte Sprechstunden, um sich mit mir zu unterhalten, und interessierte sich wirklich für meine Schularbeit. Er fragte nach meinem Privatleben. Ich erzählte ihm von Jesse und wie meine Eltern danach irgendwie abgeschaltet hatten. Wie ich mir selbst die Schuld gab. Später wurde mir natürlich klar, dass er den Tod meiner Schwester ausnutzte, um mich zu manipulieren. Ich musste ein Neonschild getragen haben, auf dem stand: ‚Sehne mich verzweifelt nach Liebe'." Sie kräuselte die Nase, als ob sie von ihrem jüngeren Selbst enttäuscht wäre. „Wie auch immer, er war eigenartig und fuhr total auf diesen Überlebenskünstlerkram ab. Er war mehr oder weniger ein Verschwörungstheoretiker mit all diesen Vermutungen über die Regierung. Eines Tages nahm er mich mit zu seiner Farm, die ungefähr eine Stunde außerhalb der Stadt lag. Er sagte, er würde mir ein paar Dinge beibringen, die für den normalen Lehrplan ein bisschen zu fortgeschritten waren."

Die Bitterkeit in ihrer Stimme entfachte eine Wut in mir, die wie eine Fackel brannte.

„Wie auch immer, du kannst dir vorstellen, was passiert ist." Ihr Griff um meine Seite herum wurde fester und sie hielt einige Momente lang inne, Stille füllte den Raum zwischen uns.

Ich würde Brandon umbringen, mir Zeit lassen. Die längste Zeit, die ich jemanden am Leben gelassen hatte, waren ein paar Tage gewesen. Ein Importeur, der Fahrerflucht begangen hatte, während er high war, und fünfjährige Zwillingsbrüder getötet hatte. Er hatte allen Organisationen in Boston die Cops auf den Hals gehetzt. Ich war auserwählt worden, ein Exempel an ihm zu statuieren. Ich würde ein noch größeres Exempel an Brandon statuieren.

„Nach dem ersten Besuch auf der Farm hat Brandon mich kontrolliert. Was ich anhatte, wie ich meine Haare trug, welche Kurse ich belegte. Es hielt anderthalb Jahre an. Er wurde immer besessener von mir und von dem, was er ‚das kommende Regime' nannte. Er nahm mich oft mit zu seiner Farm, brachte mir bei, wie man schießt, wie man allein überlebt. Ich habe monatelang jeden freien Moment dort verbracht. Er arrangierte meine Kurse so, dass ich ein viertägiges Wochenende hatte. Damals dachte ich nicht an all die schlechten Dinge. Ich hungerte nach Liebe. Er wusste, was er tun musste, schenkte mir gerade genug Aufmerksamkeit, um mich glücklich zu machen. Also blieb ich gehorsam und hielt alles geheim."

Sie kuschelte sich enger an mich heran. Nichts hatte sich je so richtig angefühlt. Das Bedürfnis, sie zu beschützen, selbst wenn es vor ihrer eigenen Vergangenheit war, überwältigte jeden anderen Instinkt, den ich hatte.

„Wie auch immer, die Monate vergingen und Brandon war immer mehr davon überzeugt, dass die Welt am Rande des kommenden Regimes war. Er zwang mich dazu, das College abzubrechen und mit ihm auf der Farm zu leben. Nach einer Weile hörte er ganz auf, zu unterrichten, und verbrachte seine gesamte Zeit damit, sich vorzubereiten. Er erlaubte mir nicht, die Farm zu verlassen. Wenn ich nicht gehorchte, wurde ich bestraft." Sie schauderte.

Wut, wie ich sie noch nie verspürt hatte, raste in mir herum wie ein Tornado aus Säure.

„Er ließ mich meilenweit vom Haus entfernt im Wald zurück – ohne Schuhe, ohne Kleidung, mit nichts – mitten im Winter. Wenn ich es zurückschaffte, belohnte er mich, indem er mich noch einen Tag überleben ließ. Er war so verdammt krank, aber auch manipulativ. So sehr, dass er mich davon überzeugt hatte, dass ich es verdient hatte, so behandelt zu werden. Dass mein Ungehorsam ihn dazu brachte, mich zu misshandeln. Es war alles meine Schuld. Abgefuckt, ich weiß."

Ich brachte es kaum über mich, still liegen zu bleiben und zuzuhören. Das Bedürfnis, Rache zu üben, überwältigte mich und meine Fantasie zog sich in die dunklen Ecken zurück, erfand neue Methoden, wie man Schmerzen zufügte.

„Eines Abends wurde er wirklich gewalttätig und warf mir vor, Teil einer Regierungsverschwörung zu sein." Sie schluckte schwer. „Er brach mir den Arm und zwei Rippen und verletzte mich noch auf andere Weise."

Ein Knurren entwich meiner Kehle. „Ich werde ihn verdammt noch mal umbringen."

„Das kannst du nicht." Ihre Stimme wurde zu einem Flüstern. „Das habe ich schon."

22

Charlie

Er hielt mich und ich hielt den Atem an. Vertrauen war ein Gut, von dem ich nur sehr wenig hatte. Aber ich hatte ihm mein Vertrauen geschenkt.

„Was ist passiert?"

Ich schloss fest die Augen. „Du meinst, wie ich ihn getötet habe?"

„Ja." Er streichelte meine Haare.

„Er hatte mich nach oben gejagt und ich hatte mich im Gästezimmer eingeschlossen. Er war an der Tür, warf sich dagegen und schrie, dass er mich töten und im Garten begraben würde, damit meine Freunde von der Regierung mich nie finden würden." Ich konnte seine Stimme immer noch hören, die schrille Paranoia. „Ich fand eine Schrotflinte im Schrank – er hatte Waffen im ganzen Haus versteckt. Sie war geladen. Ich stand mit dem Rücken zum Fenster und wartete darauf, dass er die Tür aufbrach. Das tat er, und als er hereinkam, drückte ich den Abzug." Ich fuhr mir mit den Fingern über die Brust. „Er war fast sofort tot. Die Schrotkugeln zerfetzten sein Herz." Eine einzelne Träne entwich, obwohl ich gedacht hatte, dass ich längst damit abgeschlossen hatte, über meine höllische Zeit mit Brandon zu weinen. „Als er fiel, schien er so ... überrascht zu sein." Ich reckte den Kopf und sah Conrad in die Augen. „Als wäre es ihm nie in den Sinn gekommen, dass ich so etwas tun würde."

„Er dachte, er hätte dich gebrochen."

„Das dachte ich auch, bis ich die Waffe in meiner guten Hand hielt, sie an meiner Schulter abstützte und den Abzug drückte. Ein perfekter Killshot." Ein Lächeln versuchte, über meine Lippen zu huschen. „So, wie er es mir beigebracht hatte."

„Er hat Glück, dass du ihn getötet hast, bevor ich die Chance dazu hatte. Ich hätte es über Monate hinausgezögert." Die Grimmigkeit in seinem Tonfall und die besitzergreifende Weise, wie er mich festhielt, verrieten mir, dass er die Wahrheit sagte.

„Danach verhaftete die Polizei mich wegen Mordes. Ein paar der Hilfssheriffs machten mir das Leben schwer und versuchten, es so aussehen zu lassen, als hätte ich Brandon provoziert oder wäre irgendwie schuld an allem, was passiert war."

„Namen." Er legte eine Hand um meinen Hals und benutzte seinen Daumen, um mein Kinn nach oben zu drücken, hielt den Blickkontakt. „Ich will Namen."

„Ich denke, wir haben im Moment genug um die Ohren."

Er fuhr mir mit dem Daumen über den Kiefer. „Wenn das hier vorbei ist, wirst du mir ihre Namen sagen."

Ich ließ meinen Kopf auf seine Schulter fallen. „Wenn wir das hier überleben, dann sicher, ich erzähle dir ihre Namen, aber *nur*, wenn du versprichst, sie nicht umzubringen."

„Ich mache keine Versprechungen, die ich nicht halten kann." Er vergrub sein Gesicht in meinen Haaren, sein Tonfall kalt und bestimmt.

„Am Ende wurde ich von dem Verdacht des Mordes freigesprochen. Selbstverteidigung. Nachdem ich wieder gesund war, brach ich das College ab und versuchte, alles hinter mir zu lassen. Aber ich konnte nicht in Reading bleiben, vor allem nicht, nachdem ich ein paar meiner Kommilitonen getroffen hatte, die mich erkannt und mir Fragen darüber gestellt hatten, was mit Brandon passiert war. Ich konnte die Blicke und das Geflüster nicht ertragen, also habe ich meine Sachen gepackt und bin nach Philadelphia gezogen, um neu anzufangen."

„Wo ich dich gefunden habe."

„Ja." Ich entspannte mich, als ob mir durch das Erzählen der Geschichte eine Last von den Schultern gefallen war. „Jetzt bist du dran."

„Ich bin dran?"

„Todesopfer."

Er zog mich auf seine Brust, so dass ich rittlings auf ihm lag, sein harter Schwanz drückte gegen meine nackte Pussy. „Ich denke langsam, dass du ein bisschen makaber bist."

Ich legte den Kopf schief und dachte darüber nach. „Vielleicht."

„Ich denke, die Tatsache, dass ich einen Mann ohne Reue töten kann, macht dich an."

„Vielleicht." War es krank, zuzugeben, dass alles an ihm mich anmachte? Auch, dass er ein Killer war? Wahrscheinlich. „Also, wie viele?"

Er ließ seine Hände über meinen Rücken gleiten und legte sie auf meinen Arsch. „Mehr als jeder andere Mann, den du je treffen wirst."

„Selbst mehr als Ramone?" Angst schlängelte sich durch mich hindurch.

„Ja." Er stieß nach oben, sein Schwanz rieb perfekt über meine Klit. „Und ich werde seinen Namen zu meiner Liste hinzufügen, bevor all das hier vorbei ist."

„Was, wenn du dich irrst?"

„Das tue ich nicht." Sein kaltes Selbstvertrauen ließ keinen Raum für Zweifel.

Mein Leben lag in seinen Händen. Es gab niemanden sonst. Nur wir beide hier in einer kalten Villa an einem eisigen

Ufer, während wir darauf warteten, dass das Schicksal uns einholte.

Ich drückte mich gegen ihn. Er bestand aus Härte und scharfen Kanten. Mein Körper verschmolz mit seinem und ein Feuer explodierte in mir. Der Moment war gekommen.

„Hast du irgendeine Ahnung, wie gut du dich anfühlst?"

„Warum sagst du es mir nicht?" Ich presste meine Lippen auf seinen Hals.

Mich ihm hinzugeben, war so natürlich wie Atmen. Genau wie meine Blumen war auch dieser Moment vergänglich. Ramones Bedrohung schwebte über uns und verwelkte unsere Zukunft, aber wir konnten die wenige Zeit, die uns noch blieb, mit Leben füllen.

Sein Griff um meine Haare herum wurde fester und er zog mich zurück. Ich starrte ihm in die Augen.

„Willst du das hier?" Seine Stimme war Kies und Glasscherben.

Der Nervenkitzel der Angst zuckte durch mich hindurch und löste ein Summen zwischen meinen Beinen aus.

„Es gibt kein Zurück mehr." Er drückte seine Stirn gegen meine. „Und du solltest wissen, dass ich dich von dem Moment an wollte, als ich dich das erste Mal sah. Ich habe jede Nacht an dich gedacht, mir dich vorgestellt, von dir geträumt. Ich habe noch nicht einmal eine andere Frau angesehen, seit ich dich am Fenster deines Blumenladens stehen sah." Er hob sich mir entgegen, seine Eichel reizte meine Öffnung und ich keuchte. „Sag mir also Ja oder sag mir Nein, aber so oder so, du musst es ernst meinen."

Er hatte sich verletzlich gemacht. Schon wieder. Auf meinen Lippen lag nur ein Wort. „Ja."

Er drehte sich um und drückte mich ins Bett, seine Hüfte wogte gegen mich. Sein Mund war eine Lawine aus Hitze, Verlangen und Besessenheit. Er presste seine Lippen auf meine, seine Zunge huschte über die Linie meines Mundes, bis ich mich ihm öffnete. Als er seine Zunge in mich sinken ließ, stöhnte er. Ein Ansturm von Empfindungen schoss durch mich hindurch und ich grub meine Hacken in seine Oberschenkel, spornte ihn an.

Ich fuhr ihm mit den Händen über den Rücken, die Muskelstränge spannten sich unter meinen Fingerspitzen an. Als er meine Brust umfasste, konnte ich das Stöhnen, das durch mich hindurch brauste, nicht aufhalten. Er schluckte das Geräusch und küsste sich zu meinem Nacken runter.

Er schrammte mit seinen Zähnen über meinen Hals, leckte und saugte dann, als ich nach Luft rang. Als er meine Brustwarze kniff, wölbte sich mein Rücken und ich wurde noch feuchter zwischen meinen Oberschenkeln.

„Fuck." Er biss mich in die Schulter, fest genug, um wehzutun, aber nicht fest genug, um die Haut zu durchbeißen.

Mein Körper war nicht mehr überhitzt, er glühte.

„Ich muss dich spüren. Alles von dir." Er setzte sich auf, zog dabei die Decke zurück, und starrte mich an.

Als die kühle Luft auf meine Brustwarzen traf, kribbelten sie und wurden noch härter. Der Schein des Feuers umspielte die rechte Seite seines Gesichts, die linke Seite lag im Schatten. Halb hell, halb dunkel, er könnte der schwarze Mann oder ein Racheengel sein.

„Du bist so verdammt schön." Er packte seinen Schwanz und starrte meine Pussy an. „Und du gehörst verdammt noch mal mir."

Ich biss mir auf meine geschwollene Lippe, als ich seinen Schwanz erblickte – lang, unglaublich dick und steinhart. Sein Körper war ein Meisterwerk aus Muskeln, Narben und Tinte. Rache war in seine Haut imprägniert, als ob er für Gewalt und Blutvergießen gemacht wäre. Aber in diesem Moment galt der Hunger in seinen Augen allein mir.

Er beugte sich runter, legte seine Hände auf die Innenseiten meiner Knie und spreizte sie.

„Gottverdammt." Er kniete sich zwischen meinen Beinen hin und neigte dann seinen Kopf nach unten. „Nur für mich." Er gab mir einen sanften Kuss auf die Pussy und ich klammerte mich am Laken fest, in dem Versuch, irgendeinen Halt zu finden.

Er hielt seine Augen auf mich gerichtet und leckte mich von meiner Öffnung bis zur Klit. Egal, wie sehr ich mich am Laken festhielt, ich konnte meine Hüften nicht still halten.

„Conrad", keuchte ich, konnte sonst nichts sagen. „Ich vertraue dir. Bitte."

„Willst du meinen Schwanz, Baby?" Er grinste. „Er gehört ganz dir." Er ließ seine Hände die Innenseiten meiner Oberschenkel hochgleiten, sein raues Knurren heizte mich an. „Ich muss in dir sein, mit nichts zwischen uns. Ich bin sauber."

Ich nickte. Wenn er mich um den gesamten Inhalt meines Bankkontos gebeten hätte – so mager er auch war – hätte ich ihn ihm zu diesem Zeitpunkt gegeben. Außerdem bekam ich seit meinem fünfzehnten Lebensjahr die Dreimonatsspritze und hatte seit Jahren keinen Sex gehabt. Er würde meine Feuertaufe sein.

Er pirschte über mich und stützte sich auf einem Ellenbogen ab, während er seinen Schwanz gegen meine Pussy drückte. „Schau mich an. Mach die Augen nicht zu." Er positionierte die Spitze an meiner Öffnung. „Ich will sehen, wie du jeden Zentimeter nimmst."

Ich hielt mich an seinen Schultern fest und spreizte meine Beine für ihn.

Er stöhnte und sank in mich hinein, seine Eichel dehnte mich und glitt meine schlüpfrigen Wände entlang. Ich wollte die Augen schließen, mich auf die Empfindungen konzentrieren, aber sein Blick bohrte sich in meinen, während er tiefer in mich eindrang. Ein leicht stechender Schmerz wurde zu köstlicher Fülle. Mit einem letzten Stoß füllte er mich aus.

„Verdammt eng. Heiß. So wie ich wusste, dass du sein würdest." Er rieb seine Hüfte an meiner und ich grub meine Fingernägel in seine Schultern.

„Conrad, bitte." Ich schaukelte mit den Hüften, die Reibung schickte einen Schauer der Lust durch mich hindurch.

„Ich gebe dir alles, was du willst, Charlie. Du musst nicht darum bitten.“ Er schob einen Arm unter meinen Rücken, umfasste dann meine Schulter und hielt mich fest, während er sich zurückzog und wieder in mich rammte.

Ich schrie auf und klammerte mich an ihn, während er ein unnachgiebiges Tempo vorgab und meinen Körper mit harten Stößen zu seinem Eigentum machte. Er eroberte meinen Mund, seine Zunge in einem Rhythmus mit seiner hämmernden Hüfte, bis jeder Teil von mir von ihm erfüllt war. Ich öffnete mich ihm noch weiter, hieß alles willkommen, was er zu geben hatte.

Das klatschende Geräusch von Haut auf Haut hallte durch den Raum. Ein Summen breitete sich in meinem Körper aus, das mit jedem Stoß seines harten Schwanzes intensiver wurde, bis die Spannung fast unerträglich wurde und ich mich verzweifelt nach einem weiteren Höhepunkt sehnte.

Er vergrub seine Finger in meinen Haaren und zog sie zurück, um meinen Hals freizulegen. Sein Mund suchte nach den empfindlichen Stellen und er biss und leckte mich, machte mich vor Verlangen wahnsinnig. Mit jeder Bewegung loderte mein Feuer höher, bis ich kurz davor war.

Er wich zurück, rutschte auf die Knie und hielt meine Hüften fest, zog mich zu sich heran, während er mich mit brutalen Stößen fickte. Ich liebte jeden einzelnen, meine Brüste wackelten, meine Gedanken wirbelten durcheinander, während ich meine Pussy mit jedem Stoß an ihm rieb.

Er starrte auf die Stelle, an der wir miteinander verbunden waren, leckte dann seinen Daumen und drückte ihn auf meine Klit. Ich wölbte den unteren Teil meines Rückens, während er mich weiter stieß und meine Knospe streichelte.

„Dir kommt es gleich, oder? Ich will es sehen.“ Er rieb meine Klit schneller. „Ich will fühlen, wie du jeden einzelnen Tropfen aus mir herauspresst.“

Seine Worte gaben mir den Rest. Meine Hüfte versteifte sich und ich fiel, stürzte zuerst über eine Klippe und dann noch eine, während mein Atem mir in einem langen, tiefen Stöhnen entwich. Meine Gedanken zersplitterten ebenso wie mein Körper, als jedes letzte bisschen Spannung in köstlichen Wellen aus mir herausgewrungen wurde. Er packte meine Hüfte noch härter und zerrte mich auf seinen Schwanz. Er spritzte in mir ab, seine Feuchtigkeit vermischte sich mit meiner, während er grunzte und erstarrte. Ich sah zu, wie die Spannung aus seinen Schultern und seinen Bauchmuskeln wich. Als würde man einem Sturm beim Wüten und Donnern zusehen und dann beobachten, wie er vor der warmen Sonne wegzog.

Er lehnte sich zurück, immer noch in mir, und fuhr sich mit einer Hand durch die Haare. „Heilige Scheiße. Das war …“

„Perfekt.“ Ich lächelte.

Er griff nach mir, umfasste meine Handgelenke und zog mich hoch, so dass ich rittlings auf ihm saß, unsere Brüste aneinandergedrückt.

„Ich habe noch nie etwas Schöneres gesehen als dich, wie du mit mir in dir gekommen bist.“ Er küsste mich auf die Nasenspitze. So sanft und entspannt. Die Sorgen waren aus seinem Gesicht verschwunden, aber die Intensität war immer noch da. Komplett auf mich fokussiert, auf eine Art und Weise, die mich hätte erschrecken sollen. Stattdessen hieß ich es willkommen.

Er strich leicht mit seinen Lippen über meine und ich schlang meine Arme um seinen Hals. Meine Nippel kribbelten, als sie gegen seine harte Brust drückten.

Sein Schwanz zuckte in mir und er schaute mir in die Augen. „Ich werde dich wieder nehmen müssen, wenn du nicht aufhörst.“

Ich biss ihm in die Unterlippe. „Versprochen?“

23

Conrad

Sie schlief auf meiner Brust ein, ihre Wange gegen das Tattoo über meinem Herzen gedrückt. Ihre leisen Atemzüge komponierten einen Soundtrack, der selbst die grausamste Bestie besänftigen könnte, mich selbst eingeschlossen.

Als sie sich mir hingegeben hatte, war ich zu sehr im Moment gewesen, um in Betracht zu ziehen, was das bedeutete. Aber sie zu halten, während sie schlief, führte es mir vor Augen. Es war an mir, sie zu beschützen. Ich wusste bereits, dass ich jeden töten würde, der versuchte ihr zu schaden, aber die bis in die Knochen gehende Gewissheit, dass sie mir gehörte, verstärkte das Bedürfnis, sie zu beschützen. Das Problem war, dass es nicht gut für ihre Lebenserwartung war, sich mit mir abzugeben.

Ich starrte an die Decke, Schatten sprangen im Licht des erlöschenden Feuers umher. Ein Killer zu sein, hatte mir genug Geld und Glaubwürdigkeit eingebracht, um mein Leben in Freiheit zu führen, ohne einem bestimmten Boss die Treue zu schwören. Ich war unabhängig, ein Auftragskiller, der für den richtigen Preis Ergebnisse garantierte. Töten war alles, was ich je gekannt hatte.

Ich ließ meine Finger über die zarte Haut ihres Oberarms gleiten. Aber Charlie war so viel mehr wert als ein Leben aus Blut und Rache. Für sie könnte ich mich ändern. Vielleicht könnten wir irgendwo anders von vorne anfangen. Irgendwo, wo uns niemand kannte. Ich hatte genug Geld, damit wir uns niederlassen konnten – ein Haus, noch ein Blumenladen, ein brandneues Leben. Ich schloss die Augen und Gedanken an eine glückliche Zukunft wiegten mich in den Schlaf.

In meinem Hinterkopf flüsterte die Stimme meines Vaters. *Zweite Chancen sind teuer.*

Ein Krachen durchbrach die Stille, schnitt durch meinen Schlaf wie ein Messer in ein Herz. Ich setzte mich auf. Das Feuer war erloschen, aber das Licht der Morgendämmerung strömte durch die Fensterläden.

„Meinst du, dass wir hier den guten Scheiß finden?“ Eine tiefe Stimme drang die Treppe hoch und den Flur entlang.

Ein anderer Mann antwortete, aber ich konnte nicht entziffern, was er sagte.

Ein dritter Mann meldete sich zu Wort. „Vince hat kein verdammtes Wort darüber verloren. Also ist dieses Haus Freiwild, was mich betrifft.“

Charlie klammerte sich an meinen Unterarm, ihre Augen waren weit aufgerissen. Ich legte einen Finger an meine Lippen und rutschte aus dem Bett. Ich nahm mir meine 9mm vom Nachttisch.

Ich nahm die Schrotflinte, die ich neben das Bett gestellt hatte, und reichte sie ihr. Etwas Dunkles glitt über ihr Gesicht und sie schüttelte den Kopf. *Sie hat Brandon mit einer Schrotflinte getötet.* Die Angst in ihren Augen schnürte mir das Herz zusammen. Ich ließ die Schrotflinte auf das Bett fallen und zeigte auf den Schrank. Sie verstand den Hinweis und schlich über den Teppich vor dem Kamin, ihr nackter Körper bewegte sich auf faszinierende Weise. Nachdem sie die Schranktür geschlossen hatte, zog ich die .45er zwischen den Matratzen hervor, ging dann langsam zur Tür und nahm den unter die Klinke geklemmten Stuhl weg.

Die Stimmen wurden leiser und die Haustür öffnete sich. Schritte und zwei weitere Männerstimmen ließen den Geräuschpegel ansteigen.

„Habt ihr schon was gefunden?"

„Nein, nur etwas Alkohol und ein paar Waffen. Hinten steht ein Auto, das wir uns nehmen können."

„Das ist mir scheißegal. Ich brauche kein verdammtes geklautes Auto." Die Haustür wurde zugeschlagen. „Habt ihr oben gesucht?"

Ich verließ leise den Raum und schloss die Tür hinter mir, schlich dann zum nächsten Schlafzimmer auf dem Flur.

„Hatten noch keine Zeit. Wir sind gerade erst angekommen."

„Verpiss dich nach oben, du hohle Nuss." Ein klatschendes Geräusch. „Die Schlampe muss ein paar Juwelen gehabt haben. Schau nach, ob der alte Serge einen Safe oder so was hatte. Wir müssen das Haus leerräumen und abhauen, bevor Berty davon Wind bekommt."

Unbedeutende Mafiamitglieder, die auf der Suche nach leichter Beute waren. Ich entspannte mich. Das würde einfach werden, wie eine kleine Übungseinheit. Das bevorstehende Blutbad ließ die Maschinerie in meinem Kopf klicken und surren, alles funktionierte so, wie es sollte. Ruhe legte sich über mich, als mein Kampfplan konkrete Formen annahm. Ein Zug nach dem anderen, bis die Bedrohung zu meinen Füßen lag und ausblutete.

Die Stufen fingen an zu knarren. Ich zählte mindestens vier Schrittpaare. Sie waren auf dem Weg zu uns. Ich schloss die Augen, atmete tief durch und wartete darauf, dass der erste Mann den Flur betrat. Dann der zweite, dann der dritte.

Sie waren fast an meiner Tür angekommen, als ich heraussprang, zwei Kugeln in den ersten Mann feuerte, ihn packte und zu mir heranzog. Ich benutzte ihn als Schild, während ich den zweiten Mann in den Kopf schoss. Er fiel zu Boden, während der dritte zur Treppe zurückwich und auf mich schoss. Der Typ, den ich festhielt, zuckte, als die Kugeln ihn trafen. Ich zielte um ihn herum und schoss den dritten Mann in den Körper. Er kreischte und taumelte die Treppe runter zu seinen rufenden Kameraden.

Ich ließ den ersten Mann los. Er fiel auf den Rücken, seine toten Augen starrten mich an, als ich über ihn trat. Meine bloßen Füße verteilten sein Blut auf dem Holzboden des Flurs. Ich war immer noch nackt, aber es war mir scheißegal. Um meinen Job zu erledigen, brauchte ich nichts anderes als den kalten Stahl in meiner Hand. Die Schreie von unten verstummten, bis auf den Mann am Ende der Treppe. Seine rasselnden Atemzüge und Hilfeschreie wurden durch einen Schuss zum Schweigen gebracht, der nicht von mir kam. *Kalt.*

Ich lehnte mich gegen die Wand neben der Treppe und ging den Grundriss des Erdgeschosses in meinem Kopf durch. Nach meiner Zählung waren mindestens zwei weitere Männer unten, vielleicht noch ein dritter. Einer würde sich im Wohnzimmer verstecken, wahrscheinlich hinter dem Chintz-Sofa in der Nähe des vorderen Fensters. Ich drehte und wendete den Grundriss in meinem Kopf, suchte nach den Stellen, für die ich mich entscheiden würde, wenn ich jemandem auflauern wollte. Im Esszimmer, neben der Anrichte. In der Küche, mit der Tür zur Speisekammer zur Ablenkung leicht geöffnet, aber hinter der Kücheninsel versteckt, um einen Schuss ins Knie abzufeuern.

„Komm runter, Motherfucker." Die tiefe Stimme dröhnte an meine Ohren. „Dieses Haus gehört uns. Du wirst es nicht lebend verlassen." Ich kannte diese Stimme – Ricky, ein unbedeutender Arsch, der einen Meth-Dealer-Ring in der Stadt leitete. So wie es sich anhörte, hatte er sich im Esszimmer verschanzt. Ich würde ihn als letztes umbringen. Der arme

Wichser wusste nicht, dass er gerade mit dem Gesicht voran in einen Holzhäcksler gelaufen war.

Ich spähte um die Ecke und sah, dass die Eingangshalle leer war, aber ein Schatten im Wohnzimmer verriet mir, wo sich mein nächstes Opfer versteckte. Ich polterte die Treppe runter und schoss mit meiner .45er in Richtung Flur. Eine verirrte Kugel aus dem Esszimmer traf den Kronleuchter und Kristallsplitter regneten herab.

Schüsse durchsiebten die Luft, als ich auf die Leiche am Ende der Treppe trat, um das Glas zu vermeiden, und dann seitlich ins Wohnzimmer rollte. Ich feuerte zwei Kugeln aus meiner 9mm ins Sofa und drückte mich mit dem Rücken gegen die Wand neben der Tür.

Als die Schüsse aufhörten, signalisierten ein Gurgeln und ein Röcheln das Ende des Lebens des Typs hinterm Sofa. Ich hatte fünf Kugeln in meiner 9mm und sechs in meiner .45er übrig. Es würde reichen müssen, um noch einen, möglicherweise zwei weitere Schützen auszuschalten. Ich hatte keine zusätzlichen Magazine zum Nachladen. Ich konnte schließlich nicht zusätzliche Munition in meinem Sack verstauen. Ich stand auf und nahm die Eingangshalle in Augenschein. Das Glas würde ein Problem für meine nackten Füße sein.

Ich warf einen Blick auf das Sofa und eilte dann um es herum. Der tote Mann hatte eine Glock in der Hand. Ich überprüfte das Magazin. Leer. Der Wichser hatte sein Feuer bereits verpulvert. Ich zog ihm seine schwarzen Schuhe aus. Sie waren zu klein, würden aber reichen müssen. Ich zwängte sie über meine Füße und kehrte zur Tür zurück.

Ich spähte zum Esszimmer. Der Winkel der Tür machte es mir unmöglich, hineinzusehen, aber ich konnte den Mann in dem Raum spüren. Wahrscheinlich hinter der Anrichte versteckt.

Ich atmete durch, sprintete durch die Eingangshalle, feuerte ein paar Schüsse ins Esszimmer, als ich daran vorbeilief, rutschte dann in die Küche und rollte über den Boden. Feuer explodierte in meiner Wade, aber ich ignorierte es. Ich landete in einer hockenden Position und legte den Schützen, der hinter der Kücheninsel auftauchte, mit einem Kopfschuss um. Schritte verrieten mir, dass Ricky sich aus dem Esszimmer näherte. Ich stand auf und sprang auf die breite Kücheninsel, tauchte dann dahinter ab und landete auf dem Toten, als Ricky das Feuer eröffnete. Kugeln schlugen in den Edelstahlkühlschrank ein und zersplitterten die Holzschränke über meinem Kopf.

Als ich das unvermeidliche Klicken hörte, beugte ich mich um die Insel herum und schoss auf Rickys Beine. Aber er war mit donnernden Schritten in den Flur gelaufen. *Fuck.* Ich schnellte von der Leiche hoch, mein Bein tat höllisch weh, und folgte ihm. Ich hatte nur noch einen Schuss in meiner 9mm übrig, und meine .45er war leer. Er schoss nach rechts und raste die Treppe hoch.

Ich brüllte und rannte ihm hinterher. Ich konnte nicht zulassen, dass er Charlie fand. Die Schmerzen in meinem Bein wurden schlimmer, als ich die Treppe hochsprintete. Er bewegte sich schneller und war bereits in das große Schlafzimmer gelaufen.

Charlie schrie und ich rannte zum Ende des Flurs und stürmte durch die Tür.

Er hatte seinen Unterarm um ihren Hals gelegt, seine Waffe war auf mich gerichtet. Als er genauer hinsah, grinste er. „Connie."

„Ricky." Ich zielte auf sein Gesicht, aber er duckte sich hinter Charlie. Sie hatte sich angezogen und trug jetzt eine graue Hose und einen schwarzen Fleece-Pullover.

Eine Träne rollte über ihre Wange. „Es tut mir leid."

„Das brauch es nicht." Ich schüttelte den Kopf.

„Ohh, wie süß." Ricky schüttelte sie und sie schrie.

Mein Blut gefror zu Eis und die Zeit tickte langsamer in meinem Kopf, während ich auf meine Chance wartete. „Lass die Waffe fallen."

„Nein."

„Nein?" Seine glänzenden Augen verengten sich und er

drückte den Lauf gegen Charlies Schläfe. „Willst du, dass ich sie jetzt sofort umlege? Berty hat das Kopfgeld verdoppelt, wenn wir sie ihm lebend bringen. Ich schätze, er hatte noch nicht genug mit ihr gespielt, als du sie dir geholt hast." Er grinste. „Für dich gibt es aber nur den Tod. Ich kann mein Glück nicht fassen. Ich bin hierhergekommen, um das Haus nach leichter Beute zu durchsuchen, aber ich habe gerade einen Volltreffer gelandet."

Charlie bewegte sich langsam, seit Ricky angefangen hatte zu quasseln. Sie steckte ihre Hand in die Tasche ihres Pullovers, also redete ich weiter, um zu sehen, was sie vorhatte.

„Und was passiert, wenn Berty herausfindet, dass du das Haus seines Vaters zerstört hast?"

Er zuckte mit den Schultern, hielt Charlie aber weiterhin vor sich fest. „Ich werde ihm sagen, dass mir verdächtige Aktivitäten aufgefallen sind. Dass ich beschlossen hab, mir die Sache anzuschauen. Du und das Mädchen waren hier versteckt, also habe ich die erforderlichen Maßnahmen ergriffen. Ganz einfach."

Sie zog einen Elektroschocker hervor und ihre Augen waren ernst, als sie mir kaum merklich zunickte. Ich hatte zwei Gedanken. Der erste: *Wo zum Teufel hat sie den her?* Der zweite: *Verdammt, ich liebe diese Frau.*

„Genug Smalltalk, Con. Ich bringe sie um, wenn ich muss. Ich würde lieber das doppelte Kopfgeld kassieren, aber die Hälfte ist auch nicht übel. Vor allem, weil ich das Geld für dich auch bekomme." Sein Griff um ihren Hals herum wurde enger.

„Okay." Ich hielt die Hände hoch und beugte dann die Knie, um die Waffe auf den Boden zu legen. Ich kniete mich langsam hin und sah Charlie in die Augen. Die Furcht ebbte ab und Bereitschaft schien ihren Unterkiefer hervortreten zu lassen.

Rickys Grinsen wurde breiter, Triumph glitzerte in seinen dunklen Augen. Er richtete die Waffe auf mich.

Sie hielt den Elektroschocker an seinen Oberschenkel. Ich

verengte die Augen und nickte ihr leicht zu, drängte sie zum Handeln. Charlie drückte den Elektroschocker gegen Rickys Oberschenkel und ich sprang auf die Beine.

Er schrie und ließ sie los. Sie duckte sich. Ich feuerte meinen letzten Schuss ab und Ricky fiel zu Boden, sein Gehirn spritzte über die Wand hinter ihm.

24

Charlie

Die Sonne schimmerte an diesem kristallklaren Morgen hoch über uns, während wir den Highway entlang rasten, der auf beiden Seiten von dichten Wäldern geflankt war. Nach dem Kampf im Haus am Meer hatten wir uns Klamotten, Waffen und das Essen, das wir noch übrig hatten, geschnappt und uns auf den Weg gemacht. Conrad hatte eine Kugel im Bein, aber er erlaubte mir nicht, ihn zu verarzten. Er wollte auf Teufel komm raus weg und hatte mich aus dem Haus und ins Auto geschleppt. Als die Sirenen anfingen zu heulen, hatten wir die Stadt schon fast verlassen.

„Wo fahren wir hin?" Ich durchwühlte die Waffentasche auf der Suche nach den Verbänden und dem Alkohol, den ich hineingeworfen hatte, bevor wir losgefahren waren.

„Ich kenne einen Ort. War schon ewig nicht mehr da, aber es muss reichen."

„Wo?"

„Staatswald." Er knirschte mit den Zähnen, als wir über ein Schlagloch hüpften. „Wir müssen nach Westen, raus aus

Jersey, aber wir können es nicht riskieren, nicht solange Ramone hinter uns her ist."

„Fahr rechts ran. Ich muss mir dein Bein ansehen."

„Nein." Er winkte ab. „Das kann warten."

„Du verlierst immer noch Blut. Lass mich einfach—"

„Ich halte erst an, wenn du in Sicherheit bist." Er drehte sich zu mir um, seine Augen waren stählern. „Ich lasse dich in der Hütte so viel Doktor spielen, wie du willst, aber wir müssen erst dort ankommen und untertauchen. Ramone wird sich die Szene im Haus anschauen. Er wird wissen, dass ich es war, und dann wird er anfangen, uns aufzuspüren." Er richtete seinen Blick wieder auf den sonnigen Highway. „Wir müssen verschwinden."

„Und dann was?" Ich schob den Verband zurück in die Tasche und stieß dabei mit dem kleinen Finger gegen einen unnachgiebigen Gewehrlauf. Ich schrie auf und zuckte zurück.

Er nahm meine Hand. „Alles in Ordnung?"

„Mir geht es besser als dir." Ich versuchte, ihm meine Finger zu entziehen, aber er hielt sie fest.

Sein Tonfall wurde weicher. „Ich würde dir liebend gern erlauben, mich jetzt sofort zu verarzten. Versprochen. Aber das kann ich nicht."

Ich lehnte mich in meinem Sitz zurück und beobachtete, wie die Straße um eine Kurve herum im Wald verschwand. Frustration brodelte in mir, aber es gab kein Ventil.

Er lockerte seinen Griff um meine Hand, hielt sie aber weiterhin fest. „Ich werde dich aus der Sache rausholen. Du musst mir einfach vertrauen."

„Das tue ich." Ich betrachtete die kräftigen Linien seines Arms unter dem gestohlenen Mantel, das gleichmäßige Auf und Ab seiner Brust. Die Wunde würde ihn nicht umbringen und er würde mir nicht erlauben, ihm zu helfen, nicht solange seine Bedingungen nicht erfüllt waren. „Ich wünschte nur ..." Ich wünschte mir viele Dinge – dass wir uns unter anderen Umständen kennengelernt hätten, dass ich mehr Zeit damit verbringen könnte, ihn kennenzulernen, dass unsere Tage nicht gezählt wären. Ich seufzte, als die richtigen Worte sich nicht auf meiner Zungenspitze zu formen schienen.

„Ist schon okay." Er hob meinen Handrücken an seine warmen Lippen. „Das wünsche ich mir auch."

~

Wir erreichten die Hütte am späten Nachmittag. Sie lag am Rande des Wharton State Forest, vergraben in den Pine Barrens, wo dichtes Unterholz und hoch aufragende Bäume die Landschaft prägten. Ein breiter Bach verlief hinter der einstöckigen Blockhütte und verschwand im schattigen Wald. Grau werdende Baumstämme und ein moosbedecktes Dach sorgten für eine exzellente Tarnung, und man konnte das Gebäude nur über eine holprige Schotterstraße erreichen, die sich an ein paar Stellen in Matsch verwandelte. Die dichten Kiefern ließen Licht hindurch sprenkeln, aber die Sonnenstrahlen konnten die Kälte nicht aus der Luft vertreiben.

Conrad parkte hinter der Hütte und stellte den Motor aus. „Lass mich die Hütte zuerst durchsuchen." Er öffnete die Tür, stieg aus und fiel zu Boden.

„Conrad!" Ich sprang aus dem Auto und rannte um es herum zu ihm.

Er rollte sich auf einem Bett aus Kiefernnadeln auf den Rücken und starrte mich mit gläsernen Augen an. „Verdammtes Bein."

Sein rechtes Hosenbein war von Blut durchtränkt, Dunkelrot blühte in der Nähe seines Knies auf und durchtränkte den grauen Stoff. Es war viel schlimmer, als ich gedacht hatte.

„Wir müssen dich reinbringen." Ich ließ mich auf die Knie fallen und legte mir seinen Arm um die Schulter, um ihn in eine sitzende Position hochzuziehen.

„Ich muss nachsehen—"

„Außer Ramone hat einen unsichtbaren Jet, so wie

Wonder Woman, bin ich mir ziemlich sicher, dass er nicht vor uns hier angekommen ist. Es ist sicher." Ich versuchte, ihn auf die Beine zu ziehen, schaffte es aber nur, ihn kurz hochzuhieven, bevor er wieder auf den Boden fiel. Keine Chance. „Ich brauche deine Hilfe."

„Ich kann stehen." Er drückte sich mit seinem guten Bein hoch und ich legte meine Arme um ihn herum, um ihm auf die Beine zu helfen. Er schwankte gegen mich und sein rechter Schuh gab ein matschendes Geräusch von sich.

„Gott." Angst lief mir die Wirbelsäule hinunter. „Du hast so viel Blut verloren."

„Das wird schon wieder." Er stützte sich mit jeder Sekunde stärker auf mir ab.

Ich ging vorwärts und zog ihn mit mir mit, bis wir die drei Stufen zur Veranda vor der Hütte erreichten. „Du hättest mir erlauben sollen, dich unterwegs zu verarzten."

„Nee." Er versuchte, sein schlechtes Bein auf die erste Treppenstufe zu stellen, zuckte aber zusammen und versuchte es stattdessen mit seinem guten Bein.

Ich blieb neben ihm, bis wir oben ankamen und ich ihn gegen die Wand neben der Tür lehnen konnte. Ich wölbte meine Hände um mein Gesicht und schaute durch eine der staubigen Glasscheiben in der Tür. Das Innere der Hütte war einfach – rustikale Möbel, eine kleine Küche, ein Wohnraum, ein Bett und eine separate Tür, von der ich annahm, dass sie zu einem Badezimmer führte. Glasscheiben an einer Hintertür gewährten einen trüben Blick auf den Bach.

„Es ist keiner hier." Ich probierte den Türknauf. Verschlossen. „Hast du einen Schlüssel?"

Er streckte sich, reichte weiter nach oben, als ich es ohne eine Trittleiter könnte, und zog einen Schlüssel zwischen zwei Baumstämmen hervor.

Ich nahm ihn und öffnete die Tür. „Komm." Ein leicht muffiger Geruch schlug uns entgegen, als wir hineingingen, aber die Hütte schien sauber und gepflegt zu sein. Ein kleiner

Holzofen stand in der Nähe der Hintertür und ein Stapel Scheite daneben versprach Wärme.

Ich half ihm zu einem abgewetzten Stuhl. „Ich hole die Vorräte. Beweg dich nicht."

Er ließ sich auf den Stuhl sinken und sein Kopf sackte nach hinten, seine Augen waren geschlossen. „Es ist nur ein Kratzer. Ich kann dir helfen."

„Bleib." Ich eilte aus der Tür und holte alles aus dem Auto, die Waffentasche klapperte und schepperte, während ich zurück in die Hütte flitzte und die Tür schloss. Ich fand einen Schalter und betätigte ihn. Eine Lampe, die aus einer nackten Glühbirne und einer Sammlung aus Geweihen bestand, leuchtete über uns auf, und ich setzte mich auf den unebenen Holzboden zu Conrads Füßen.

Ich zog ihm den Schuh aus und sog scharf die Luft ein, als ich das Blut sah, das sich im Inneren gesammelt hatte. „Wir hätten zu einem Krankenhaus fahren sollen."

„Auf keinen Fall." Seine Worte waren genuschelt. „Ramone."

Ich schälte seine Socke ab und schob das Hosenbein nach oben. Blut tropfte in einem gleichmäßigen Tempo aus einem unordentlichen Riss auf der Rückseite seiner Wade, und ich konnte die Austrittswunde nicht finden. Das Loch war so groß wie eine kleine Münze, vielleicht etwas größer, und benötigte umfassende medizinische Versorgung, nicht meine dilettantischen Verarztungsversuche.

„Die Kugel steckt noch drinnen." Ich schüttelte den Kopf. „Conrad?"

Seine Stille machte mir mehr Angst als alles, was ich in den letzten Tagen durchgemacht hatte. Ich schoss auf die Beine und tätschelte seine blasse Wange. „Con?"

„Ich bin hier." Seine Augen flatterten auf, aber ihr Glanz war trübe.

„Die Kugel ist immer noch im Bein. Ich muss dich ins Krankenhaus fahren."

Immer noch so schnell wie eine Viper, packte er mich am

Arm. „Nein. Wir können nirgendwo hinfahren. Er wird dich finden."

Mir kamen fast die Tränen, aber ich kämpfte sie zurück. „Ich weiß nicht, was ich tun soll."

Er ließ mich los. „Tu, was du tun musst." Er schloss die Augen.

„Fuck." Wenn ich nicht versuchte, die Blutung zu stoppen, würde er sterben. Ich rannte zur Tür neben dem Schlafzimmer und zog sie auf. Ein Badezimmer, klein und ohne Fenster. Ich öffnete den Badezimmerschrank und stieß Zahnpasta, Deodorant und ein paar Flaschen von den schmalen Regalbrettern. Nichts Hilfreiches. *Scheiße!* Ich drehte mich um, durchsuchte den Schrank über der Toilette und fand einen Verbandskasten, eine Pinzette und eine antibiotische Salbe. Es war ein Anfang. Ich eilte in die Küche und durchwühlte die Schränke, bis ich einen kleinen Topf fand. Nachdem er mit Leitungswasser gefüllt war, zündete ich eine Flamme auf dem Gasherd an und stellte den Topf darauf, um das Wasser aufzukochen. Ich öffnete die Schubladen, nahm ein Gemüsemesser und ein paar andere Besteckteile hervor.

"Was mache ich hier?" Ich begutachtete die Utensilien und ließ sie alle in das fast kochende Wasser fallen.

Aus dem Nichts füllte Cons leises Summen den Raum. Es hörte sich wie die ersten paar Takte von „One" von U2 an.

Ich benutzte eine andere Gabel, um alles aus dem heißen Wasser zu fischen und legte es auf einen Teller.

Er nuschelte ein paar der Worte, hielt dann inne, atmete tief und schaudernd durch und machte weiter.

Zumindest war er wach.

Nachdem ich meine Hände mit Spülmittel gewaschen hatte, bis sie sich roh anfühlten, ließ ich mich vor ihm mit all meinen Utensilien, Handtüchern und Antiseptika auf den Boden fallen. „Das wird wehtun."

Er sang weiter, seine Stimme dünn und schräg, und ich wusste nicht, ob er mich gehört hatte. Ich tränkte einen Waschlappen in Alkohol und drückte ihn gegen die Wunde.

Alles in seinem Körper spannte sich an, wie eine Bogensehne. Ein tiefes Knurren entwich seiner Kehle und seine großen Hände schlossen sich um die Armlehnen des Stuhls, bis sie warnend knarrten, aber er zuckte nicht zurück.

„Es tut mir leid." Ich zog den blutigen Waschlappen weg und untersuchte erneut die Wunde.

Er entspannte sich, während ich in das zerfetzte Fleisch seines Beins schaute.

Das leichte Schimmern von Metall fiel mir ins Auge. „Ich glaube, ich kann die Kugel sehen."

„We're one ..." Er sang lauter, die Noten noch flacher als vorher.

Ich nahm mir mit zitternden Händen die Pinzette, hielt Conrads Knöchel mit meiner linken Hand fest und drehte sein Bein etwas mehr ins Licht. Die Kugel steckte definitiv im Fleisch seiner Wade fest. Ich holte tief Luft und stieß sie langsam aus, während ich die Pinzette in die Wunde drückte.

Er versteifte sich wieder, sang aber weiter durch zusammengebissene Zähne hindurch. Die Pinzette schabte gegen die Seite des Metalls und Con unterbrach das Lied mit einem Brüllen.

„Gott, es tut mir so leid." Ich hielt die Pinzette still, bis er sich wieder beruhigte, das Lied ein Summen auf seinen Lippen. „Ich glaube, ich kann sie rausholen." Die törichte Hoffnung, dass er das Bewusstsein verlieren würde, schoss mir durch den Kopf, aber Conrad schien nicht der Typ zu sein, der in Ohnmacht fiel.

„Halte durch." Ich holte tief Luft und drückte die Pinzette tiefer in die Wunde und um die Kugel herum. Noch ein Brüllen, aber er hielt still. Blut sickerte um die Pinzette herum, als ich langsam zog. Die Kugel löste sich nach einem festeren Zug, der ihm den Atem mit einem lauten Keuchen aus der Lunge raubte. Und dann war sie raus. Ich ließ sie auf den Boden fallen, ein Stück blutiges, zusammengedrücktes Metall.

„Sie ist draußen." Meine Stimme zitterte, als ich einen

weiteren Waschlappen mit Alkohol tränkte. „Ich habe sie rausgeholt."

„Gut." Seine Stimme war schwach, alle Musik verschwunden.

„Mehr Alkohol und dann schließe ich die Wunde. Es gibt ein Klammergerät im Kasten."

„Du machst das super." Er hielt sich wieder am Stuhl fest, als ich über die Wunde strich und mehr Blut mit dem Waschlappen wegwischte. „Scheiße!"

„Es tut mir leid. Ich weiß, dass es wehtut." Ich ließ den blutbefleckten Lappen fallen und hob das Klammergerät hoch. „Es tut mir so leid."

Conrad lächelte, obwohl sein Atem immer noch in harten Schüben kam. „Bring es zu Ende, Doc."

Die Klammern gingen glatt rein und schlossen die Wunde, so dass ich sie mit etwas Salbe betupfen und mit einem Verband abdecken konnte. Als ich fertig war, lehnte ich mich zurück und starrte das Blut an meinen Händen an. Das war Conrads Leben – ein Meer aus Blutrot und nur eine geringe Überlebenschance.

„Gute Arbeit." Er stieß einen schwerfälligen Seufzer aus.

Ich stand auf. „Du musst dich ausruhen und etwas trinken. Ich weiß nicht, wodurch mehr Blut entsteht, aber Schlaf wird wahrscheinlich helfen. Und Flüssigkeiten." Ich blickte zum Bett und dann wieder zu ihm. „Schaffst du das?"

Er schenkte mir ein schwaches Lächeln, seine Haut war blass. „Ich würde nie Nein sagen, wenn du mich ins Bett einlädst."

Mit viel Mühe brachte ich ihn zum Bett und half ihm, die blutige Hose sowie sein Halfter und sein Hemd auszuziehen. Er nahm seine Pistole und steckte sie unter sein Kissen.

Sobald er auf dem Rücken lag, schlossen sich seine Augen und seine Atmung wurde gleichmäßiger. Ich zog das Kissen von dem Stuhl, auf dem er gesessen hatte, und legte es unter sein Bein. Davon überzeugt, dass er es so bequem wie möglich hatte, stand ich auf, um mich zu waschen.

Das Blut floss mit dem warmen Leitungswasser von mir ab und strömte in den Ausguss. Die Angst, die ich unterdrückt hatte, stieg langsam in mir auf, und meine Augen tränten, als ich mein Spiegelbild anstarrte. Die dunklen Ringe unter meinen Augen waren immer noch da. Der Schnitt auf meiner Nase verheilte, war aber immer noch rot. Wir waren beide angeschlagen und erschöpft. Wie lange konnten wir so noch weitermachen? Ich kniete mich hin und durchsuchte die Flaschen, die ich vorhin umgeworfen hatte. Ich nahm mir das Aspirin. Das würde nützlich sein, wenn Conrad aufwachte.

Ich trocknete mir die Hände ab und ging in den Hauptraum. Er schlief friedlich, sah aber immer noch besorgt aus. Ein Zittern lief durch mich hindurch, als das Adrenalin abfloss und die Kälte einsetzte. Ich musste ein Feuer machen. Ich kniete mich vor dem schwarzen Ofen hin und zog das vordere Gitter auf. Pulvrige Asche bedeckte den Boden. Ein kleiner Stapel Anmachholz und eine Schachtel Streichhölzer lagen neben ein paar größeren Holzscheiten. Ich arrangierte die kleinen Stöcke und zündete ein Streichholz an. Das trockene Holz fing schnell Feuer und ich stapelte ein paar Scheite auf die orangenen Flammen.

Nachdem ich davon überzeugt war, dass das Feuer weiterbrennen würde, zog ich mich bis auf mein T-Shirt aus und nahm eine geklaute Boxershorts aus unserer Tasche. Ich rollte sie am Bund ein und rutschte dann neben Conrad ins Bett. Er bewegte sich, legte seinen Arm um meine Schultern und zog mich an seine Brust.

Das beständige Schlagen seines Herzens beruhigte mich, aber ich kuschelte mich enger an ihn heran und zog die Decke über uns, um seine klamme Haut zu wärmen. Er schlief ein, während das Licht des Nachmittags langsam verblasste.

Meine Gedanken rasten, kehrten aber immer wieder zu dem Mann zurück, der neben mir schlief. Bis auf ein paar Geschichten aus seiner Kindheit wusste ich nicht viel über seine Vergangenheit. Er sagte, dass er für mich töten würde – und er hatte es bewiesen –, aber es war so viel mehr an ihm dran. Ich wollte alles wissen: Seine Gedanken, Gefühle ... die Geschichte hinter jeder Narbe, die über seine Haut tanzte. Ich hatte noch nie so etwas für jemanden empfunden, hatte noch nie jemandem so nahekommen wollen. Aber bei Conrad überwältigte das Bedürfnis nach einer Verbindung jeden anderen Instinkt. Es jagte mir höllische Angst ein.

Ich zwang mich dazu, mich seiner Atmung anzupassen, um meine Gedanken abzubremsen, bis der Schlaf mich in unruhige Träume zog.

25

Conrad

Ich starrte den Engel in meinen Armen an, ihre dunklen Haare waren auf meiner Brust ausgebreitet und ihr Atem kitzelte meine Haut. Mein Bein tat höllisch weh, aber auf dem Verband war nur ein Streifen Blut. Sie hatte die Kugel ausgegraben und die Wunde wie ein Profi geschlossen.

Die Scheiße, die ich ihr in den letzten Tagen zugemutet hatte, hätte jeden anderen die Flucht ergreifen lassen. Nicht Charlie. Sie hatte ein Rückgrat aus Stahl. Wenn ich jemals daran gezweifelt hatte, hätte die Sache mit dem Elektroschocker es besiegelt. Verdammt, allein die Erinnerung an den Blick auf ihrem Gesicht, als sie Rickys Speck hatte brutzeln lassen, zauberte ein Lächeln auf meine Lippen. Sie war eine Kämpferin und sie gehörte mir allein.

Ich war noch nie verliebt gewesen, hatte nicht einmal geglaubt, dass so etwas existierte. Aber ich hätte während all der Abende, an denen ich dagesessen und sie beobachtet hatte, wissen müssen, dass sie die Frau für mich war. Jedes Leben, das ich genommen hatte, jede Entscheidung, die ich getroffen hatte – sie alle hatten mich zu ihr geführt. Sie war eine Belohnung, die mir nicht zustand, ein Geschenk, das ich nicht verdient hatte. Aber ich war ein egoistischer Bastard und würde alles nehmen, was sie mir gab. Mit jeder Berührung war ich mehr an sie gebunden. Sie schaffte es sogar, meinen alten Gott in den Schatten zu stellen, den Tod. Ich betete Charlie an und würde mit Freuden für sie töten, würde die Welt zu Asche niederbrennen, wenn es sie glücklich machen würde.

Ich fuhr ihr mit den Fingern durch die Haare und sie seufzte leise. Mein Blut erhitzte sich und ich schob langsam die Decke von ihr runter. Sie trug ein T-Shirt und eine Boxershorts und hatte ein Bein über mich geworfen. Mein Schwanz nahm ihre Nähe zur Kenntnis, indem er steif wurde.

Ich rückte näher an sie heran, ignorierte die brüllenden Schmerzen in meinem Bein und ließ meine Hand über ihre Seite gleiten, fühlte die Einbuchtung ihrer Taille und die Wölbung ihrer Hüfte, die weiche Haut ihres Oberschenkels.

Ihre Augen öffneten sich, zunächst schläfrig, dann voller Sorge. „Alles okay?"

„Es ging mir noch nie besser." Ich schob meine Finger unter den Stoff an ihrer Hüfte.

Sie wachte etwas mehr auf. „Du musst etwas trinken, glaube ich. Das hilft scheinbar dabei, wieder mehr Blut aufzubauen." Sie drückte sich von mir ab und versuchte, aus dem Bett zu steigen. „Ich hole dir etwas Wasser und ich habe auch ein paar Aspirin gefunden."

Auf gar keinen Fall.

Ich zog sie zu mir hoch, so dass sie auf meiner Brust lag und ihre Titten gegen mich gepresst waren.

Sie runzelte die Stirn, als ich ihren Arsch unter ihrer Boxershorts begrapschte. „Hey, du musst—"

„Etwas trinken. Das hast du schon gesagt." Ich zog sie weiter hoch, schmiegte dann mein Gesicht gegen ihre Titten. Ihre Nippel ragten unter ihrem T-Shirt hervor und ich attackierte einen durch den Stoff hindurch, saugte die harte Knospe in meinen Mund.

„Con." Ihr Keuchen ließ meinen Schwanz dicker werden

und ich schob meine Hand unter ihrem T-Shirt hoch und umfasste ihre andere Brust. „Du musst dich ausruhen."

„Setz dich auf mein Gesicht." Der Gedanke daran, wie sie sich an meinem Mund rieb, ließ einen elektrischen Blitz durch mich hindurch zucken.

„Con." Sie versuchte, sich mir zu entziehen. „Das geht nicht. Dein Bein muss verheilen."

Ich hielt sie fest. „Die Heilung meines Beins hat nichts damit zu tun, dass du deine süße Pussy auf meinem Mund parkst." Ich zerrte ihr T-Shirt nach oben und nahm ihren Nippel in den Mund, ihre warme Haut war wie Seide auf meiner Zunge.

Sie stöhnte und hielt sich an dem hölzernen Kopfteil fest, als ich sie leicht biss und dann zu ihrer anderen Brust wechselte. Ich musste fühlen, wie feucht sie für mich war, also ließ ich meine Hand über ihren Arsch gleiten und tauchte von hinten in ihre Pussy ein. Heiß und feucht. Perfekt.

„Con, bitte, du kannst nicht gesund werden, wenn du—"

„Du hast gesagt, dass ich etwas trinken muss, Charlie." Ich packte den eingerollten Bund ihrer Boxershorts und zog sie nach unten. „Deine Pussy hat alles, was ich brauche."

„Oh mein Gott." Sie wehrte sich nicht, als ich sie hochhob und ihre Knie auf beiden Seiten meines Kopfes positionierte.

Ein Blick auf ihre glänzenden Falten raubte mir den Atem und ich packte ihren Arsch und zog sie zu mir runter. Ich leckte ihr über die Spalte und sie zuckte zusammen. Ihr T-Shirt hing lose herunter und versperrte mir die Sicht auf ihr Gesicht.

„Zieh das T-Shirt aus", knurrte ich und stieß meine Zunge in ihre enge Öffnung.

Sie wölbte den Rücken und schälte sich aus ihrem T-Shirt. Ihre Titten hatten die perfekte Tropfenform, die Spitzen waren hart und gierten nach meiner Zunge. Aber ich war zu beschäftigt zwischen ihren Beinen.

Ich leckte bis zu ihrer Klit. „Schau mich an. Ich will sehen, wie du kommst."

Sie biss sich auf die Lippe und schaute auf mich runter, die Augen auf Halbmast. Ich wirbelte mit meiner Zungenspitze um ihre harte Knospe herum, leckte sie so richtig. Sie hielt sich am Kopfteil fest, als ich mit meinen Zähnen auf und ab fuhr, dann schnippte, dann saugte. Ihre Hüfte fing an, sich in meinem Rhythmus zu bewegen.

Ich wollte ihr sagen, dass sie sich an meinem Gesicht reiben sollte, aber dafür müsste ich aufhören, ihre heiße Pussy zu lecken. Auf keinen Fall. Ich ließ eine Hand auf ihrem Arsch liegen und massierte mit der anderen eine ihrer Titten. Eine perfekte Handvoll. Sie schloss die Augen. Ich hörte auf zu lecken.

Ihre Augen sprangen auf und ich machte mich wieder an die Arbeit. Sie konzentrierte sich auf mich, ließ sich endlich gehen, als ich ihre Klit attackierte und nicht nachließ. Ich ließ meine Zunge vor und zurück schnellen. Ihre Oberschenkel fingen an zu zittern, ihre Atemzüge wurden flacher. Mein Schwanz ragte empor wie der verdammte Eiffelturm und mein Bein stand in Flammen, aber ich würde nicht aufhören. Nicht, bis sie kam.

„Con, i-ich–" Ihre Hüften versteiften sich und sie stieß ein tiefes, heftiges Stöhnen aus. Sie schloss nicht die Augen und ich sah zu, wie Ekstase über sie hereinbrach. Ich drückte meine Zunge in sie hinein, fühlte jede Zuckung, als sie kam. Ich prägte mir das Bild ein, das Schwingen ihrer Titten, die Lust in ihren Augen.

Als sie tief durchatmete und sich entspannte, küsste ich ihre Pussy und setzte sie auf meiner Brust ab.

Sie ließ eine Hand vom Kopfteil fallen und fuhr mir damit durch die Haare. „Du bist ein böser Mann."

„Der Böseste." Ich leckte ihren Geschmack von meinen Lippen.

Sie schüttelte langsam den Kopf, aber einer ihrer Mundwinkel hob sich zu einem Lächeln an. „Deine Zunge ist legendär."

„Das war doch noch gar nichts." Ich lächelte sie an.

Sie warf einen Blick hinter sich. Ich hoffte, weil sie vorhatte, ihn in den Mund zu nehmen oder sich mit ihrer durchtränkten Pussy darauf sinken zu lassen.

„Oh, nein." Sie rutschte von mir runter und drehte sich um, um mein Bein zu inspizieren. „Da ist etwas frisches Blut. Das hätten wir nicht tun sollen."

Scheiße. Die Sorge in ihrer Stimme bedeutete, dass mein Schwanz auf absehbare Zeit nicht in ihr landen würde.

„Ist schon okay." Ich ließ meine Hand über ihren Rücken gleiten, genoss die Gänsehaut, die ich hinterließ.

„Ich muss es mir anschauen." Sie setzte sich auf und rieb sich die Oberarme. „Und das Feuer wieder anmachen."

Ich stützte mich auf meinen Ellenbogen ab. „Ich kümmere mich darum."

Sie drehte sich zu mir um und legte mir ihre kleine Hand auf die Brust. Ich ließ zu, dass sie mich aufs Bett drückte, obwohl ich sie in einem Sekundenbruchteil auf dem Rücken hätte haben können.

„Bleib hier. Ich komme schon klar."

„Ich weiß. Das habe ich gesehen." Ich fuhr mit meinen Fingern durch das Tal zwischen ihren Brüsten. Würde ich es jemals leid sein, sie zu berühren? „Du hast Ricky den Schock seines beschissenen Lebens verpasst."

Sie verlagerte ihr Gewicht, fühlte sich vielleicht nicht wohl mit Rickys unschönem Ableben, aber dann sagte sie: „Er hatte es verdient."

Ich nickte. „Kein Zweifel."

Während der nächsten halben Stunde säuberte sie wieder meine Wunde, zündete das Feuer an und durchsuchte unseren Essenskorb, um uns eine Mahlzeit aus Cheetos, Aufstrich und einem Löffel Erdnussbutter zuzubereiten.

Meine Augenlider wurden immer schwerer, aber ich kämpfte gegen den Schlaf an.

„Du musst dich ausruhen." Sie durchsuchte den kleinen Schrank neben dem Schlafzimmer. „Wir brauchen mehr Essen, sonst halten wir hier draußen nicht lange durch."

„Was machst du da?"

„Ich weiß nicht, aber ich habe eine Idee."

„Das klingt gefährlich."

Sie blickte mich über ihre Schulter an, ein teuflisches Lächeln auf ihrem Engelsgesicht. „Du bist nicht der Einzige, dessen zweiter Vorname Gefahr ist."

Ich lachte, lachte tatsächlich, und ließ meine Augen zufallen. „Verlass die Hütte nicht, gefährliches Mädchen."

„Na klar. Ich bleibe hier."

Ihre Lüge und das Geräusch von Kleiderbügeln, die gegen Metall kratzten, waren das Letzte, was ich hörte.

~

Ich fuhr aus dem Schlaf hoch. Das Licht des späten Nachmittags schien durch die schmutzigen Fenster.

„Charlie?"

Das Knistern des Feuers war die einzige Antwort. Unruhe ließ mich meine Beine über die Seite des Bettes schwingen. Der Raum wurde einen Moment lang dunkel, als der Schock der Schmerzen durch mich hindurch raste. Mein Bein war eine qualvolle Explosion. Ich stöhnte und blinzelte die Dunkelheit und die Flecken weg, atmete dann tief durch.

„Charlie?", rief ich wieder, diesmal lauter. Nichts.

Das Bedürfnis, sie zu finden, war größer als die Schmerzen. Ich sah mich nach etwas um, mit dem ich mich zur Tür bewegen konnte, und entdeckte einen Spazierstock, der am Fuß des Bettes lehnte. Es war ein einfacher Ast, aber oben war eine Art Polstermaterial mit mehreren Streifen grauem Klebeband befestigt. Eine provisorische Krücke. Aufmerksam, aber der Gedanke daran, dass sie die Hütte ohne mich verlassen hatte, behagte mir nicht.

Ich nahm mir den Stock und hievte mich auf die Beine. Das Zimmer verschwamm, aber ich weigerte mich, zurück ins Bett zu sinken. Ich wartete darauf, dass sich das in mein Bein strömende Blut nicht mehr so qualvoll anfühlte. Sobald es erträglich war, humpelte ich zur Eingangstür. Nichts. Als ich mich umdrehte, sah ich einen Topf auf dem Herd stehen, der auf niedriger Flamme köchelte. Drinnen lagen ein paar dunkle Wurzeln, die einen erdigen Geruch verströmten, der nicht gerade appetitlich war. Ich nahm mir mein Handy vom Tresen, um zu sehen, ob ich Nate anrufen konnte. Kein Empfang, wie ich es mir gedacht hatte. Ich legte es wieder weg.

Als ich aus der Hintertür blickte, sah ich Charlie am Rand des Baches stehen, der hinter der Hütte verlief. Ungefähr sechs Meter breit, war er in der Mitte ruhig wie Glas, mit kleinen Stromschnellen an den Kanten, wo runde Steine herausragten und Laubabfall sich ansammelte. Sie hatte die Hände in die Hüften gestemmt, die goldene Nachmittagssonne schien auf ihr Haar und verlieh ihr einen Heiligenschein, der meine Brust warm werden ließ.

Trotzdem riss ich die Tür auf. „Charlie! Beweg deinen Arsch wieder rein."

Sie zuckte zusammen und drehte sich um. „Grundgütiger, du hast mich zu Tode erschreckt."

„Gut. Du solltest Angst haben." Ich betrachtete den Wald auf der anderen Seite des Baches. Nichts bewegte sich, aber das bedeutete nicht, dass nicht jemand da war, der uns beobachtete. „Komm jetzt rein."

„Warte kurz." Sie beugte sich runter und hob ein Stück Seil auf, das an etwas im Wasser befestigt war, und fing an zu ziehen.

„Was zum Teufel ist das?"

Sie warf mir über die Schulter ein Lächeln zu. „Abendessen."

Mit ein paar weiteren Zügen tauchten die Griffe des gestohlenen Korbs aus dem Lebensmittelladen auf, aber die Oberseite war mit einer Art Netz bedeckt. Sie zog den Korb aus dem Wasser und schaute durch ein kleines Loch in der Oberseite.

Ich lehnte mich gegen den Türrahmen und ein bitterer Wind raschelte in den Bäumen.

„Bingo." Sie hob den tropfenden Korb an den Griffen hoch und trug ihn zur schmalen hinteren Veranda. Das schwarze Netz an der Oberseite kam mir nicht bekannt vor, aber ich vermutete, dass es ein Gepäcknetz vom Heck des SUV war. „Siehst du?" Sie hielt den Korb schräg, damit ich durch das quadratische Loch schauen konnte, das sie in das Netz geschnitten hatte. Zwei Fische zappelten im Inneren herum und ein dunkeloranger Flusskrebs wartete in einer Ecke.

„Wie zum Teufel hast du das gemacht?"

„Das ist eine Reuse. Ich hatte nicht genug Steine, um ein Wehr zu bauen, also habe ich stattdessen eine Reuse gebaut." Sie senkte den Blick. „Brandon hat mir beigebracht, wie man einen Korb für die Reuse webt und ihn dann mit Steinen beschwert." Sie tippte auf den Einkaufskorb aus Plastik. „Aber das hier ist viel einfacher und die Stäbe sind eng genug, dass die Fische nicht entkommen können. Man legt einen Köder in die Reuse – ich habe einen Frosch gefunden und ihn zerquetscht, um ihn zu benutzen." Ihre Wangen wurden flammend rot, als ob sie sich wegen ihres Mordes an der Amphibie schämen würde. „Dann macht man ein Loch, das gerade groß genug ist, dass ein Fisch hineinschwimmen kann. Fische sind nicht klug genug, um herauszufinden, wie sie wieder rauskommen können, und schwimmen einfach im Kreis herum. Sie wissen nicht, dass sie nach dem Loch suchen müssen. So funktioniert es."

„Das hat Brandon dir beigebracht?" Ich wollte den Wichser wieder umbringen. Der Gedanke daran, dass er Zeit mit Charlie verbracht oder *irgendetwas* mit Charlie gemacht hatte, löste einen Wirbelsturm der Wut in meinem Bauch aus.

Sie zuckte mit den Schultern, hielt den Blick aber gesenkt. „Er war ein durchgeknalltes Überlebenskünstler-Arschloch. Zumindest habe ich auf diese Weise ein paar Sachen gelernt." Sie beugte sich zur Tür und nahm sich ein Küchenmesser. Sie hatte sich auf den Fang vorbereitet.

Sie hakte die Schnüre auf, die das Netz an Ort und Stelle hielten, griff in den Korb und zog einen kleinen Barsch heraus. „Ich hoffe, du magst Fisch.“ Sie legte ihn auf den Boden und benutzte den Griff des Messers, um ihn zu töten, bevor sie ihn aufschlitzte.

Ich sah zu, wie ihre zarten Hände sich daran machten, beide Fische auszuweiden und zu putzen.

Was für eine verdammte Frau.

26

Charlie

Nach einem sättigenden Abendessen aus Fisch und pürierter Zichorienwurzel reinigte ich wieder seine Wunde und machte es ihm im Bett bequem. Sein Teint sah besser aus und er schaffte es, sich mit der Krücke, die ich für ihn gemacht hatte, ziemlich gut durch die Hütte zu bewegen.

Er starrte mich an, seine dunklen Haare waren sexy verwuschelt und seine Dreitagestoppeln wurden zu einem leichten Bart. Ich setzte mich neben ihn und strich ihm mit der Hand über die Wange.

Er drückte seine Lippen gegen meine Handfläche. „Ich werde morgen aufstehen und rumlaufen. Ohne Krücke."

„Du bist noch nicht bei einhundert Prozent." Ich schüttelte den Kopf.

„Das muss ich nicht sein." Er fuhr mit den Zähnen die Kante meiner Hand entlang. „Ich muss nur auf den Beinen sein und ein paar Schritte voraus."

„Hat sich noch nie jemand um dich gekümmert?"

Seine Augenbrauen wanderten nach oben und er verzog die Lippen, dachte darüber nach. „Nein."

Ich zeichnete eine der längeren Narben auf seinem Oberkörper nach. „Wer hat die alle vernäht?"

„Ich."

„Du hattest nie ..." Ich schluckte schwer, weil ich wusste, wie albern ich mich anhören würde. „Eine Freundin?"

Ein Lächeln umspielte seine Lippen, als er mir einen weiteren Kuss auf die Handfläche gab. „Warum? Wärst du eifersüchtig?"

„Nein." *Ja.* „Ich war nur neugierig."

Er packte mich an den Unterarmen und zog mich zu sich runter, gab mir dann Küsse auf meinen Kiefer. „Ich hatte viele Frauen."

Ich versteifte mich und versuchte, mich wegzudrücken, aber er hielt mich fest.

„Aber keine von ihnen war du. Keine von ihnen hat mir etwas bedeutet." Er hielt mein Kinn zwischen Daumen und Zeigefinger fest. „In dem Moment, als ich dich das erste Mal sah, hat etwas in mir – etwas, von dem ich dachte, es wäre vor langer Zeit gestorben – Klick gemacht. Das wusste ich damals nicht, aber jetzt schon. Ich will nur dich. Du bist die erste, die letzte, die einzige Person, die ich berühren oder schmecken möchte. Die Einzige, für die ich töten will. Die, für die ich sterben würde."

Mein Körper kribbelte, meine Gedanken rasten. Hatte der Killer mir gerade seine Liebe gestanden? Er hatte das Wort nicht gesagt, aber ich konnte mir nicht vorstellen, wie man das Gefühl auf noch eindeutigere Art und Weise vermitteln könnte. Ich sog die Luft ein, als seine harten Saphiraugen die dunkle Seele im Inneren durchscheinen ließen. Wie Samt verschluckte seine tiefe Schwärze alles Licht. Aber wer brauchte schon Licht, wenn man auf den Flügeln des Todesengels schwebte?

„Du musst nichts sagen." Er küsste sich zu meinem Hals. „Ich weiß, dass es viel ist. Und um ehrlich zu sein, es spielt keine Rolle. Ich werde so empfinden, egal ob du mir sagst, dass ich zur Hölle fahren soll, oder dass du mich liebst, oder dass du Zeit brauchst, um darüber nachzudenken – oder irgendeines dieser Dinge. Nichts wird etwas an meiner Wahrheit ändern. Du gehörst mir. Du hast mir schon immer gehört. Ich musste dich nur finden."

Ich seufzte, als er seine starken Hände zu meiner Taille gleiten ließ und mein T-Shirt hochschob. Seine Handflächen auf meiner Haut ließen ein Kribbeln über meine Arme laufen und verursachten ein Ziehen tief in meinem Bauch.

„Das klingt stalkerisch, aber auch sexy, aber nur, weil du es sagst." Dunkle Gefühle und Erinnerungen regten sich. Der letzte Mann, der von mir besessen war, hatte versucht, mich zu töten.

Er zog mir mein T-Shirt aus und zog mich zu sich heran, so dass wir Brust an Brust waren. „Ich bin nicht Brandon." Er schaute mir in die Augen. „Ich werde dir nie wehtun. Bevor ich dich traf, hatte ich nichts, wofür es sich zu leben lohnte. Ich blieb am Leben, weil ich gut im Töten bin. Aus keinem anderen Grund. Ich wusste, dass ich nicht alt werden, eine Familie haben oder irgendetwas tun würde, was normale Menschen tun. Ich war eine Waffe, das war's, und das war okay für mich. Es war nicht mehr okay für mich in der Sekunde, als ich dich gesehen habe."

Ich hatte genau das gleiche Gefühl gehabt. Als ob ich in meinem Blumenladen auf der Stelle getreten wäre. Hatte Tag für Tag einfach nur versucht, Frieden mit meiner Vergangenheit zu schließen und mich auf meine Zukunft zu konzentrieren. Aber trotz allem, was ich mir aufgebaut hatte, hatte ich nie das Gefühl gehabt, dass der nächste Morgen etwas war, auf das ich mich freuen konnte. Es war lediglich ein weiterer Tag. Bis er kam. Bis zu den Tagen, an denen ich immer wieder aus dem Fenster schaute, um zu sehen, ob das Auto da war, ob *er* da war. Und wenn er es war, fiel mir das Atmen leichter.

„Warum? Warum du und ich?"

Er steckte meine Haare hinter meinem Ohr fest und

küsste mich auf die Stirn. „Ich weiß es nicht. Sind manche Dinge nicht einfach vorherbestimmt?"

„Erzähl mir etwas über dich." Ich kuschelte mich an ihn und legte meinen Kopf unter sein Kinn, während seine Fingerspitzen meinen Rücken hoch und runter wanderten. „Etwas, das niemand sonst weiß."

„Ich habe einen Riesenständer für eine heiße Brünette, die lieber reden will, als zur Sache zu kommen."

Ich biss ihn in die Brust, aber er reagierte nicht, also gab ich auf, bevor ich ihn blutig biss. „Du bist ein Arsch."

Er gab ein *hmpf*-Geräusch von sich. „Das ist allgemein bekannt."

„Erzähl mir etwas Echtes." Ich küsste den Bissabdruck. „Bitte? Erzähl mir eine andere Geschichte aus der Zeit, als du noch jünger warst. Wie alt bist du überhaupt?"

„Dreiunddreißig."

„Fast acht Jahre älter als ich. Heißt das, dass ich dich Daddy nennen muss?" Ich lächelte gegen seine Haut.

„Du könntest mich Queen Elizabeth nennen, solange du auf meinem Schwanz sitzt."

Ich schnaubte. „Schrecklich." Ich machte es mir bequem und sagte: „Hör auf, abzulenken. Pack aus. Erzähl mir etwas, von dem du nie wolltest, dass jemand anderes es weiß."

„Na gut. Lass mich nachdenken." Er schwieg eine Weile, nur das Geräusch des Feuers und unser Atem füllten die Stille. „Vor ungefähr fünf Jahren kam Serge mit einem Jobangebot auf mich zu. Der Gehaltscheck war groß, größer als alles, was ich zuvor bekommen hatte, und ich war gut bezahlt worden. Ich sollte einen rivalisierenden Heroinimporteur töten. Leichte Arbeit, richtig?"

Ich war mir nicht sicher, ob ich mir mit ihm über die Leichtigkeit eines Mordes einig war, aber er fuhr ohne meine Zustimmung fort.

„Aber natürlich gab es einen Haken." Seine Stimme wurde tiefer und nahm einen bitteren Tonfall an. „Es gibt immer einen Haken. Damit der Job als erledigt galt, musste ich den Importeur *und* seine Tochter töten. Serge wollte eine Botschaft senden. Familien waren in der Regel tabu. Aber Serge war reich und mächtig genug geworden, um sich nicht um die Regeln zu kümmern. Er und Vince hatten bereits einen Plan, um die untergeordneten Vollstrecker auszuschalten und seine Organisation zu zerstören, aber mein Job war der Hauptgewinn – der Boss und das Mädchen."

„Wie alt war sie?"

Seine Hände hörten auf, meinen Rücken zu streicheln. „Acht."

Mein Herz wurde langsamer, als ob meine Venen mit eisigem Matsch anstelle von warmem Blut gefüllt wären. Ich wusste nicht, ob ich wollte, dass er seine Geschichte fortsetzte, obwohl ich diejenige war, die ihn gebeten hatte, sie zu erzählen.

„Sie war ein hübsches Kind. Russisch. Große blaue Augen und blonde Haare, die sich lockten. Wie eine Puppe."

„Was hast du getan?" Meine Stimme war klein, drang kaum über meine Lippen.

„Ich habe meine Arbeit gemacht. Ich lauerte ihnen zu Hause auf. Hab vier der Männer des Vaters getötet und ihm dann eine Kugel zwischen die Augen gejagt, während seine Tochter weinte."

Ich konnte kaum atmen.

„Ich war mit dem Vorsatz dorthin gefahren, das Mädchen zu töten. Ich ging zu der Ecke, in der sie kauerte, ein kleiner Stoffhase in ihren Armen. Sie zitterte, ihr kleiner Körper war nicht in der Lage, all den Schrecken und die Angst zu ertragen, die sie empfand." Er hielt mich fester, als ob ich ein Rettungsboot wäre und er verzweifelt versuchte, nicht zu ertrinken. „Ich richtete meine Waffe auf sie, mein Finger am Abzug."

Eine Träne lief aus meinem Auge und landete auf seiner Brust.

„Sie hat auch geweint. Tränen rollten über ihr unschuldiges Gesicht, als sie von ihrem toten Vater zu mir und wieder zurück schaute. Sie umarmte ihren Hasen. Ich beschloss, sie mit dem Stofftier zu begraben, als Gefallen. Es war zu viel Geld, um es mir entgehen zu lassen. Ihr Blut würde den Ozean, den ich bereits vergossen hatte, nur etwas vergrößern. Ich zwang mich zu glauben, dass der Mord an ihr nicht anders war, als schmutzige Leben auszulöschen."

Ein Schluchzer drohte meine Kehle emporzusteigen, als seine Stimme vor lauter Emotionen heiser wurde.

„Sie richtete schließlich ihre verängstigten Augen auf mich und sagte ein Wort. *Pozhaluysta.* Bitte."

Ich schloss fest die Augen und stellte es mir vor, ein Kind auf dem Boden und Con, der eine Waffe auf es richtete. Es zerstörte mich. „Was hast du getan?"

„Ich habe geschossen."

Ich erstarrte, mein Körper wurde bis auf die Knochen kalt und ich versuchte, mich von ihm wegzudrücken. Er hielt mich fest, weigerte sich, mir auch nur einen Zentimeter Raum zu geben.

„Ich habe sie nicht getötet, Charlie. Ich konnte es nicht. Egal, für wie böse ich mich hielt, ich konnte nicht jemanden töten, der unschuldig war."

„Oh mein Gott." Ich hörte auf, mich zu wehren, und entspannte mich auf seiner Brust. „Ich dachte ..."

„Ich weiß. Die Sache ist die, ich war so kurz davor, Charlie. Ich will, dass du weißt, wie dunkel es in mir wird. Ich will, dass du alles siehst. Ihr Leben war für mich ein Mittel zum Zweck und ich war kurz davor, es auszulöschen, bis ihre süße Stimme zu meiner Seele durchdrang. *Pozhaluysta.*"

Ich rutschte hoch und schaute ihm in seine dunklen Augen, küsste ihn dann auf die Wangen. „Aber du hast es nicht getan. Dieser Mann bist du nicht."

„Das bin ich nicht, aber ich hätte es sein können. War es fast." Er streichelte meine Haare.

„Was hast du mit ihr gemacht?"

Er verzog das Gesicht. „Ich habe einen Deal mit Vince gemacht. Er war mein Hauptansprechpartner für den Job und er hätte herausgefunden, dass ich sie am Leben gelassen hatte. Ihm entgeht nichts. Ich sagte ihm, ich hätte den Vater getötet, aber dass das Mädchen zu jung sei, um etwas zu wissen, und keine Bedrohung darstelle. Er erinnerte mich daran, dass das nicht der Punkt war. Serge wollte, dass die Leute ihn fürchteten. Das Mädchen umzubringen, war seine Lösung. Er sagte, dass er es selbst tun würde, aber ich ließ ihn wissen, dass ich ihn töten würde, aber zuerst würde ich seine Frau und seine Kinder vor seinen Augen umbringen, ihr Blut in eine Wanne ablassen und ihn dann darin ertränken."

„Heilige Scheiße, Con."

„Es war ein Bluff ... größtenteils."

Etwas sagte mir, dass es kein Bluff gewesen war.

„Nach diesem bisschen Überzeugungsarbeit erklärte Vince sich dazu bereit, mir zu helfen."

„Er war also nicht immer so schrecklich, wie er jetzt ist?" Es fiel mir schwer zu glauben, dass der Mann, der ein Kopfgeld auf mich ausgesetzt hatte, etwas anderes als ein Monster war.

„Nein, er war schon immer ein hinterhältiger Hurensohn. Im Gegenzug wollte er etwas haben. Nichts ist umsonst, vor allem nicht Gefälligkeiten. Er würde mir nur helfen, wenn ich mich einverstanden erklärte, ihn dabei zu unterstützen, Serges Soldaten auf Vinces Seite zu bringen, und *Unfälle* für die organisierte, die ihm loyal blieben. Und wenn die Zeit reif war, musste ich Serge töten. Vince hatte seit langer Zeit Boss sein wollen und ich half ihm, es Realität werden zu lassen. Das Mädchen zu retten, war mir all diese Leben und mehr wert. Nachdem ich Serge getötet hatte, war die Schuld beglichen."

„Was ist mit dem Mädchen passiert?"

„Sabrina wurde von einer netten Familie der oberen Mittelschicht in Rhode Island adoptiert." Ich lächelte. „Sie reitet gerne und spielt Schach. Ein All-American-Girl. Sie hat sogar den Akzent abgelegt. Nach intensiver Arbeit mit einem Therapeuten meiner Wahl hat sie den ‚Mann in Schwarz' – mich – vergessen und sieht mich jetzt nur noch in ihren

Albträumen. Ich schaue immer noch alle paar Monate nach ihr, aber sie weiß nichts davon. Vince und ich haben die Sache geheim gehalten und Serge und alle anderen gingen davon aus, dass ich sie getötet und mit ihrem Vater begraben hatte."

„Du hast nie jemandem davon erzählt?"

Er schüttelte den Kopf. „Noch nicht einmal Nate. Alle denken, dass ich es getan habe. Nate hat die Sache schwer zugesetzt, aber er hat mir nach einer Weile verziehen. Es war entweder das oder die Beziehung beenden. Ich glaube, dass er vielleicht realisiert hat, dass ich ohne ihn ein noch unausstehlicherer Scheißkerl wäre, und er hatte Mitleid mit mir."

„Danke."

„Wofür?"

„Dafür, dass du es mir erzählst hast. Dafür, dass du mir etwas gegeben hast, das du noch nie jemand anderem gegeben hast." Die Wärme in seinen Augen hüllte mein Herz in einen weichen Kokon ein. „Dafür, dass du ein guter Mann bist."

Seine Augenbraue wölbte sich. „Lass uns nicht übertreiben. Ich knalle immer noch jeden Schwanzlutscher ab, der mich schief anguckt."

Ich strich mit meinen Lippen über seine. „Ein Killer mit einem Herz aus Gold."

„Hör auf." Er biss mir in die Unterlippe.

„Ganz weich und schmelzig im Inneren."

„Ich warne dich." Er hob den Kopf und ließ seine Zunge in meinen Mund gleiten.

„Ein echter Schatz."

Er grinste. „Das reicht."

„Was?" Ich tat unschuldig.

Er packte meinen Arsch und schob mich nach unten, bis ich rittlings auf seinem dicker werdenden Schwanz saß. „Ich werde dich ficken müssen, bis du weißt, wie böse ich sein kann."

27

Charlie

Während der nächsten drei Tage verheilte Conrads Bein so weit, dass er humpelnd umhergehen konnte. Er übernahm das Fischen und hackte Holz für den Ofen. Ich versuchte, ihn dazu zu überreden, mich mit einem der Gewehre jagen oder ein paar Fallen legen zu lassen, aber er weigerte sich, mir zu erlauben, mich zu weit von der Hütte zu entfernen. Wir verbrachten viel Zeit im Bett und ich konnte scheinbar nicht genug von ihm bekommen oder er von mir.

Hin und wieder unterhielten wir uns über Pläne. Wir konnten nicht für immer in der Hütte bleiben. Jemand würde uns oder das Auto sehen und es würde sich herumsprechen. Das Schreckgespenst von Ramone schwebte in der Peripherie unserer Tage herum und kam näher, wenn Dunkelheit aufzog. Manchmal erwischte ich Conrad dabei, wie er in die Bäume starrte, sein Blick so dunkel wie seine Gedanken. Wenn es einen Ausweg aus diesem Schlamassel gab, würde er ihn finden. Wenn es keinen gab, würde ich mit ihm fliehen, bis wir weit genug weg waren, um neu anzufangen.

„Bitte sag mir nicht, dass du noch mehr Zichorie ausgegraben hast.“ Er blieb hinter mir stehen und schlang seine Arme um meine Taille, als ich etwas kochendes Wasser salzte.

„Es wird dir guttun.“

Er schmiegte sich an meine Haare, seine Lippen an meinem Ohr. „Es schmeckt so schlecht, dass es das muss.“

Ich griff auf ein altes Sprichwort meines Großvaters zurück. „Es lässt einem Haare auf der Brust wachsen.“

„Zu spät“, knurrte er und küsste sich meinen Hals runter.

„Na gut, aber ich habe noch eine Chance.“

Er lachte gegen meine Schulter. „Ich würde dich auch dann noch lieben, wenn dir ein Wald auf der Brust wachsen würde.“

Ich ließ den Salzstreuer fast fallen, schaffte es aber, ihn auf die Arbeitsfläche zu schieben, und drehte mich dann zu ihm um. „Mich lieben?“

Er lächelte und sah irgendwie schüchtern aus. „Sorry. Ist mir einfach rausgerutscht. Aber es ist wahr.“ Er hob mich hoch, bis wir auf Augenhöhe waren. „Ich liebe dich. Ich habe dich von dem Moment an geliebt, als ich am ersten Tag sah, wie du die Schleife an einer Vase verhunzt hast.“

„Arschloch.“ Ich lachte. „Die Schleife war perfekt, als ich mit ihr fertig war.“

„Du musst es nicht zurücksagen.“ Sein Tonfall war zurückhaltend, aber seine Augen waren hoffnungsvoll. „Ich kann warten.“

Ich schlang meine Beine um seine Taille. „Wenn ich es jetzt sage, wirst du denken, dass es ein ‚Ich liebe dich‘ aus Mitleid ist.“

„Ich würde mich mit einem ‚Ich liebe dich‘ aus Mitleid zufriedengeben.“

Mein Herz zerfloss zu einer Pfütze. „Du bist ein Spielverderber, weißt du das?“

Er knurrte und biss mich sanft in den Hals. „Ich habe Männer für weniger umgebracht.“

„Das glaube ich gern." Ich kicherte, als seine Bartstoppeln mich am Hals kitzelten. „Aber ich liebe dich wirklich."

Er hob den Kopf und sah mir in die Augen. „Ist das dein Ernst?"

„Ich habe es noch nie zu jemandem gesagt, also denke ich, dass es wahr sein muss, wenn ich es jetzt sage." Meine Ohren waren heiß und all die Luft war aus dem Raum verschwunden, aber ich war mir meiner Worte sicher. „Ich liebe dich."

Seine Augen leuchteten auf, Freude, wie ich sie noch nie gesehen hatte, breitete sich auf seinem markanten Gesicht aus. Er trug mich zum Bett und legte mich auf den Rücken. „Sag es noch mal."

„Ich liebe dich."

Er küsste mich, sanft und warm. „Noch einmal."

Ich lachte gegen seine Lippen. „Conrad Mercer, ich liebe dich."

An diesem Abend machte er Liebe mit mir, flüsterte Lobpreisungen und vergötterte mich mit jeder Berührung und jedem Kuss, bis wir uns beide nach der Erlösung verzehrten. Als wir wieder auf die Erde zurückkehrten, lag ich in seinen Armen, schwerelos und verausgabt.

„Ich habe dich nicht verdient." Er küsste meine Haare. „Aber das ist egal. Ich werde töten, um dich in meinen Armen zu behalten, dort, wo du hingehörst."

Ich seufzte, während Schlaf mich einlullte. „Wenn du es sagst, klingt Mord romantischer, als er sollte."

Er lachte, seine Stimme leise und verführerisch. „Nur einer der vielen Vorteile, wenn man den Todesengel liebt. Schlaf etwas. Morgen reden wir über unseren nächsten Schritt. Nachdem ich dich gefickt habe, natürlich."

„Mein Kalender ist leer, ich gehöre also ganz dir."

Er fuhr mir mit der Hand über den Rücken und ließ sie auf meinem Arsch liegen. „Ja, das tust du."

~

Der Wald war kalt und hell, als Conrad mit dem SUV zur

nächstgelegenen Hauptstraße fuhr. Er musste mit Nate sprechen, um die Lage zu sondieren, bevor wir unseren Plan, nach Westen zu fahren, in die Tat umsetzen konnten. Ich hatte ihm gesagt, dass ich in der Hütte bleiben würde, während er weg war, und stand auf der Veranda und winkte, als er die Schotterstraße entlang holperte.

Sobald er außer Sichtweite war, ging ich rein und nahm meine selbstgemachten Fallen aus dem Schrank. Wenn er zurückkehrte, wollte ich ein Festmahl aus Kaninchenfleisch fertig haben – diesmal ohne Zichorienwurzel – mit einer netten Pilzsauce und winterlichem Grüngemüse. Würde er sauer sein, dass ich die Hütte verlassen hatte? Auf jeden Fall. Würde seine Freude über eine Mahlzeit, die aus etwas anderem als Fisch bestand, größer als seine Wut sein? Hoffentlich.

Ich überquerte die Straße und verschwand im Unterholz, stapfte weiter, während mein Atem mir in weißen Wölkchen entwich. Der strahlend blaue Himmel lugte durch die Äste über mir und die Kiefernnadeln dämpften meine Schritte. Das Gefühl, dass mir die Decke auf den Kopf fiel, verblasste, und die frische Luft belebte meine Lunge. Vor mir huschte etwas vorbei und tiefer in den Wald hinein. Ich lächelte und war mir sicher, dass ich in der Lage sein würde, in kurzer Zeit etwas zu fangen. Ich drehte nach rechts ab und kämpfte mich durch ein kleines Brombeergestrüpp, bis ich das fand, wonach ich gesucht hatte – einen kleinen Wildwechsel, der durch das alte Laub und die Kiefernnadeln verlief. Die freiliegende Erde und die verdichteten Blätter bildeten einen Pfad, der tiefer in den Wald hineinführte. Ich folgte ihm, bis ich einen jungen Baum fand, der für meine Falle geeignet war.

Ich kniete mich hin und bog das Bäumchen nach unten, testete seine Widerstandskraft. Nachdem ich mich davon überzeugt hatte, dass er das Gewicht eines kleinen Wildtiers würde halten können, befestigte ich eine Schnur am oberen Ende. Nachdem ich einen Holzpfahl in den Boden gehämmert und die Schnur so gewunden hatte, dass sie eine Schlinge formte, stellte ich die Falle scharf, indem ich das gebogene Bäumchen an dem Pfahl festband, ihn aber mit einem Auslösepunkt versah, der das Bäumchen loslösen würde, sobald ein Tier in der Schlinge war. Als Köder bestrich ich die Oberseite des Pfahls mit wertvoller Erdnussbutter.

Als die Falle fertig war, trat ich zurück und überprüfte meine Arbeit. Sie sah gut aus, also wanderte ich weiter den Pfad entlang und stellte noch eine Falle auf. Con war erst eine Stunde lang weg, als ich fertig war, also ging ich schräg von der Hütte weg und durchkämmte die Gegend in einem Bogen, um zu versuchen, ein paar Pilze und Grünzeug zu finden.

Eine weitere halbe Stunde im Wald brachte mir Löwenzahnblätter und eine Handvoll weißer Pilze ein, die hoffentlich zu einer netten Sauce werden würden, wenn ich sie sautierte. Es war noch nicht an der Zeit, nach den Fallen zu sehen, also kehrte ich zur Hütte zurück und legte meine gesammelten Waren ab. Kurz darauf ließ mich das Geräusch eines Motors aus dem vorderen Fenster schauen.

Conrad war zurückgekehrt. Er stieg aus dem SUV und musterte den Waldrand um die Hütte herum. Ein Schauer lief durch mich hindurch, als ich ihn beobachtete. Groß und schlank, sein kräftiger Körper machte ihn auch ohne eine offen sichtbare Waffe eindrucksvoll. Er war vielleicht von der Hölle gesandt, aber er war mit himmlischer Vollkommenheit zusammengefügt worden.

Er stakste auf die Hütte zu und öffnete die Tür. Als er mich sah, zog er mich in seine Arme und atmete tief ein. „Fuck, ich habe dich vermisst. Ich war nur zwei Stunden weg. Hat sich wie eine Ewigkeit angefühlt."

Ich lächelte. „Was hast du herausgefunden?"

„Nichts Gutes." Er warf einen Blick auf die Küche. „Was ist das alles?"

Ich zog sein Kinn zu mir zurück und starrte ihm in die Augen. „Du zuerst."

„Scheiß drauf, wer zuerst erzählt." Er schob meine Hand beiseite und eroberte mich mit einem Kuss, der so heftig war, dass meine Knie weich wurden. Als er sich von mir löste, fuhr er mir mit dem Daumen über die Unterlippe. „Habe ich schon erwähnt, dass ich dich vermisst habe?"

Ich nickte, atemlos und kribbelnd.

Er setzte sich auf den Sessel und zog mich auf seinen Schoß. „Ich habe mit Nate gesprochen. Vince geht keine Risiken ein. Er hat ein Dutzend Soldaten ausgesandt, um uns zu finden, und Ramone ist immer noch auf unserer Spur."

„Ist das normal?" Meine Fantasie beschwor eine Horde von Männern in Trenchcoats und schwarzen Hüten herauf, die sich schleichend und mit gezogenen Waffen der Hütte näherten.

„Nein, nichts davon ist normal." Er blickte finster drein. „Vince geht ohne Rücksicht auf Verluste vor, nur um Berty davor zu bewahren, seine eigene Suppe auszulöffeln. Es ergibt keinen Sinn."

„Glaubst du, Berty hat etwas gegen ihn in der Hand?"

Er zuckte mit den Schultern. „Könnte sein. Aber wenn er das hätte, hätte Vince mir wahrscheinlich aufgetragen, ihn umzulegen."

„Was dann?"

„Ich weiß es nicht." Er fuhr sich mit einer Hand durch die Haare und legte mir die andere unten auf den Rücken. Er schob seine Finger unter mein T-Shirt und sein düsterer Blick hellte sich auf, als ob der Hautkontakt ihn beruhigen würde. „Aber irgendwas passt nicht zusammen."

„Was sollen wir tun?" Ich legte meinen Kopf auf seine Schulter.

Er seufzte tief, seine Brust senkte sich. Das hörte sich nicht gut an.

„Wir werden uns aufteilen."

Ich setzte mich auf und sah ihm in die Augen. „Was?"

Er drückte seine Hand flach gegen meinen Rücken. „Nur für eine Weile."

„Nein." Meine Augen fingen an zu brennen und Tränen drohten.

„Hör zu, Charlie.“ Er fuhr mir mit dem Daumen über die Wange. „Ich bin für eine Sache geschaffen. Ich bin ein Killer. Ich kann dich nur beschützen, indem ich zurückgehe—“

„Nein!“ Ich schüttelte den Kopf, während eine Träne fiel.

„Doch.“ Er hielt seinen Tonfall leise, seine Stimme versuchte mich einzulullen, damit ich das Unakzeptable akzeptierte. „Ich gehe zurück und mache meinen Job. Anschließend treffen wir uns im Westen.“

Mein Herz bekam einen Riss, eine Wunde, von der ich befürchtete, dass sie tödlich war. „Sie werden dich umbringen.“

„Vince wird keine Ruhe geben, bis du tot bist.“ Die Muskeln an seinem Unterkiefer traten hervor. „Das werde ich nicht zulassen. Ihn und Berty zu töten, ist der einzige Ausweg. Ich muss der Schlange den Kopf abschneiden. Danach werden sie zu sehr damit beschäftigt sein, sich gegenseitig zu bekämpfen, um sich einen Dreck um dich und mich zu scheren.“ Er wischte meine Tränen weg, obwohl immer mehr fielen, die ihren Platz einnahmen. „Und wenn es vorbei ist, werde ich dich finden. Versprochen.“

„Dieses Versprechen kannst du nicht halten.“ Ein Schluchzer schüttelte mich. „Du kannst nicht wissen, was passieren wird.“ Alles fiel innerhalb weniger Augenblicke in sich zusammen. Er hatte sich selbst zum Tod verurteilt und erwartete, dass ich mit seiner Entscheidung einverstanden war. Ich konnte ihn nicht gehen lassen.

„Wir werden zusammen sein.“ Er hob mein zitterndes Kinn an und küsste mich. „Ich werde dich finden. Ich werde dich immer finden.“

„Bitte tu es nicht.“ Ich schlang meine Arme um seinen Hals und klammerte mich an ihn.

Er hielt mich fest, während ich weinte, seine Stimme war sanft. „Nate ist auf dem Weg zu uns. Ich werde ihn am Highway treffen und sicherstellen, dass ihm niemand gefolgt ist. Sobald die Luft rein ist, bringe ich ihn hierher, lasse ein paar Vorräte für dich hier und dann werden er und ich uns um

Vince kümmern, während du dich auf den Weg machst und nicht zurückschaust."

„Nein. Ich werde dich nicht verlassen."

„Das musst du."

„Tu mir das nicht an." Er hatte mich gefunden – wir hatten einander gefunden –, nur um mir wieder genommen zu werden? Ich konnte nicht atmen.

„Sch." Er schmiegte sich an meine Haare. „Alles wird gut werden."

Gar nichts würde gut sein. Er würde tot sein und ich weit weg. „Lügner." Ich drückte gegen seine Brust und starrte ihn zornig an. „Du lügst. Das ist eine Selbstmordmission." Der Schmerz verwandelte sich in Wut, bis ich zitterte. „Komm mit mir mit. Wir werden fliehen. Sie werden uns nicht finden."

„Charlie, bitte." Er streckte die Hand nach meinem Gesicht aus, aber ich lehnte mich weg.

„Du musst nicht gehen."

Traurigkeit zeichnete sein schönes Gesicht. „Doch. Es ist der einzige Weg—"

„Nein, ist es nicht!" Ich stand hastig auf. „Wir können überall hingehen. Jedermann sein."

Er schüttelte den Kopf und erhob sich. „Ich habe Zielpersonen bis nach Mexiko verfolgt und sie getötet, während sie in Hütten weit weg von irgendwelchen echten Städten geschlafen haben. Ich kann jeden überall finden und ausschalten. Ramone wird uns jagen, bis er die Kopfgelder hat. Das ist es, was ihn fast genauso gefährlich macht wie mich. Wir geben nie auf, bis wir unsere Zielperson töten."

Verzweiflung grub sich ihren Weg in meinen Kopf. „Wenn du mich liebst, kommst du mit mir und wir fliehen."

Er näherte sich mir, bis ich den Kopf in den Nacken legen musste, um seine Augen zu sehen. „Ich liebe dich mehr, als ich je in meinem ganzen Leben etwas geliebt habe. Du bist es wert, mich umbringen zu lassen."

„Ich komme mit dir mit."

Er packte meine Oberarme fast hart genug, dass es wehtat. „Auf keinen Fall."

„Ich kann helfen. Ich weiß, wie man schießt."

„Es geht nicht darum, zu wissen, wie man schießt. Es geht darum, bereit zu sein, den Abzug zu drücken, egal was passiert. Jedes Mal. Keine Fragen, keine Reue, nur Blut. Das bist nicht du."

„Ich könnte es sein." Ich wusste nicht, ob das stimmte, aber ich würde alles versuchen, um bei ihm zu bleiben.

„Ich will nicht, dass du es bist. Zu wissen, dass du in Sicherheit bist, ist der einzige Weg, wie ich mich auf den Job konzentrieren kann. Die einzige Chance, die ich habe, lebend da rauszukommen. Du musst gehen."

Egal in welche Richtung ich mich drehte, er hatte einen Grund, eine Tatsache; eine Ziegelwand, die sich langsam aufstapelte, um uns voneinander zu trennen.

„Ich muss wissen, dass du gehen wirst, wenn es soweit ist." Er hob mich hoch und trug mich zum Bett, legte mich sanft hin und schwebte über mir. „Ich kann die Sache nicht durchziehen, ohne das Versprechen, dass du ein glückliches Leben führen wirst."

„Das kann ich nicht ohne dich."

„Du kannst es, und ich sagte doch, dass ich dich finden werde."

„Hör auf zu lügen." Meine Seele schien auseinander gerissen zu werden, Rasierklingen kratzten über ihre Oberfläche. Tränen kitzelten meine Ohren, während er versuchte, sie wegzuwischen. „Du kommst nicht zurück."

Anstatt zu streiten, küsste er mich, seine Zunge war bestimmt und fordernd. Ich hielt mich an ihm fest, brauchte jede Berührung, jedes bisschen Hitze, die zwischen uns war. Er drückte sich gegen mich, rieb meine Klit durch meine Jeans mit seinem harten Glied. Jeder Stoß berauschte mich, mein Magen zog sich zusammen.

Er löste sich von meinem Mund und küsste sich zu meinem Hals. „Du bist alles für mich. Alles, was ich je gewollt habe." Er setzte sich auf und zog sein Hemd und seine Hose aus, während ich mich aus meiner Jeans schälte. Er fiel über mich her, schob sich in mich, und das plötzliche, köstliche Eindringen ließ mich aufstöhnen. „Das" – er untermalte jedes Wort mit einem harten Stoß – „ist mein Himmelreich. Ich werde so viele Männer töten, wie ich muss, wenn es bedeutet, dass ich zu dir zurückkehren kann."

Ich grub meine Fingernägel in seinen Rücken, während er in mich stieß, die alten Bettfedern quietschten und das Geräusch von Haut auf Haut füllte meine Ohren. „Komm zu mir zurück." Tränen strömten immer noch aus mir heraus, selbst als mein Körper auf ihn reagierte und der Erlösung nachjagte, von der ich befürchtete, dass sie die letzte sein würde.

„Und wenn ich Satan selbst töten muss, werde ich es tun." Er küsste mich, seine Lippen wild, während er mich rückhaltlos fickte.

Mein Herz donnerte und mein Körper wurde mit jedem Aufprall durchgeschüttelt. Er schob eine Hand zwischen uns und streichelte meine Klit, seine Augen ruhten auf mir, während er mich auf die Klippe zutrieb.

„Komm für mich. Ich muss es sehen, muss es schmecken." Emotionen färbten seine schroffe Stimme, als er mich anstarrte. „Ich werde es bei mir tragen."

Ich schaukelte gegen seine Hand, alles in mir zog sich enger und enger zusammen. Ich warf den Kopf zurück in das Kissen und spreizte meine Beine so weit, wie ich konnte. Mein Höhepunkt brach mit voller Wucht über mich herein, jagte meine Nervenenden entlang, von meinem Zentrum bis in meine Fingerspitzen. Ich rief seinen Namen und zerkratzte seinen Rücken, während er sich in mich rammte. Dann stöhnte er und eroberte wieder meine Lippen. Sein Schwanz zuckte in mir, füllte mich, während ich meine Beine um seine Taille wickelte.

Als er sich verausgabt hatte, küsste er mich auf den Hals und flüsterte mir ins Ohr: „Ich liebe dich. Ich werde dich immer lieben."

28

Charlie

Ihn wegfahren zu sehen, zerstörte mich fast. Ich lehnte an der Eingangstür, die Arme vor der Brust verschränkt, während Wolken sich über den Himmel schoben und die Sonne hinter den Kiefern unterging. Die Bremslichter verschwanden zwischen den Bäumen. Es fielen keine Tränen mehr. Nicht, weil ich nicht traurig war – das war ich. Aber ich hatte akzeptiert, dass es außer Cons Weg keinen Ausweg gab.

Ein entferntes Donnergrollen flutete durch den Wald und der Wind nahm allmählich zu. Das Gestrüpp auf der anderen Seite der unbefestigten Straße raschelte, als eine Böe vorbeiwehte. Ich hatte meine Fallen vergessen. Sie waren fast den ganzen Tag aufgestellt gewesen. Wir würden nicht die Gelegenheit haben, das Abendessen zu essen, das ich geplant hatte, aber ich konnte keine in die Falle gegangenen Tiere sterben lassen, wenn ich sie retten konnte. Ich öffnete die Tür und nahm meinen Mantel vom Haken, bevor ich mich auf den Weg in den Wald machte.

Ich brauchte ungefähr fünfzehn Minuten, um die erste Falle zu finden. In der Zwischenzeit hatten fette, kalte Regentropfen angefangen zu fallen. Die Schlinge war leer, aber die Erdnussbutter war abgeleckt worden. Mein Auslöser war nicht empfindlich genug gewesen oder vielleicht war das Tier nicht groß genug, um die Falle auszulösen. Ich zog an der Schnur und die Falle schoss hoch, die Schlinge baumelte harmlos von der Spitze des Bäumchens herab.

Ein eisiger Regentropfen landete in meinem Nacken und kullerte unter meinen Kragen. Ich zitterte und joggte den Wildwechsel entlang, bis ich die zweite Falle fand. Ein großer Hase hing an dem Bäumchen und drehte sich leicht im Wind. Die Schlinge war um eines seiner pelzigen Hinterbeine gewunden. Er fing an, heftig um sich zu treten, als ich mich näherte, und hüpfte um das Bäumchen herum, bis es fast komisch war.

„Halt durch. Ich werde dich befreien." Ich ging näher heran und griff nach seinen langen Ohren. Er trat nach mir, aber ich schaffte es, mir eines seiner seidigen Ohren zu greifen und legte dann meinen Zeigefinger um das andere, um ihn festzuhalten. Er war zwar nur ein Hase, aber er hatte genug Kraft in den Hinterbeinen, um mich zu verwunden, wenn ich nicht vorsichtig war.

„Wenn du mich nicht beißt und nicht kratzt, werden wir uns gut verstehen." Ich griff nach seinem gefangenen Bein, hielt es still und schob meine Finger in den Schiebeknoten. Nach ein paar kräftigen Rucken lockerte sich die Schlinge und der Hase war frei. Ich ließ ihn auf den Boden fallen und er sprang ins Unterholz davon.

Ein weiteres Donnergrollen untermalte die Flucht des Hasen. Die fetten Tropfen waren zu einem beständigen Niederschlag geworden und ich drehte mich um, um zur Hütte zurückzueilen.

Ich schrie und erstarrte.

„Hallo, Schätzchen." Ein Mann mit dunklen Augen, zurückgegelten Haaren und einem schiefen Lächeln stand vor mir – mit einem Regenschirm in einer Hand und einer Waffe in der anderen, die direkt auf mich zeigte.

„Ramone, nehme ich an?“ Er war etwa 1,80m groß, schlank und hatte eine durchdringende Stimme, die mir durch Mark und Bein ging.

„Mein Ruf eilt mir voraus? Das gefällt mir.“ Sein Bostoner Akzent hackte seine Vokale ab. „Ich kenne jemanden, der eure Freundschaft unbedingt erneuern will.“

„Berty?“ Ich warf einen Blick auf die Falle, wo der scharfe Pfahl noch im Boden steckte. Wenn ich ihn erreichen und rausziehen könnte, hätte ich eine Waffe.

„Genau der.“ Er blickte zum Pfahl. „Das würde ich an deiner Stelle nicht tun. Du wärst tot, bevor du eine Chance hättest.“

Mein Körper wurde kalt – ob vom Regen oder Ramone, ich wusste es nicht – und ich starrte auf den Lauf der Waffe. Ich hatte einmal einen Artikel gelesen, in dem stand, dass die Erinnerungen eines Opfers oft fehlerhaft waren, wenn es um die Identifizierung von Tätern ging, vor allem, weil das Opfer sich auf nichts anderes als die Waffe konzentrieren konnte. Es klang glaubhaft, als ich im eisigen Regen stand und das dunkle Metall ansah. Die Schwärze in der Mitte fraß das umliegende Licht auf und ich wusste, dass eine Kugel mit meinem Namen in der Kammer wartete.

„Lass uns gehen.“ Er grinste. „Weißt du, ich würde dir normalerweise die Wahl lassen, ob ich dir hier eine Kugel verpassen oder dich zu dem bringen soll, der dich lebendig oder tot haben will. Aber du?“ Er befeuchtete seine dünnen Lippen. „Das Geld ist zu gut, um deine Leiche hier draußen in diesem Wald liegen zu lassen. Berty wird Spaß mit dir haben.“

Ich riss meinen Blick vom Lauf los und richtete meine Aufmerksamkeit auf die bodenlosen Abgründe seiner Augen. „Ich werde ihn töten.“

Er lachte, das Geräusch pfeifend, aber seine Waffenhand blieb unheimlich ruhig. „Das würde ich zu gerne sehen.“ Das Lachen verreckte in seiner Kehle. „Auf geht‘s.“ Er wedelte mit der Waffe und bedeutete mir, vorauszugehen.

Ich versuchte, das wüste Pochen meines Herzens zu beruhigen und nach einem Ausweg zu suchen, als ich langsam an ihm vorbeiging. Meine Schuhe rutschten einen Moment lang über die nassen Kiefernnadeln, bevor ich mich wieder fing.

„Im Augenblick denkst du, dass du abhauen kannst. Tu es nicht. Ich werde dich erschießen, bevor du auch nur einen Schritt aus der Reihe tanzt. Du wirst auch darüber nachdenken, später einen Fluchtversuch zu unternehmen – vielleicht, wenn ich dich im Auto habe, oder vielleicht, sobald du bei Berty bist." Seine Stimme hatte die gleiche tote Eigenschaft wie seine Augen. „Du wirst es auch dann nicht schaffen. Aber nur zu, halte an der Hoffnung fest. Das ist ganz natürlich."

Als ich über einen Ast trat, fiel mir ein, dass ich vielleicht mein Taschenmesser in dem Mantel gelassen hatte, den ich mir übergeworfen hatte. Ich konzentrierte mich auf die Tasche an meiner Hüfte und hoffte, das Gewicht des Messers zu spüren.

Schritt, Schritt, Schritt. *Da.* Ich fühlte es, meine Haut registrierte das schwere Metall. Es war nicht viel im Vergleich zu der Knarre hinter mir, aber das Messer war etwas. Ich musste nur auf meine Chance warten.

Er hielt hinter mir Schritt, der Regen prasselte auf seinen Regenschirm, während er mir dicht auf den Fersen blieb.

„Wie hast du uns gefunden?"

„Spielt das eine Rolle? Geh schneller."

„Ich war nur neugierig." Ich kaute auf meiner Lippe. „Conrad hat gesagt, du wärst gut."

„Hat er das, mh?" Er schnaubte, ein hässliches Geräusch. „Ich bin besser als er, so viel ist sicher. Ich musste nur ein paar Leute an den Landstraßen auf die Lauer legen. Als er heute Morgen mit dem geklauten SUV aus diesem Wald inmitten der Walachei fuhr, hat einer meiner Jungs ihn gesehen. Von da an war es nicht schwer, den Rest rauszufinden. Übrigens, wo ist Connie? Die Hütte war leer."

Wenn er nicht wusste, wo Con war, dann hatte er vielleicht noch eine Chance, zu entkommen. Ich hoffte, für einen Oscar nominiert zu werden, und legte einen Hauch von

Verbitterung in meine Worte. „Er ist ein Arschloch. Er hat beschlossen, mit Nate abzuhauen und mich zurückzulassen."

Er lachte, Selbstgefälligkeit in jeder Lachsalve. „Klingt nach Con. Ich wusste schon immer, dass er im Herzen ein Feigling ist."

„Nate hat ihn davon überzeugt, dass das Problem gelöst wäre, wenn du mich umbringst, und dass Con zu eurem Boss zurückkehren könnte."

„Ist das so?"

„Sie haben das ganze Essen und die Waffen mitgenommen. Und gesagt, dass du bald hier sein würdest."

„Warum bist du nicht weggelaufen?"

Ich stieg über einen umgefallenen Baumstamm, als die Hütte in Sicht kam. Der SUV war nicht da, Gott sei Dank. Con und Nate würden nicht von Ramone überrascht werden.

Ich zuckte mit den Schultern. „Wo hätte ich hingehen sollen? Kein Auto. Kein Ausweg."

„Wie auf dem Präsentierteller." Sein selbstgefälliger Tonfall erinnerte mich an eine Katze, die sich die Schnurrhaare leckte. „Danke, dass du auf mich gewartet hast. Dein Kopfgeld wird meine Zukunft mit Gold pflastern, Süße. Aber keine Sorge. Ich werde Con finden und seinen Kopf zu Vince bringen. Ich werde sogar fragen, ob ich den von Nate nur zum Spaß auch abschneiden kann. Siehst du? Ich bin gar nicht so übel." Sein keuchendes Lachen ließ mich die Hände zu Fäusten ballen.

Wir überquerten die schlammige Straße vor der Hütte und betraten die kleine Veranda. Es war jetzt oder nie.

„Mir ist kalt." Ich zitterte, stopfte die Hände in meine Taschen und nahm mir mein Messer. Meine eisigen Finger konnten den Griff kaum spüren und ich versuchte, die Klinge mit meinem Daumen aufzuklappen.

„Ah, ah, ah." Ramone klickte hinter mir mit der Zunge. „Es hat seinen Grund, warum ich der Beste bin, Süße." Er packte meinen Arm und eine Handvoll meiner Haare und schubste mich dann mit dem Gesicht voran gegen die Wand aus Holzstämmen. Ich sackte zusammen und fiel auf den Rücken, während er Kabelbinder und ein Taschentuch aus der Tasche seines Anzugsmantels nahm.

Ich versuchte, von ihm weg zu robben. Er beobachtete mich amüsiert. Ich rutschte ein paar Meter weit, bevor er sich hinkniete und mir das Taschentuch ins Gesicht hielt. Der antiseptische Geruch sickerte in meine Lunge und meine Augen schlossen sich, obwohl ich darum kämpfte, wach zu bleiben.

„Gute Nacht, Süße."

29

Conrad

„Glaubst du, dass sie einfach in den Sonnenuntergang reiten wird, ohne Gegenwehr zu leisten?“ Nate nahm einen Zug von seiner Zigarette und blies den Rauch in einem dünnen Strahl aus.

„Das ist der Plan.“ Ich freute mich nicht darauf, sie gehen zu lassen. Sie gehörte mir. Das wusste ich so sicher, wie ich wusste, dass ich für die zweihundertachtundsiebzig Leben, die ich ausgelöscht hatte, würde geradestehen müssen, wenn meine Zeit kam. Aber sie konnte nicht mit einer über ihr hängenden Bedrohung leben – eine Bedrohung, für die ich verantwortlich war. Ich könnte mich nie von ihr fernhalten. Selbst jetzt sehnte ich mich nach dem Geruch ihrer Haut, dem leicht singenden Tonfall ihrer Stimme.

„Ich sag ja nur, die ganze Sache mit dem Nachgeben?“ Er zuckte mit den Schultern. „Das scheint nicht ihre Art zu sein.“

„Was meinst du damit?“ Ich scherte aus, um einer schlammigen Spurrille auszuweichen. Die Hütte tauchte zwischen den Bäumen auf, kein Rauch stieg aus dem Schornstein auf. Merkwürdig.

„Sie hat Rückgrat. Ich bin mir ziemlich sicher, dass sie an dem Tag in ihrem Blumenladen vorhatte, mich mit der Schere auszuweiden. Das ist ziemlich krasser Scheiß. Und du hast gesagt, dass sie mit einem Elektroschocker auf Ricky losgegangen ist? Den Schwanz einzuklemmen und wegzulaufen, scheint nicht ihr Stil zu sein."

Ich lächelte, als ich mich an den Blick in ihren Augen erinnerte, als ich sie mit der Schere erwischt hatte, und ihr triumphales Verhalten, nachdem sie mir geholfen hatte, Ricky zu erledigen.

Nate lachte leise. „Normalerweise bin ich total für Frauen in Scherenstellung zu haben, aber in dem Fall ... Wie gesagt, Charlie ist nicht jemand, der davonläuft."

Mir gefiel nicht, wie er ihren Namen sagte, oder das Lächeln auf seinen Lippen, als er an sie dachte. An das, was mir gehörte. Nate hatte recht. Sie war eine Kämpferin. Aber sie war auch klug. Ich hatte meinen Trumpf ausgespielt, als ich ihr gesagt hatte, dass ich wissen musste, dass sie in Sicherheit war, damit ich meinen Job erledigen und zu ihr zurückkehren konnte. Alles davon war wahr, bis auf den Teil, dass ich sie danach wieder treffen würde. Mein Trip zu Berty war ein Himmelfahrtskommando. Das wussten wir beide. Und ich konnte es nicht ändern. Vince standen zu viele Männer zur Verfügung, als dass ich es lebend da rausschaffen würde, aber ich würde tausend Tode sterben, wenn es bedeutete, dass sie auch nur einen Tag länger leben konnte.

Wir fuhren vor die Hütte und meine Nackenhaare stellten sich auf. Ich konnte nicht genau sagen, woher ich wusste, dass etwas nicht stimmte. Ich wusste es einfach.

„Etwas stimmt nicht." Ich legte meine Hand auf meine 9mm.

„Fuck." Nate drückte seine Zigarette auf dem Armaturenbrett aus und nahm seine Pistole. „Siehst du irgendwas?" Er spähte durch die Regentropfen auf dem Fenster und in den Wald.

„Nein, nur ein Gefühl."

„Das ist noch schlimmer." Er überprüfte die Kammer.

„Ich werde mich drinnen umschauen." Ich öffnete meine Tür und stieg aus, trat auf die nassen Kiefernnadeln. „Halt die Augen offen."

Die Eingangstür war geschlossen, aber das Haus fühlte sich leer an. Niemand war zu Hause. Anstatt durch die Vordertür zu gehen, ging ich nach hinten. Der Bach floss vorbei, schwoll bereits über sein übliches Ufer hinaus. Ich legte meine Hand auf den Türknauf. Er ließ sich leicht umdrehen, war nicht verriegelt. *Verdammt*. Das Feuer war kalt und das Grünzeug und die Pilze, die Charlie zuvor gesammelt hatte, lagen immer noch auf der Arbeitsfläche.

Ich schwang die Tür ganz auf. „Charlie?"

Keine Antwort.

„Hier draußen ist alles sauber. Ich sehe rein gar nichts", ertönte Nates Stimme, als ich die Hütte betrat.

Ich roch das Gas erst, als mein Fuß gegen den Stolperdraht stieß. Zu dem Zeitpunkt war es zu spät. Ich bedeckte mein Gesicht mit meinen Armen, als ein Albtraum aus Geräuschen und eine Hitzewelle meine Realität wurden.

~

„Wach auf, Arschloch!"

Kalt. Nass. Schmerzen. Jemand schlug mir ins Gesicht.

„Alter, du siehst aus wie ein verdammter verbrannter Hotdog. Wach auf. Du musst dich selbst sehen." Noch eine Ohrfeige. „Vielleicht wie ein Marshmallow, der Feuer gefangen hat."

Ich öffnete die Augen.

Nate blickte auf mich runter, ein Lächeln auf den Lippen, aber Angst in den Augen. „Ich dachte kurz, du wärst draufgegangen."

„Ramone." Meine Stimme war ein Krächzen, als ich versuchte, mich aufzusetzen.

Die Hütte brannte hinter Nate, der Rauch stieg in den

regnerischen Himmel auf. Die Erinnerung kam mit brutaler Wucht zurück.

Die Explosion.

Charlie war entführt worden.

Ich musste ihm Bach gelandet sein, weil ich durchnässt war und am Ufer lag, während Nate über mir schwebte. Meine Handrücken fühlten sich an, als wären sie von einem Bienenschwarm gestochen worden, der dann eine Zigarettenpause eingelegt hatte, während ein neuer Bienenschwarm sich an die Arbeit machte.

Ich hob sie hoch und starrte die rote Haut an, auf der sich Blasen in ihrem eigenen Tempo bildeten. In meinen Ohren klingelte eine hohe, falsche Note und Charlies Name lief mir ohne Unterlass durch den Kopf.

„Keine Sorge. Die Explosion hat mich nicht berührt. Mein Aussehen ist unversehrt." Nate packte die Vorderseite meines Mantels und zog mich in eine sitzende Position hoch.

„Arschloch." Ich hustete und Rauch wehte über uns hinweg, die Überreste meiner wenigen Tage mit Charlie verwandelten sich in Asche.

Sie war weg. Direkt unter meiner Nase gestohlen worden. Ich hatte es irgendwie verkackt, hatte Ramone zu ihr geführt. Ich zitterte vor Wut bei dem Gedanken daran, dass sie in den Klauen dieses Wichsers war. Ich hatte versprochen, mich um sie zu kümmern, dass ich sie beschützen würde. Ich hatte versagt.

Ich schüttelte den Kopf und versuchte, ihn wieder freizukriegen. Sie musste am Leben sein. Berty wollte mit seinem Essen spielen. Meine pochenden Hände ballten sich zu Fäusten, als ich an sie dachte, verängstigt, weinend, verletzt. *Nein.*

Nate schnalzte mit den Fingern vor meinem Gesicht. Er hatte geredet. Ich hatte es nicht bemerkt.

„Also, Charlie?" Er zuckte leicht zusammen, als er ihren Namen sagte, und warf einen Blick zurück auf die schwelende Hütte.

„Sie war nicht da drin. Ramone hat sie mitgenommen."

„Verstehe.“ Er nickte. „Er muss sie eingefangen und den Kinderbackofen für dich angestellt haben und ist dann abgehauen.“

Ich rappelte mich mit Nates Hilfe hoch. „Wir müssen ihnen folgen.“

Nate pfiff und es klang wie eine Bombe, die aus großer Höhe herunterfiel. „Diese Mission hat eine Todesrate von einhundert Prozent.“

„Das ist mir scheißegal.“ Ich löste mich von ihm und schleppte mich über den matschigen Boden zum SUV. Ein Blitz spaltete den Himmel und Donner grollte, passend zum wütenden Pochen meines Herzens.

„Du wirst bestenfalls in eine Falle laufen, schlimmstenfalls in einen Fleischwolf.“ Seine Stimme war vernünftig. Seine Worte noch vernünftiger. Aber nichts davon spielte eine Rolle. Ramone hatte Charlie entführt. Ich würde sie zurückbekommen, egal was es kostete.

Ich griff nach dem Autoschlüssel in meiner Hosentasche und zuckte zusammen. Mein Handrücken brannte wieder wie Feuer, als der Stoff ihn berührte.

„Ich hab ihn.“ Nate fischte ihn für mich raus. „Taschenbillard war schon immer mein Lieblingssport. Setz dich auf den Beifahrersitz. Wir brauchen einen Plan.“

„Du musst nicht mit mir—“

„Halt die verdammte Klappe und steig ins Auto.“ Er grinste mich an. „Hoffnungslose Fälle machen mich immer hart, das weißt du doch. Ich bin dabei.“

Ich stieg in den SUV und lehnte mich gegen die Kopfstütze, der Geruch von verbrannten Haaren war beißend in meinen Nasenlöchern. Es war nichts im Vergleich dazu, was ich Ramone antun würde, jedem antun würde, der meiner Charlie wehtat.

„Ich habe meine Checkliste für Selbstmordmissionen verlegt, das ist also alles aus dem Stegreif.“ Nate drehte das Auto zurück in Richtung Highway und rutschte die schlammige Schotterstraße entlang. „Wir werden jede Menge Waffen brauchen.“

„Meine waren in der Hütte."

„Na klar."

„Egal. Wir sammeln das ein, was du hast, und machen uns dann auf den Weg zu Vince. Sie ist mittlerweile vielleicht schon da. Ich werde nicht zulassen, dass Berty ihr wehtut." Der Gedanke daran, wie Ramone grob mit ihr umging, oder wie Berty sie auch nur ansah, ließ mein Blut wieder wild tosen. Ich würde sie alle töten, bevor der Tag vorüber war, auch wenn ich sie selbst in die Hölle begleiten musste.

Nate steuerte um eine Reihe von Wagenspuren herum, die wir auf dem Weg zur Hütte hinterlassen hatten. „Wenn du dich zurückerinnerst, mein Freund, waren all die Waffen, die du hattest, *meine* Waffen. Die sind gerade in die Luft geflogen. Wir werden deutlich mehr brauchen, wenn wir die Festung stürmen wollen."

„Sam."

„Das Arschloch aus der Werkstatt?"

„Ja. Fahr mich zu Sam." Ich blickte an mir herunter, meine Klamotten waren versengt und nass. Ramone hatte mir diese Falle gestellt, um mich zu töten.

Ich hatte Glück, noch am Leben zu sein.

Und Ramones Glückssträhne hatte gerade ihr verdammtes Ende gefunden.

30

Charlie

„Wie kann es sein, dass du noch hübscher bist, als ich dich in Erinnerung habe?" Berty ging um mich herum, tippte sich mit seinen kurzen, dünnen Fingern ans Kinn. „Das ergibt keinen Sinn. Ich meine, ich habe dein Gesicht verhunzt. Du hast noch ein paar blaue Flecken, aber du hast etwas an dir."

Ich hob den Kopf, mein Verstand erwachte wieder zum Leben, während ich meine Umgebung in Augenschein nahm. Kein Kerker für mich. Nicht dieses Mal. Ich war in einer Art Aufenthaltsraum, die Wände waren mit Sportsouvenirs bedeckt. Ramone saß in einem Ledersessel in einer Ecke zu meiner Rechten und zwei Männer saßen auf einer Couch zu meiner Linken und sahen sich ein Footballspiel auf einem Breitbildfernseher an.

Galle kroch meine Kehle hoch, als ich realisierte, dass eine Plastikplane unter dem Holzstuhl ausgebreitet war, auf dem ich saß, und dass meine Hände und Füße gefesselt waren, eine grausame Wiederholung meiner letzten Begegnung mit Berty.

„Vielleicht etwas an deinen Augen?“ Er ließ seine klammen Finger über meinen Hals gleiten. „Deine Haut?“

„Fick dich.“ Meine Zunge lag zäh in meinem Mund.

„Dazu kommen wir noch. Sei nicht so vorschnell.“ Er blieb stehen und grinste mich an. „Obwohl ich dein Interesse an mir sehr schätze. Es schmeichelt mir, wirklich.“

Der Mann, der meine Albträume beherrscht hatte, ließ seinen Blick über meinen Körper schweifen. Ich zitterte vor einer Mischung aus Entsetzen und Wut. Ich wollte ihm die Augen aus dem Kopf kratzen und ihm in die Eier treten, bis es vom Tisch war, dass er jemals Kinder kriegen würde. Er blinzelte, ein Augenlid bewegte sich langsamer als das andere, als er seine Begutachtung beendete. Er war zwar kleiner, als er in meinen Albträumen zu sein schien, aber Grausamkeit sickerte aus seiner Haut und vergiftete die Luft um uns herum. Ich unterdrückte meinen Würgereiz, als er seine Hand über die Ausbuchtung in seiner Hose gleiten ließ.

„Du machst Sachen mit mir, meine kleine Floristin. Und sehr bald werde ich Sachen mit dir machen.“ Er drückte seine Hand gegen seine Rippen, als ob er etwas unter seinem Hemd zurechtrücken würde, und verzog das Gesicht. „Ich will schon seit einer Weile Rache für Cons Kugel nehmen. Ich werde mich zuerst an dir abreagieren.“

Ich riss meinen Blick von ihm los und sah mich nach einem Fluchtweg um. Die einzige Tür, die ich sehen konnte, war hinter Berty verschlossen. Ramone saß mit über dem Knie gekreuzten Beinen da, Langweile in seinem Gesichtsausdruck. Er spreizte die Finger und inspizierte seine Fingernägel, meine bevorstehende Folter und der geplante Mord an mir waren nicht einmal interessant genug, ihm einen Blick zu entlocken. Die zwei Männer schienen in das Spiel vertieft zu sein, hatten kein Problem damit, dass eine gefesselte Frau nur wenige Meter von ihnen entfernt war. Breite Fenster gaben den Blick auf einen landschaftlich gestalteten Garten frei, der in der regnerischen Düsternis kaum zu sehen war. Selbst wenn ich es bis zum Glas schaffen würde, müsste ich es irgendwie zerbrechen und rauskriechen – alles, bevor sie mich erwischten.

„Ich befürchte, dass keiner hier ist, um dir zu helfen, Charlie.“ Berty klemmte mein Kinn hart zwischen Daumen und Zeigefinger ein. „Nur du und ich.“ Er beugte sich vor, die weiße Narbe an seinem Kiefer kam ins Blickfeld.

Ich fletschte die Zähne. „Wenn Con hier ankommt, wird er dir eine passende Narbe auf deiner anderen Wange verpassen.“

„Schlampe“, fauchte er, seine Spucke sprühte auf meine Stirn.

Ich biss mir in die Wange, starrte ihn aber weiter an und versuchte, ihn durch Willenskraft dazu zu bringen, sich von mir zu entfernen. Sein schmales Gesicht und seine Knopfaugen erinnerten mich an einen grausamen, verhungernden Vogel. Ich wollte ihn von seinem Elend erlösen.

„Weißt du.“ Seine Augen weiteten sich. „Ich glaube, ich weiß, was dafür sorgt, dass du so strahlst.“ Er ging in die Hocke. „Du bist verliebt.“

Ich blinzelte nicht, atmete nicht. Wusste er, dass ich Ramone angelogen hatte, als ich ihm erzählt hatte, dass Conrad und Nate abgehauen waren und mich im Stich gelassen hatten?

„Das ist es.“ Er nickte. „Du bist in Conrad Mercer verliebt.“

„Wenn das so ist, hat sie einen beschissenen Männergeschmack“, sagte Ramone. „Abgesehen davon habe ich ein kleines ‚Willkommensgeschenk‘ für Connie in der Hütte hinterlassen. Ich nehme an, dass er bereits einem schrecklichen Unfall zu Opfer gefallen ist.“ Er klickte mit der Zunge. „Ich fahre morgen früh wieder hin, nehme mir ein Ohr oder einen Finger – was immer ich finden kann – und bringe es für das Kopfgeld hierher.“

„Du lügst.“ Das Herz wurde mir schwer, alles in mir wurde kalt.

„Nein, Charlie, du bist diejenige, die gelogen hat. Hast behauptet, dass Connie und Nate in den Sonnenuntergang geritten sind und dich haben sitzen lassen.“ Ramone strich sich einen Fusel von der Hose. „Hast versucht, mich zum Narren zu halten." Er sah mir endlich in die Augen. Ein grausames Lächeln kroch über seine Lippen. „Ich bin irgendwie neugierig, ob noch viel von ihm übrig ist. Eine Hütte voller Gas und eine einfache Flamme. Kannst du dir die Explosion vorstellen?" Er lachte.

„Ich glaube dir nicht." Elend versuchte, meine Stimme zu unterdrücken, aber die Worte schafften es heraus.

„Es spielt keine Rolle, was du glaubst. Tot ist tot." Ramone stand von seinem Stuhl auf. „Wie auch immer, sie ist hier, wie ich es versprochen habe. Ich bin bereit, bezahlt zu werden und mich auf den Weg zu machen, um seinen Kumpel zu finden."

„Setz dich." Berty zeigte auf Ramone, ohne ihn anzusehen. „Wir werden ihn nicht finden müssen. Du hast seinen besten Freund getötet. Er wird auf Rache aus sein. Außerdem bin ich nicht ganz so sicher wie Ramone, dass Con in der Hütte ins Gras gebissen hat. Er ist ein cleverer, kleiner Hund. Ist der Falle vielleicht auf die Schliche gekommen, bevor er hineingetappt ist. Wenn er noch lebt, ist er auf dem Weg hierher, um sich seine Freundin zurückzuholen. Stimmt's, Charlie?"

Ich antwortete nicht. Er hätte keine Antwort aus meinem Mund geglaubt.

Ramone seufzte und nahm Platz. „Ich sollte dafür extra bezahlt werden."

Ein dumpfer Schlag und ein Wimmern ertönten von irgendwo hinter mir, aber ich konnte den Kopf nicht weit genug drehen, um die Ursache zu sehen.

„Konzentrier dich." Berty schnalzte mit den Fingern und ich wirbelte den Kopf wieder herum.

„Wenn ich du wäre, würde ich mir mehr Sorgen um mich selbst machen." Er wandte den Blick nicht von mir ab. „Ein hübsches Mädchen wie du. Mit einem netten kleinen Blumenladen. Warum lässt du einen Auftragskiller ran?" Er legte mir seine Hände auf die Knie. „Hast ihn deine Pussy kosten lassen, wofür? Glaubst du, er könnte dich auch lieben?" Er runzelte die Stirn. „Conrad liebt Geld. Er ist bloß vorübergehend in dich vernarrt. Das ist der Grund, warum ich dich überhaupt entführt habe. Aber er könnte nie jemanden lieben. Alles, was er tut, ist töten. Wie ein trainierter Hund." Er schnalzte wieder mit seinen knochigen Fingern. „Das ist alles, was ich tun muss, und er reißt jemandem die Kehle raus. Das ist es, was er ist."

Er wusste ungefähr so viel über Conrad wie ich über Infinitesimalrechnung. Ich ballte meine Hände hinter meinem Rücken zu Fäusten. „Wenn ich es nicht besser wüsste, würde ich sagen, dass du dich wie ein eifersüchtiger Freund anhörst."

Zorn leuchtete in seinen Augen auf und er erhob sich. Sein Handrücken kam verschwommen auf mich zu, Schmerzen explodierten an meinem Wangenknochen, während mein Kopf zur Seite schnellte.

Ich sah ihm ins Gesicht. „Habe ich einen Nerv getroffen?"

Er gab mir noch eine Backpfeife, der brutale Schlag brachte mich zum Schweigen, während Schmerzen an meiner Haut rissen und nagten. Er packte mich an den Haaren, zerrte meinen Kopf nach hinten und zwang mich, ihm in die Augen zu schauen.

„Du hast ein ganz schön freches Mundwerk. Ich habe bessere Ideen dafür, wie du es benutzen kannst." Er drehte sich zu den Typen auf der Couch um. „Binde sie los."

Einer von ihnen stand auf und ging auf mich zu. Seine Wurstfinger arbeiteten an den Fesseln an meinen Beinen. Als sie frei waren, breitete sich Ameisenlaufen in meinen Füßen aus.

Berty zog ein Messer aus seiner Tasche und klappte es auf, während der Mann meine Hände von den Knoten befreite. „Mach eine Bewegung, die mir nicht gefällt, und das hier landet in deinem Ohr. Kapiert?"

Ich antwortete nicht, rieb mir nur die Handgelenke, nachdem der stämmige Mann sie befreit hatte.

„Auf die Knie." Berty machte eine Geste mit seinem Messer.

„Nein.“ Meine Stimme klang stark, obwohl sich meine Eingeweide verknoteten.

Er packte mich an den Haaren und zog mich auf den Boden. Meine Knie schlugen hart auf und schickten unangenehme Schmerzwellen durch mich hindurch, passend zu dem Brennen entlang meiner Kopfhaut.

„Rühr dich verdammt noch mal nicht vom Fleck.“ Er ließ mich los, schnallte dann mit einer Hand seinen Gürtel auf und öffnete den Knopf an seiner schwarzen Hose.

Mir drehte sich der Magen um und ich blickte mich im Raum nach irgendeinem Ausweg um. Ramone grinste mich an und die beiden anderen Männer hörten auf, sich das Spiel anzusehen, und warfen mir anzügliche Blicke zu wie hungrige Hyänen.

Die Tür hinter Berty schwang auf und ein älterer Mann kam herein.

Er verengte die Augen, als er mich sah. „Du bist die Floristin, von der ich schon so viel gehört habe.“

Sein Blick ließ einen Schauer über meinen Rücken laufen und ich konnte nicht sagen, wen ich mehr hasste – ihn oder Berty. „Vince, nicht wahr?“ Ich hob mein Kinn an.

„Du hast mich ganz schön viel Geld gekostet.“ Die Muskeln an seinem Kiefer traten hervor und er packte mich am Arm und zog mich auf die Beine.

Ich schaffte es kaum, den Schrei zu unterdrücken, der aus meiner Kehle aufsteigen wollte, aber ich wollte ihm nicht die Genugtuung geben. Zumindest war Bertys Schritt nicht mehr auf Augenhöhe.

„Ich kann mir genauso gut ansehen, was ich gekauft habe.“ Er ließ mich los und trat zurück. „Hat Berty dich wieder misshandelt?“

Ich verschränkte die Arme vor der Brust, klammerte mich an mir selbst fest, für irgendeine Art von Trost in diesem Albtraum.

Berty machte den Mund auf. „Ich wollte nur—“

„Ich weiß, was du vorhattest.“ Vinces Stimme schien die Luft abzukühlen. „Du hast anscheinend vergessen – schon wieder –, dass das hier mir gehört." Er hielt Blickkontakt mit mir, obwohl er mit Berty sprach. „Bis hin zum letzten Fotzenhaar. Sie gehört mir. Alles gehört mir. Einschließlich dir. Haben wir uns verstanden, Berty?"

„Ja, Sir." Berty senkte den Blick auf den Boden, für den Moment eingeschüchtert. Als er seine Hände hinter dem Rücken verschränkte, sah ich das Metall einer Waffe schimmern. Er hatte eine Pistole in einem Schulterholster unter seinem linken Arm. Vielleicht könnte ich sie mir schnappen?

„Nun, wo waren wir?" Vince lächelte mich an, in seinen Augen lag keine Wärme. „Ich möchte meine Ware inspizieren. Komm." Er schob mich in Richtung Ramone, überwand meine zögerlichen Schritte mit konstantem Druck.

Ramone räumte seinen Platz und ging zum Fenster. Er lehnte sich dagegen und behielt mich im Auge.

Vince setzte sich hin, zog eine Zigarre aus seiner Tasche und schnappte ein Feuerzeug auf. „Zieh dich aus."

Er paffte ein paarmal und ließ sich dann entspannt in den Sessel sinken. Säure wirbelte in meinem Magen umher, als er sich die Zigarre zwischen die Zähne klemmte und mir bedeutete, endlich anzufangen. Berty setzte sich zu den Hyänen auf der Couch, alle beobachteten mich.

„Das werde ich nicht tun." Ich umklammerte meine Ellbogen.

„Brandflecken von einer Zigarre tun scheißweh. Das hat man mir zumindest gesagt." Vince nahm noch einen Zug. „Wenn du nicht kooperierst, fange ich mit deinem Gesicht an." Er saugte und die Spitze der Zigarre glühte hellorange auf. „Ich glaube, ich habe genug von der Spannung. Zeig mir, was Conrad über seine eigenen Füße stolpern lässt."

Tränen brannten in meinen Augen und ich schaute mich noch einmal um, suchte nach Hilfe, einem Fluchtweg, irgendetwas.

Vince beugte sich vor, seine Worte troffen vor Hunger. „Ich werde nicht noch einmal fragen."

Ich griff mit zitternden Händen nach dem Saum meines T-Shirts.

31

Conrad

„Wie viele Patronen passen hier rein?" Ich löste das verlängerte Magazin aus einer Maschinenpistole und inspizierte es.

„Da sind fünfzig Patronen drin. Die Polizei hat diese mit einer Kapazität von nur dreißig Patronen, aber mein Typ in Mexiko City hat dieses speziell für mich angefertigt."

Ich betrachtete das Aufgebot an Waffen, das in einem Hinterzimmer in Sams Werkstatt angeordnet war. Nate ging die Magazine an einer Reihe von 9mm Pistolen zweimal durch. Das Klappern der Waffen prallte von den schimmeligen Betonsteinen ab und war laut genug, um das Heulen eines Drehmomentschlüssels direkt vor der Tür zu übertönen.

„Lass uns zusammenpacken. Wir müssen los." Die Haut entlang meiner Handrücken schmerzte, als ich die Maschinenpistole entsicherte, durchlud und testete, wie sie in meiner Hand lag. Nate packte die anderen Gegenstände ein, die ich gekauft hatte.

Wenn dieses Arsenal den Job nicht erledigen würde, würde nichts ihn erledigen.

„Dein Audi ist auf dem Parkplatz. Ich habe einen Anruf bekommen, dass er hinter dem Blumenladen steht, und habe den Abschleppwagen geschickt, um ihn zu holen. Er läuft wieder wie geschmiert." Sam zog noch ein paar weitere Munitionskisten aus einem Metallschrank. „Ich würde fragen, warum du das alles brauchst" – Sam wedelte mit seinen ölverschmierten Fingern in Richtung der Waffen – „aber ich fürchte, die Antwort wird mir nicht gefallen."

„Das wird sie nicht." Ich hatte vor, jede einzelne Kakerlake zu töten, die um Vince herumkrabbelte, sobald die Schießerei begann. Ich würde genug Blut vergießen, um sicherzustellen, dass niemand jemals wieder nach Charlie suchen würde. Sie würden einfach nicht genug Leute haben. Nicht, nachdem ich mit ihnen fertig war.

Sam kratzte sich am Bart und sah mich durchdringend an. „Ich vermute, dass ich dich nicht wiedersehen werde."

„Sehr unwahrscheinlich." Ich steckte eine kleine Glock hinten in den Bund meiner Hose, kniete mich dann hin und schnallte mir um jeden Knöchel ein Messer.

„Weißt du, was du da tust?"

Ich stand auf und tippte auf den Lauf der Maschinenpistole. „Das ist das Ende, aus dem die Kugeln rauskommen, oder?"

Sam rümpfte seine vom Gin aufgedunsene Nase. „Du weißt, was ich meine."

„Wir haben einen Plan, Sam. Er ist wirklich heldenhaft. Endet damit, dass einer von uns flachgelegt wird." Nate stopfte Blendgranaten in den dunkelgrünen Seesack. „Hoffentlich bin das ich."

„Nate." Ich öffnete und schloss meine Hände und ignorierte das Brennen, während ich mir vorstellte, ihm die Kehle zuzuschnüren. „Rede verdammt noch mal nicht über sie."

„Beruhig dich, du alter Elch." Er schlug mir auf den Rücken und schnappte sich eine Schockgranate. „Ich verarsch dich nur ... es sei denn, sie zeigt Interesse an mir, dann ist alles mög—" Er duckte sich, als ich eine Faust nach ihm schwang, und schaffte es, durch die Tür und raus in die laute Werkstatt zu sprinten.

„Arschloch." Ich zog den Reißverschluss der Tasche zu und hängte sie mir über die Schulter.

„Vince ist nicht dumm. Er wird wissen, dass du sie dir zurückholen willst." Sam hatte schon immer mehr gewusst, als er durchblicken ließ. Aber sein ernster Tonfall sorgte nicht im Geringsten dafür, dass mein Bedürfnis geringer wurde, jeden zu zerstören, der es wagte Charlie zu verletzen. Er blieb beharrlich: „Das ist kein Scherz, mein Freund. Sie werden auf dich warten."

„Darauf zähle ich." Ich rollte mit den Schultern und vergewisserte mich, dass meine Weste sich mit mir bewegen können würde, sobald es haarig wurde. Ich zog es vor, keine zu tragen. Sie verlangsamte mich. Aber um die Chance zu bekommen, es bis zu Charlie zu schaffen, musste ich diese Vorsichtsmaßnahme treffen.

Sam wischte sich mit seinem öligen Tuch die Schweißperlen von der Stirn ab. „Und ich weiß, dass ich das nicht sagen muss, aber wenn sie dich drankriegen, hast du nichts von—"

„Ich habe die Waffen nicht von dir bekommen. Klar."

Er nickte. „Ich weiß, dass du keine Ratte bist."

„Tod vor Schande." Ich hatte mich so viele Jahre nach diesen Worten gerichtet. Aber ich würde mit Freuden Schande über mich bringen, wenn es bedeutete, dass Charlie weiter atmen würde. „Hier." Ich grub die Scheine aus meiner Hosentasche und warf sie Sam zu. „Behalt den Rest. Wir müssen los." Jeder Moment, den ich nicht bei Charlie war, riss eine neue Wunde auf.

Er fing das Geld auf und steckte es in seinen schmutzigen Overall. „War nett, mit dir Geschäfte zu machen, aber es wäre netter gewesen, es nicht zu tun."

„Ich bekomme langsam den Verdacht, dass du mich vielleicht vermissen wirst." Ich drehte mich um und betrat die laute Werkstatt. Niemand blickte von seinen Reifen oder

Schweißbrennern auf. Neugierde war in diesem Berufszweig ein Todesurteil.

„Ein Arschloch vermissen, das mir Autos voller Müll und Kugeln bringt? Zum Teufel, nein“, rief Sam mir nach. „Aber trotzdem, pass auf dich auf, du Scheißkerl.“

Ich zeigte ihm den Vogel und nahm mir meinen Schlüssel von dem schmuddeligen Brett neben der Tür. Nate stand draußen und rauchte, sein weißer Atem stieg gen Himmel, trotz des fallenden Regens. Ich eilte an ihm vorbei, jeder Schritt brachte mich Charlie näher.

Wir gingen zu dem Audi am Ende des Parkplatzes.

„Bist du bereit dafür?“ Ich drückte den Knopf, der den Kofferraum öffnete.

„Ungefähr so bereit wie ich war, als ich letztes Jahr eine Prostata-Untersuchung hatte.“ Er schnippte den Zigarettenstummel in eine ölige Pfütze. Die Oberfläche wurde glasig, fing aber kein Feuer. „Anfangs irgendwie besorgt, aber am Ende seltsam befriedigt.“

Ich stöhnte auf und ließ die Waffen in den Kofferraum fallen. „Vielleicht erschieße ich dich, bevor wir überhaupt bei Vinces Haus ankommen.“

„Mach es nicht schlecht, bevor du es ausprobiert hast.“ Er hielt zwei Finger hoch.

„Steig ins Auto.“ Ich ließ mich auf den Fahrersitz sinken. Das Auto sprang mit einem Surren an, als Nate seine Tür schloss.

Ich fuhr los und fädelte mich in den Verkehr ein. „Eine Sache musst du mir versprechen.“

„Ja?“ Er holte eine neue Zigarette raus.

Ich schlug ihm auf den Hinterkopf. „Rauch nicht in meinem Auto.“

„Hey!“ Er warf mir einen bösen Blick zu, steckte die Zigarette aber wieder in die Packung. „Na gut, ich *verspreche*, dass ich nicht in deinem Auto rauchen werde.“

Es wäre so einfach, den Abzug zu drücken und seine Leiche in den Verkehr zu schubsen. *Konzentrier dich.* „Ich möchte, dass du mir versprichst, dass du Charlie da rausholst, falls du die Chance bekommst. Egal, ob ich noch da bin. Versuch nicht, den Helden zu spielen, was mich angeht. Ich habe keine Illusionen darüber, wie die Sache für mich endet."

„Alter Schwede, was für verdammt aufmunternde Worte." Er klatschte langsam in die Hände. „Jetzt habe ich ein wirklich gutes Gefühl, was diese kleine Rettungsmission angeht."

Ich knirschte mit den Zähnen. Vielleicht war es gut, dass meine Hände verbrannt waren. Hielt mich davon ab, ihm eine zu verpassen. „Versprich es mir einfach."

Er zog die Zigarette wieder aus der Packung und schob sie sich zwischen die Lippen, machte aber keine Anstalten, sie anzuzünden. Sie baumelte herunter, als er sprach. „Ich werde sie da rausholen. Selbst wenn du wie eine kleine Bitch rumschreist, dass ich dich retten soll, werde ich stattdessen sie retten. Zufrieden?"

Ich fuhr auf die Autobahn. „Ich brauche dein Wort."

„Du gehst mir so unfassbar auf den Sack."

„Dein. Wort."

Er seufzte. „Du hast es."

„Gut." Wir verfielen in Schweigen, während die Meilen zwischen uns und unseren Feinden dahinschwanden.

Ich hatte all die falschen Entscheidungen getroffen, lange bevor ich meine dornige Rose fand, und ich verdiente den Tod mehr als die meisten. Er war hinter mir her, mein Körper vibrierte in einer Frequenz, die Verderben bedeutete. Aber ich würde so viele Leben wie möglich auslöschen, bevor ich mein eigenes verwirkte.

Für Charlie zu töten war einfach. Für Charlie zu sterben war einfach. Aber was ich mehr wollte als alles andere – für Charlie zu *leben* –, hatte sich als unmöglich herausgestellt.

32

Conrad

Wir fuhren an dem Anwesen vorbei, behielten eine angemessene Geschwindigkeit bei, wurden dann langsamer und bogen in den verkümmerten Wald ab, der Vinces Grundstück von seinen Nachbarn trennte.

„Bist du bereit?“ Mein Blut summte in mir, bereit für das Gemetzel. Leben zu nehmen, war wie mein persönliches Schlaflied, eines, das nur ich hören konnte.

„So bereit, wie ich nur sein kann.“ Nate machte das Kreuzzeichen, bevor er die Hand auf seine halbautomatische Waffe legte, während über uns Donner grollte.

„Bist du jetzt katholisch?“ Ich spähte durch die Bäume auf die niedrige Mauer, die Vinces Reich kennzeichnete. Gezackte Kanten glitzerten im Regen – Glassplitter waren oben in die Wand eingelassen.

„Nein, aber ich denke mir, dass jedes Bisschen hilft.“ Nate grinste, aber er konnte den Faden der Angst nicht verbergen, mit dem er zusammengenäht war. Angst war ein guter Motivator. Sie würde ihn am Leben halten.

Wir tauschten einen letzten Blick aus.

„Ist das der Moment, in dem wir uns küssen?“ Nate leckte sich über die Lippen und beugte sich vor.

„Halt die verdammte Klappe.“ Ich öffnete meine Tür, stieg aus und schloss sie leise.

Nate stieg aus und ging ums Auto herum zu mir.

Ich zeigte auf den nächstgelegenen Baum auf der anderen Seite der Mauer. Eine kleine schwarze Box hing hoch oben in den Ästen. Wir würden hinter ihr bleiben und nach weiteren Kameras Ausschau halten müssen. Den Strom abzuschalten, war keine Option. Es wäre ein untrügliches Zeichen dafür, dass wir hier waren.

„Leise Morde. Wir legen so viele um wie möglich. Wir fangen am Tor an und arbeiten uns zum Haus vor. Sobald die Schießerei beginnt, halt nichts zurück. Wir müssen Charlie finden.“

Der kalte Regen prasselte seitlich auf uns ein, durchtränkte meine Klamotten und kühlte meine Haut ab. Die Blitze kamen näher, das Donnern wurde lauter.

Nate zog eine Klinge aus seiner Tasche und ich hatte eine von meinen in meiner rechten Hand. Ein Messer zu einer Schießerei mitzubringen, war die einzige Möglichkeit, wie wir uns das Überraschungsmoment sichern konnten.

Wir sprangen so geduckt wie möglich über die Mauer, mieden dabei das Glas, und schlichen uns zu der Rückseite des verkabelten Baums. Wir näherten uns vorsichtig dem Tor, in der Hoffnung, dass der Regen die Überwachung behinderte. Nate kniete sich in ein paar zurechtgestutzten Büschen hin, während ich mich gegen eine Eiche drückte und um sie herumspähte, um zu sehen, wer Wache stand.

Zwei Männer saßen in einem kleinen Wachhaus, Glock 17 Karabiner klemmten an ihren Seiten. Sie stritten sich, einer von ihnen wurde wütend, während der andere lachte. Sie würden nicht ohne guten Grund raus in den Regen gehen. Wir konnten sie nicht am Leben lassen – das würde uns später zum Verhängnis werden, wenn das echte Feuergefecht begann. Ein Blitz hellte den Himmel auf, der dröhnende Bass des Donners folgte dicht dahinter.

Ich verstaute meine Klinge und zog meine schallgedämpfte 9mm hervor.

„Alter, du hast leise Morde gesagt“, zischte Nate von seinem Versteck aus.

Ich zielte auf den Mann, der am dichtesten war, und wartete. Der Regen prasselte auf uns herunter, als ein weiterer Blitz den Himmel zerriss. Ich zählte, bis ich den tiefen Bass des Donners hörte. Sieben Sekunden zwischen Blitz und Geräusch.

Alles verblasste, als ich auf den Kopf der Wache zielte und wartete.

Es blitzte.

Eins.

Zwei.

Drei.

Vier.

Fünf.

Sechs.

Bumm.

Ich drückte zweimal ab, schwang die Waffe dann nach oben und rechts und schaltete den zweiten Wachmann aus, als das tiefe Donnergrollen abzuklingen begann. Beide Männer – bereits tot oder dabei, den letzten Atemzug zu nehmen – sanken im Wachraum aus unserem Blickfeld.

„Heilige Scheiße.“ Nate schlich zu meinem Versteck.

„Weiter geht‘s.“

Wir huschten an den Rändern der Einfahrt von Baum zu Baum. Eine Kamera in einer Gabelung einer Birke vor uns war in einem besonders schlechten Winkel angebracht worden. Es gab keine Möglichkeit, an ihr vorbeizukommen, ohne gesehen zu werden. Wir würden wieder zurücklaufen müssen und ich wollte keine weitere Sekunde verschwenden. Charlie brauchte mich.

Ich zielte auf die Kamera, hörte Schritte auf der Einfahrt und duckte mich hinter den nächsten Büschen.

Zwei Männer, beide mit den gleichen Karabinern, gingen in Richtung Eingangstor. Sie hatten grüne Regenmäntel an und blickten sich das Gelände auf beiden Seiten der Einfahrt prüfend an.

Ich wartete, bis sie an uns vorbeigegangen waren, und schlich mich dann von hinten an. Ihre Kapuzen schränkten ihr peripheres Sehen ein. Sie würden uns nie kommen sehen. Nate und ich bewegten uns synchron. Ich packte meinen Kerl von hinten an der Kehle und rammte ihm meine Klinge seitlich zwischen die Rippen und in sein Herz. Er schauderte, setzte sich noch nicht einmal zur Wehr und fiel auf den Asphalt. Nates Typ sank mit durchgeschnittener Kehle zu Boden.

Ich warf einen Blick auf die schwarze Box in der Birke. Es war unmöglich, dass wir nicht gesehen worden waren. *Fuck*.

„Feuer frei." Ich verstaute meine Klinge, während Nate und ich wieder mit den Bäumen auf beiden Seiten der Einfahrt verschmolzen.

Ein leises Brummen füllte die Luft und wurde lauter, als ich mich gegen eine breite Eiche lehnte und in Richtung Haus spähte. Eine Reihe von schwarzen Humvees rollte die Einfahrt entlang und Quads surrten durch das Gelände auf uns zu. Die Arbeit rief.

Ich nahm eine Granate aus meinem Mantel, zog den Stift und warf sie auf die Einfahrt. Der erste Humvee im Konvoi scherte aus, um ihr auszuweichen, aber die Explosion ließ das Auto in einen Baum auf der Seite der dunklen Einfahrt schlingern. Den drei Humvees dahinter war der Weg versperrt. Männer strömten aus den Fahrzeugen, jeder von ihnen mit einem Karabiner.

Kugeln flogen durch die Bäume und Büsche, Rindenstücke splitterten um uns herum. Ich warf noch eine Granate. Die Männer schrien und verstreuten sich. Die Explosion erschütterte den zweiten Humvee und löste ein Feuer unter der Motorhaube aus. Nate fing an zu schießen und legte zwei

Männer um, die nicht smart genug waren, in Deckung zu gehen.

Ich drehte mich um, als ein weißes Quad an mir vorbeischoss, dessen Fahrer wild mit einer Pistole auf mich schoss. Ein Schuss und er lag auf dem Boden, sein Geländefahrzeug wurde langsamer und ging in Leerlauf über. Die Rinde neben meinem Kopf explodierte, als die Männer, die die Granaten überlebt hatten, sich um die Humvees herum formierten. Ich sprang über die Leiche des Fahrers und auf das Quad. Ich gab Gas und raste über das Grundstück davon, Regen peitschte mir ins Gesicht. Ich duckte mich, schoss mit dem Geländefahrzeug um eine Reihe von Bäumen und drehte um. Ein weiteres Quad flog über das Gelände vor mir, der Fahrer durchsiebte die Bäume mit Kugeln.

Ich raste auf ihn zu, drehte mich zur Seite, ließ dann meinen rechten Arm hochschnellen und erschoss ihn direkt durch den Helm. Er fiel runter und rollte, war tot, bevor er auf dem Boden aufkam.

Das Gewehrfeuer um die Humvees herum brach nicht ab und ich lenkte das Quad wieder auf sie zu. Schreie und Schüsse füllten die Luft, als ich an dem Stau vorbeisauste. Ein halbes Dutzend Männer verblieben, alle von ihnen kauerten um die Fahrzeuge herum. Kugeln schlugen in das Quad ein und eine musste etwas Wichtiges getroffen haben, weil ich an Geschwindigkeit verlor und der Motor abstarb. Ich rollte mich runter und duckte mich hinter einen Baum.

Ich schaute um den Stamm herum und erschoss zwei weitere Männer mit Kopfschüssen, ihr Blut spritzte auf ihre Kameraden, als sie auf dem Asphalt aufschlugen. Vier waren noch übrig. Fußsoldaten, die Vince skrupellos in einen Fleischwolf schickte. Sie verstreuten sich um die Autos herum, versuchten verzweifelt, zu überleben. Sie würden es nicht.

Ein Dröhnen durchbrach das Knallen der kleinkalibrigen Schüsse und einer der Männer fiel zu Boden. Ich erhaschte einen Blick auf Nate, der sich hinter der Stoßstange des dritten Humvees versteckte, in seinen Händen eine militärische Pumpgun.

Ich starrte die Humvees an, als Ruhe eintrat, das Flüstern des Regens im Widerspruch zu den Unmengen an Schüssen, die noch vor wenigen Augenblicken die Luft gefüllt hatten.

„Habt ihr Fotzen keine Munition mehr?", schrie Nate und lachte dann wie ein Verrückter.

Ich näherte mich vorsichtig und schaute durch die Fenster, um zu sehen, wo die beiden letzten Männer sich versteckten.

Noch ein Dröhnen. Nate schlich sich an der Seite des Humvees entlang und ein Mann fiel zu Boden, ein Loch in seinem Bauch. Nach meiner Zählung war nur noch ein Typ übrig.

Nate kam langsam auf mich zu, das 12-Kaliber-Gewehr gegen seine Schulter gedrückt, während er versuchte, den letzten Mann zu finden. Ein Schatten hinter Nate bewegte sich.

„Runter!"

Nate warf sich auf den Boden, während ich zweimal feuerte, einmal ins Herz und einmal in den Kopf. Der letzte Mann drückte den Abzug, eine Kugel, die für Nate bestimmt war, bohrte sich harmlos in den Asphalt. Er fiel nach vorne, seine Waffe klapperte zu Boden.

Ein Schritt näher an Charlie dran.

„Komm." Ich nahm ein neues Magazin heraus und schob es in den Griff, während Nate dasselbe mit seinen Handfeuerwaffen tat.

Wir eilten den Rest des Wegs zum Haus und blieben dabei seitlich der Einfahrt. Wir wurden von keinen weiteren Männern empfangen, bis wir nahe dran waren.

Ein Knall ertönte hinter uns und Schmerzen explodierten in der Mitte meines Rückens. Ich duckte mich und rollte zur Seite, blickte dann auf, um herauszufinden, wer auf mich geschossen hatte.

Es war niemand zu sehen, nur das Geräusch von

Gelächter aus den Bäumen. „Schön, dich wiederzusehen, Connie."

„Scheiß Ramone." Nate kniete sich hin und zielte, versuchte den Auftragskiller ins Visier zu bekommen. „Alles okay?"

„Die Kugel hat die Weste getroffen." Ich deutete mit dem Kinn in Richtung Haus. „Geh weiter."

„Was?" Nate verengte die Augen, als ob ihm das die Fähigkeit verleihen würde, durch den Regen und die Bäume zu sehen, bis dahin, wo Ramone sich versteckte.

Mein Rücken tat höllisch weh, aber ich wollte, dass Nate Charlie fand. „Ramone ist mein Problem. Ich kümmere mich um ihn. Du lässt dich herzlich in Empfang nehmen, wie besprochen, und findest dann Charlie und wartest auf mich."

„Bist du dir sicher, dass du das packst?" Nate runzelte die Stirn. „Ramone ist ein verdammter Psychopath."

„Und was bin ich?"

Nate legte den Kopf schief und nickte. „Gutes Argument." Er nahm eine Granate aus seinem Mantel. „Wir sehen uns drinnen, Motherfucker."

33

Charlie

Ich zitterte und versuchte, mich zu bedecken, während die Männer mich anstarrten. Meine Klamotten lagen in einem Haufen zu meinen Füßen. Erniedrigung brachte mein Blut zum Kochen und Angst ließ mich wie angewurzelt vor Vince stehen bleiben.

„Nett. Besser als nett, tatsächlich." Er hatte seine Zigarre bis auf einen Stummel aufgeraucht. „Berty, bereit für einen Proberitt?"

Berty stand auf und ging auf mich zu, blieb nur wenige Zentimeter entfernt stehen. Er befeuchtete seine Lippen, Spucke blieb an dem blassen Fleisch hängen. „Mehr als bereit."

„Zu schade." Vince stand auf und nahm meinen Arm. „Das nennt man eine Lernerfahrung. Ich bekomme die erste Kostprobe." Er schloss seine Hand schraubstockartig um meinen Oberarm. „Ich bin immer zuerst dran. Es spielt keine Rolle, dass du sie willst. Es spielt keine Rolle, dass wir verwandt sind. Du wirst immer hinter mir sein. Verstanden?"

„Verwandt?" Die Frage entwich meinen Lippen, bevor ich sie runterschlucken konnte.

Vince feixte und legte mir seine freie Hand um den Hals. „Serge hatte nie Kinder. Ich habe seine Frau ab und zu gefickt, bis sie zu alt wurde. Die dumme Schlampe hat es geschafft, mit diesem Idioten schwanger zu werden. Serge hatte in bestimmten Bereichen ein paar Defizite, so sehr er auch versucht hat, es zu verbergen." Er kam näher, sein Mund an meinem Ohr. „Ich kann dir versichern, dass ich keinerlei Defizite habe." Als er meine Hand gegen seine Erektion presste, unterdrückte ich meinen Würgereflex.

Alles machte plötzlich Klick. Vince beschützte Berty, seinen *Sohn*. Ramone, das hohe Kopfgeld, der Preis auf Conrads Kopf – alles, weil Berty sein Fleisch und Blut war.

„Gehen wir." Vince packte mich am Arsch und schob mich zur Tür. „Wir können uns genauso gut die Zeit vertreiben, während wir darauf warten, dass deine Freunde auftauchen."

Berty blickte finster drein, als ich den Raum mit Vince im Rücken verließ.

„Er wird euch umbringen. Euch alle." Meine Füße klatschten über den Holzboden. Zwei weitere bewaffnete Männer standen am Ende des Flurs.

„Er wird es versuchen." Vince schubste mich durch die erste offene Tür auf der rechten Seite – ein kleines Gästezimmer, das blumig und feminin dekoriert war. „Aber ich habe zwei Dutzend Männer, die zwischen ihm und mir stehen. Alle bis an die Zähne bewaffnet. Darüber hinaus habe ich eine Lebensversicherung." Er schob mich aufs Bett.

Eine Kakophonie von Schüssen explodierte irgendwo draußen. Mein Herz jubelte. Er war hier. Ich konnte spüren, wie er sich näherte, eine Flutwelle des Zorns.

Vince hielt inne und machte dann weiter, als ob nicht gerade der Dritte Weltkrieg auf seinem Rasen stattfinden würde. „Deine Freunde sind genau rechtzeitig eingetroffen."

Ich rutschte weg, bis mein Rücken gegen das kalte Kopfteil aus Eisen stieß.

„Er wird sie alle töten. Dann dich." Ich hielt mir ein Kissen vor den Körper. „Du kannst ihn nicht aufhalten."

„Ich sage dir was. Ich biete alles gegen ihn auf, was ich habe. Wenn er es trotzdem bis zu mir schafft, kann er sein Bestes versuchen. Aber das wird dir nichts nützen." Er rieb sich mit dem Zeigefinger über die Unterlippe und beäugte meine Beine. „Es kann auf zwei Arten ausgehen. Entweder stirbt Con bei dem Versuch, dich zu retten, oder Con überlebt lange genug, um zu dir zu gelangen. Für seine Mühen wird er zusehen, wie ich dir eine Kugel in den Kopf jage. So oder so, du wirst die nächste Stunde nicht überleben." Er schnallte seinen Gürtel auf, seine Wurstfinger fummelten am Leder und Metall herum. „Aber es hat keinen Sinn, dich umzulegen, bevor ich meinen Spaß hatte."

Ich würde nicht zulassen, dass mir das passierte, nicht ohne Gegenwehr. Auf dem Nachttisch neben mir stand eine kurze, gedrungene Lampe. Sie schien aus einer Art silbernem Metall zu sein und ausreichend Gewicht zu haben, um Schaden anzurichten. Ich kroch langsam auf sie zu, als Vince seine Pistole aus seinem Schulterholster zog und sie auf mich richtete.

„Auf die Knie." Er ging zu meiner Seite des Bettes, seine Schritte sicher. „Ich wette, ein hübsches Mädel wie du lässt keinen Kerl in ihren Arsch. Ich wette, dass noch nicht einmal Con ran durfte. Ich werde der erste und der letzte sein. Achte darauf, dass du schreist, wenn ich ihn reinschiebe. Und mach dir keine Sorgen wegen des Gleitmittels. Dein Blut wird ausreichen."

Ich würgte und klammerte mich am Kissen fest, als wäre es eine Rettungsleine, aber ich bewegte mich nicht. Wenn ich gehorchte, würde ich keine Chance haben, zur Lampe zu gelangen. Aber seiner Knarre war mein Dilemma egal. Das Metall verlangte Gehorsam.

„Möchtest du, dass ich dich verletze, damit du weißt, wie ernst es mir ist? Ich bin ein Gentleman, also werde ich das gerne für dich tun." Er drückte den Lauf gegen die Oberseite meines Fußes und zog mit der anderen Hand seinen Schwanz raus.

Ich weigerte mich, zu weinen, weigerte mich, ihn die Qualen sehen zu lassen, die mich wie Sand in einer Sanduhr unter sich begruben. Ich drehte mich auf die Seite, hielt meinen Blick aber auf ihn gerichtet. Er steckte seine Waffe wieder in das Holster und legte seine rechte Hand auf meine Hüfte.

Das Gewehrfeuer ließ nach, nur gelegentliches Knallen durchbrach den Regen.

„Ich vermute, dein Freund liegt bereits mit dem Gesicht nach unten irgendwo da draußen." Er war entspannt, hatte keine Angst und war selbstgefällig.

Das war meine Chance, meine einzige Chance. Ich ließ meinen Arm vorschnellen und packte die Lampe.

34

Conrad

„Lass uns das wie Profis regeln.“ Ramone trat hinter einem Baum hervor, der etwa zehn Meter entfernt war, seine Pistole zielte auf mich.

Sein höhnischer Tonfall ging mir auf die Nerven, aber ich trat ihm entgegen, meine Waffe auf ihn gerichtet.

„Wir haben uns zu lange nicht gesehen.“ Er zog ein Messer aus seiner Jackentasche und hielt es mit der Klinge nach oben, im Stil eines Straßenkämpfers. „Ich würde es gerne auf die alte Art und Weise regeln, falls das für dich okay ist. Ich habe seit unserer letzten Auseinandersetzung ein bisschen trainiert.“

Ich hatte keine Zeit für seine Spielchen, aber wir waren in einer Pattsituation. Ich konnte ihm nicht den Rücken kehren, auch wenn mein Bedürfnis, Charlie zu finden, drohte, alle anderen Gedanken zu verdrängen. Und er würde mich erschießen, sobald ich den Abzug drückte. *Fuck.*

„Komm schon, nur ein kleiner Messerkampf unter Freunden, dann kannst du das Mädchen retten.“ Er grinste. „Das wirst du allerdings einhändig tun müssen, weil ich vorhabe, dafür zu sorgen, dass du mit der anderen deine Eingeweide festhalten musst."

Ticktack. „Ich hätte dich in Boston schlachten können." Ich steckte meine Pistole im gleichen Moment ins Holster wie er und zog mein Messer aus meinem Jackenärmel. Es war warm von meiner Haut und vibrierte förmlich in meiner Hand. Ich würde Ramone schnell erledigen müssen.

„Das hast du fast." Er befühlte mit seiner freien Hand die Seite seines Magens. „Ich habe immer noch die Narbe, die es beweist. Warum hast du dich zurückgehalten?"

Er beugte die Knie, während der Regen weiter in Strömen fiel und sein fettiges Haar an seinem Kopf anklatschte.

„Professionelle Höflichkeit, nehme ich an. Und es war kein Kopfgeld auf dich ausgesetzt."

Er spuckte. „Das ist es jetzt auch nicht."

Ich feixte. „Und die professionelle Höflichkeit ist mir auch gerade ausgegangen." Ich täuschte mit dem Messer einen Stich nach vorne an und holte mit der linken Hand zu einem Schwinger aus. Er verfehlte seine Nase nur knapp.

Er tänzelte zurück, der Nervenkitzel des Kampfes um Leben oder Tod ließ seine Augen aufleuchten. „Ich habe es dir doch gesagt. Übung." Er näherte sich und wir beide umkreisten uns, während über uns die Blitze knisterten. „Sag mir, wie dir mein kleines Willkommensgeschenk in der Hütte gefallen hat." Seine Augen flogen zu meinen bandagierten Händen, dann stürzte er nach vorne. Ich drehte mich und wich zurück, aber er erwischte mich am Oberarm und schnitt durch meine Haut.

Verdammt. Ich tat so, als würde ich die Wunde untersuchen. Er stürzte sich auf meinen Hals. Ich lehnte mich nach rechts, packte seine Jacke und zog ihn nach vorne. Er stolperte, sein linker Arm wedelte, um das Gleichgewicht zu halten. Ich machte eine schlitzende Bewegung nach unten und zur Seite und schnitt durch seine Jacke, aber die Klinge rutschte harmlos an seiner Weste ab. Ich würde auf meinen Moment warten müssen, darauf warten müssen, dass er unachtsam wurde.

Er wirbelte herum und ging auf mich los, seine Klinge wisperte durch die Luft.

Ich warf mich auf den Boden und rollte mich weg, kam dann auf die Beine. Schüsse und Schreie hallten durch die Bäume – Nate machte ihnen im Haus die Hölle heiß. Ich musste die Sache beenden und Charlie finden.

„Sag mir eine Sache." Er ließ seine linke Hand in einem heftigen Stoß hervorschnellen, der gegen meine Schläfe explodierte. Meine Haut platzte auf und Blut lief über die Seite meines Gesichts. Ich konterte mit einem Schlag auf seine Rippen, genau da, wo die Jacke eine Lücke hatte, und zielte mit meiner Klinge auf seinen Hals. Verfehlte ihn.

Er schnaubte und wich zurück. „Ist sie es wert? Das alles?" Er wedelte mit seinem Messer in Richtung der Schießerei, die im Haus stattfand.

„Das alles und noch mehr." Ich umkreiste ihn, suchte nach einer Schwäche, meine Schuhe versanken mit jedem Schritt tiefer in der kalten, nassen Erde.

„Fickt sie so gut, oder was?" Er wischte sich Wasser von der Stirn, was seine Haare in einer eigenartigen Tolle hochstehen ließ. „Ich hätte sie durchnehmen sollen, bevor Vince angefangen hat, sie in den Arsch zu ficken."

Ich verspannte mich, zog die Schultern hoch, bis ich dachte, sie wären neben meinen Ohren.

Er grinste und kam näher. „Ja, wahrscheinlich pumpt er sie gerade mit seinem Sperma voll. Dann erwürgt er sie vielleicht mit bloßen Händen. Lässt sie vielleicht an seinem Schwanz ersticken. Wer weiß?"

Rage überwältigte die Kälte, die mir Bodenhaftung gab, die mir immer die Oberhand verlieh. Ramone war nur eine Ablenkung. Ich musste ihn töten.

Ich schoss nach vorne und stach wieder auf seine Kehle

ein. Er blockte mich mit seinem Arm ab und zog das Messer dann unten über meine Hüfte. Der Schock der Schmerzen fuhr durch mich hindurch und ich stolperte, lehnte mich gegen den nächsten Baum, während heißes Blut durch meine Boxershorts und Hose sickerte und mein Bein runter lief. Der Schnitt war tief.

Er näherte sich langsam, wusste, dass ein verwundetes Tier das Gefährlichste war, dem man in freier Wildbahn begegnen konnte. „Ist es nicht besser, dass ich dich jetzt erledige? Damit du nicht sehen musst, was mit deinem Mädchen passiert?“ Sein Versuch, Trost zu spenden, scheiterte, vor allem in Anbetracht der triumphierenden Note in seiner Stimme.

Ich schwankte gegen den Baum und rutschte auf den sumpfigen Boden, mein Messer glitt mir aus den Fingern. Er kam näher, witterte die Beute, hungerte nach dem Ende.

„Rette sie.“ Meine Stimme klang schwach, sogar in meinen Ohren. „Rette sie und alles, was ich habe, gehört dir.“

Er packte mich an den Haaren und zog meinen Kopf nach hinten, damit ich ihm in seine dunklen Augen blickte. „Alles, was du hast, gehört bereits mir. Das hat Berty mir garantiert. Ich muss ihm nur deinen Kopf bringen.“ Er legte mir das Messer an den Hals.

Ich rammte mein Messer hart und tief unter seine Weste, in seinen Bauch. Seine Augen weiteten sich, Überraschung löste sein Lächeln ab. Er ließ mich los und stolperte zurück, seine Hände legten sich auf die Wunde in seinem Bauch.

Ich rappelte mich hoch und ragte über ihm auf, das Messer aus meinem Knöchelholster immer noch in meiner Hand.

„Con.“ Er drückte seine Hände auf seine Wunde, Blut quoll zwischen seinen Fingern hervor.

Ich zog meine 9mm aus ihrem Holster und feuerte einen Schuss ab. Die Kugel schlug direkt neben Ramones Auge ein. Er taumelte und fiel hin.

Ich konnte nur daran denken, zu Charlie zu gelangen, sie war der einzige Grund, warum ich es so weit geschafft hatte. Ich eilte an Ramone vorbei und ignorierte die Schmerzen in meiner Hüfte. „Wir sehen uns in der Hölle, Motherfucker."

35

Charlie

Vinces Augen weiteten sich, als er sah, wie ich mir die Lampe schnappte, und er wich einen Schritt zurück, aber ich schwang den wuchtigen Sockel in einem Bogen und erwischte ihn am Kiefer. Das Kabel riss aus der Wand, als er zurückstolperte und nach seiner Waffe griff. Ich schwang die Lampe wieder, traf ihn an der Hand, und der Aufprall ließ ein paar seiner Finger zerbrechen. Sein Schrei gellte durch die Luft und setzte meinem Fluchtversuch ein Ende. Seine Männer mussten ihn trotz der Schießerei draußen gehört haben. Sie würden mich abknallen, sobald sie die Tür öffneten.

Vince hielt seine verwundete rechte Hand vorsichtig fest und jammerte. Ich zog seine Pistole aus dem Holster und duckte mich hinter das Bett, als eine Reihe von Explosionen irgendwo in der Nähe detonierten. Die Dielen bebten und die Fenster klapperten. Noch mehr Schüsse, Schreie und dröhnende Schritte sagten mir, dass Conrad hier war. Es hätte niemand sonst sein können.

Ich richtete die Waffe auf Vince. „Halt die Fresse!“

„Du dreckige Fotze. Ich lasse dich von jedem meiner Männer vergewaltigen. Deine Möse, dein Arsch, alles – bis du mich darum anflehst, sterben zu dürfen. Du bist verdammt noch mal tot. Conrad? Ich werde ihn zwingen, zuzusehen. Dann werde ich ihn zwingen, deine Leiche in den Schädel zu ficken!"

Mein Griff um die Lampe wurde fester und Wut, wie ich sie noch nie zuvor verspürt hatte, toste wie eine Flutwelle durch mich hindurch. Ich schlug wieder zu, schleuderte das Metall in Vinces Gesicht und zerquetschte seine Nase. Sein Heulen war lauter als das Gewehrfeuer. Ich rappelte mich hoch und richtete die Waffe auf seinen Kopf. Ich blinzelte. Brandon kniete vor mir, Blut sickerte in sein Hemd, seine Augen waren geweitet, während das Leben aus ihnen wich. Konnte ich es wieder tun? Noch ein Leben nehmen? Con sagte, es würde mit jedem Mal einfacher werden, warum zitterten meine Hände dann?

Die Tür zum Flur sprang auf und ich schwang die Waffe herum. Con stürmte herein. Blut strömte eine Seite seines Gesichts runter, seine Augen waren wild. Als er mich sah, stieg ein kehliges Geräusch seine Kehle empor. Er schlug die Tür hinter sich zu, sprang über das Bett und zog mich in seine Arme. Mein Herz schwoll an, erhob sich über das Gemetzel, den Tod, die bösen Worte grausamer Männer, und ich war zu Hause.

„Charlie." Nur ein ersticktes Wort, seine Emotionen wühlten die Luft um uns herum auf. Ich klammerte mich an ihn, aber er hielt einen Arm ausgestreckt, seine Waffe zeigte auf Vinces Kopf. Er küsste mich auf die Stirn, die Wangen, dann die Lippen. „Bist du verletzt?"

„N-nein." Ich zitterte, als er seinen Arm um meine Taille legte und mich hochhob.

„Hat er..."

„Nein." Ich schüttelte den Kopf. „Er wollte es tun, aber ich habe die Lampe benutzt."

Er trat Vince hart in die Rippen.

Vince schrie auf und rollte sich in Embryonalstellung zusammen.

Einer von Cons Mundwinkeln zuckte nach oben. „Dornen. Er hat sich nicht vor den Dornen in Acht genommen."

Schritte donnerten den Flur entlang, gefolgt von schnellen Schüssen und lautem Poltern.

„Tony, bist du es?" Nates Stimme füllte die Stille, die auf die Schüsse folgte. „Hab' ich dir jemals erzählt, dass ich letztes Jahr deine Schwester gefickt habe?"

„Du Huren—"

Der Knall eines Schusses setzte Tonys Tirade ein Ende.

Con drehte den Kopf und rief. „Schlafzimmer auf der linken Seite." Er zog die Decke vom Bett und wickelte sie um meine Schultern, zog mich dann wieder an seine Brust. Er trug eine kugelsichere Weste unter seinem Hemd, Gott sei Dank.

Die Tür öffnete sich und Nate spazierte herein, ein Grinsekatze-Lächeln auf seinem Gesicht, als er den stöhnenden Vince betrachtete. „Was, keine Schere diesmal?"

„Lampe." Ich deutete mit dem Kinn auf das, was noch von ihr übrig war.

„Okay, heilige Scheiße." Er lachte und drückte sich mit dem Rücken an die Wand. „Du hast Vince Motherfucking Stanton, den größten Gangsterboss von ganz Philly, mit einer *Lampe* zur Strecke gebracht?" Er drehte den Kopf zurück zur Tür. „Wenn Con dich nicht unter Dach und Fach hätte, würde ich mich definitiv an dich ranmachen."

Conrads Brust vibrierte mit etwas, das sich wie ein Knurren anhörte.

„Ich sagte doch, sie gehört dir, Mann. Entspann dich." Nate wechselte das Magazin an seiner Pistole aus, lud durch und wiederholte dann dasselbe mit zwei anderen Pistolen, die unter seiner Jacke versteckt waren.

Ich hatte immer noch Vinces Waffe in der Hand. Der unnachgiebige Stahl brachte schlechte Erinnerungen zurück, zusammen mit einem seltsamen Gefühl der Ruhe. Ich konnte mich verteidigen. Niemand würde mir wehtun.

„Wie ist die Lage?“ Con behielt mich in seiner Nähe.

Nate gestikulierte in Richtung des Fernsehraums. „Eine Handvoll von ihnen hat sich im Aufenthaltsraum verschanzt. Darunter auch Berty.“ Er ging zu Vince und stieß ihm die Zehen in die Rippen. „Na so was, du auch hier? Con, wirst du ihm die Ehre erweisen?“

Con nickte. „Warum nicht?“

„Warte!“ Vince hielt seine blutbefleckten Hände hoch. „Wenn du mich umbringst, werden meine Männer euch bis ans Ende der Welt verfolgen.“ Seine Worte waren undeutlich, mit jeder Silbe spritzte etwas Blut hervor.

„Deine Männer?“ Con lachte und der Klang glitt wie dunkle Melasse durch meine Gedanken. „Die, die wir am Tor umgelegt haben? Die, die wir auf der Anlage abgestochen haben? Die, die mit Blei vollgepumpt auf deiner Einfahrt liegen? Vielleicht die Männer, die zerstückelt im Foyer liegen?“

Vinces Hand zitterte und er gab erbärmliche Geräusche von sich. „Tu es nicht.“

„Du hast das getan, als du ein Kopfgeld auf sie ausgesetzt hast.“ Con zog mich hinter seinen Rücken und trat Vince wieder. „Als du dachtest, du könntest sie anfassen.“ Noch ein Tritt, dieser von einem knackenden Geräusch untermalt, das von brechenden Rippen stammen musste. „Als du versucht hast, sie zu vergewaltigen!“ Noch ein Tritt. „Du kommst glimpflich davon. Ich wollte dich langsam umbringen. Dafür sorgen, dass es wehtut. Dir alles heimzahlen, was du ihr angetan hast, aber das hebe ich mir alles für Berty auf.“

„Sein Sohn.“ Meine Stimme bebte, obwohl meine Hände aufgehört hatten zu zittern. „Berty ist sein Sohn. Deshalb wollte er mich tot sehen, deshalb hat er Ramone angeheuert. Er wollte nicht, dass ich seinen Sohn in Schwierigkeiten bringe.“

Con sah mich über seine Schulter hinweg an, Überraschung zog seine Augenbrauen hoch.

„Lass mich der Erste sein, der dir zu deinem strammen

Baby-Psychopathen gratuliert, Vince." Nate schaute wieder in den Flur. „Gut gemacht."

Con drehte sich wieder zu Vince um und kniete sich hin. Die Angst in Vinces Augen war Balsam für meine übel zugerichtete Seele. Karma war schnell im Anmarsch, und zwar in Form meines eigenen Todesengels. War dieses Gefühl Blutdurst?

„Ich will, dass du weißt, dass ich mich gut um Berty kümmern werde. Auge um Auge. Die Zeit, die ich nicht mit dir verbringen kann, werde ich mit ihm verbringen."

Vinces Augen weiteten sich und er sog einen großen, glucksenden Atemzug ein. Er schaffte es, die erste Note eines Schreis auszustoßen, bevor Con den Abzug drückte.

36

Conrad

„Geh nicht." Charlie klammerte sich an mich, Tränen strömten aus ihren Augen. „Lass uns einfach verschwinden, wir alle drei. Einfach verschwinden und nicht zurückschauen."

„Wir müssen es zu Ende bringen." Ich hob ihr Kinn an und küsste sie, ließ meine Zunge in ihren Mund gleiten und genoss ihren Geschmack. Sie schlang ihre Arme um meinen Nacken und hielt mich fest, während ich mir all den Mut von ihren Lippen stahl, den ich brauchte. Ihre Haut wurde unter der Decke warm und ich wollte nichts mehr, als sie in die Arme zu nehmen und mit ihr davonzulaufen. Aber noch nicht. Erst, wenn Berty tot zu meinen Füßen lag.

„Wie willst du es angehen?" Nate stand an der Tür, Entschlossenheit in seinen Augen.

„Charlie." Ich zog den Audi-Schlüssel aus meiner Hosentasche. „Nimm den hier. Geh geradeaus die Einfahrt runter. Wenn du jemanden siehst, schieß. Stell keine Fragen, ziel einfach auf die Brust und drück ab, bis sie sich nicht mehr bewegen. Wenn du an der Hauptstraße ankommst, bieg nach links ab. Das Auto steht am Rand des Grundstücks in der Nähe von ein paar hohen Büschen. Steig ein und fahr los. Fahr nach Westen. Im Kofferraum ist Geld versteckt."

„Tu es bitte nicht." Ihr flehender Tonfall grub sich unter meine Haut und setzte sich dort fest. Sie zerriss mich, indem sie nichts weiter tat, als mich zu wollen.

„Ich muss gehen." Ihr etwas zu verweigern, löste eine innere Blutung aus, von der ich nicht sicher war, ob sie jemals verheilen würde. Ich küsste sie auf die Stirn und fuhr ihr mit den Händen durch die Haare. „Ich liebe dich."

Sie stellte sich aufrechter hin, trotz der Tränen, die ihr über die Wangen liefen. „Ich kann helfen. Ich habe genauso viel Anrecht auf Berty wie du. Ich war diejenige, die im Keller gefesselt war."

Ich lächelte, ihr Verlangen nach Rache schmeckte süß auf meiner Zunge, auch wenn ich sie nicht riskieren würde. Nicht schon wieder. „Du bist stark. Deshalb weiß ich, dass dir nichts passieren wird, aber du bist nicht im Töten geübt. Nicht so wie ich." Ich wischte ihre Tränen mit meinen Daumen weg. „Und das will ich nicht für dich. Das Töten wird einfacher, weil man jedes Mal einen Teil von sich selbst verliert. Ich will nicht, dass das Licht in dir jemals erlischt, so wie meines es getan hat."

Sie holte tief und zittrig Luft.

„Du musst gehen." Ich küsste sie wieder. „Und wir treffen uns später."

Ihre Augen bohrten sich in meine. „Ich werde dich nie wiedersehen, oder?"

Ich hätte sie weiter anlügen können, aber sie wusste die Wahrheit bereits. Meine Weste war dank Ramones Kugel im Arsch und ich wusste nicht, wie viele Männer wir noch töten mussten. Die Chancen standen jetzt besser, waren aber immer noch nicht gut. Ich schüttelte den Kopf.

Sie umfasste mein Gesicht, ihr Griff zärtlich, aber fest. „Versuch es, okay? Versuch es für mich."

„Das werde ich. Ich schwöre es." Ich küsste sie auf die

Stirn. „Jetzt geh. Wir müssen uns um diese Sache kümmern, bevor sie Beine bekommt.“

Sie klammerte sich an mir fest und trat dann zurück, ihre Augen glitzerten. „Ich liebe dich.“

Ich würde ihre Worte mit mir in der Hölle Rachen nehmen. Sie drehte sich um und drückte Nates Arm, bevor sie in Richtung der verfluchten Eingangshalle ging. Ich folgte ihr und sah zu, wie sie in den regnerischen Tag verschwand, ihr Körper im diesigen Regen verborgen.

„Wenn das kein Tritt in die Eier ist.“ Nate rieb sich den Kiefer.

„Auf geht‘s.“ Ich lud meine .45er nach und legte meine linke Hand auf meine Zweitwaffe.

Nate ging zur letzten Tür und drückte sich flach gegen die Wand daneben. „Warum macht ihr Jungs nicht einfach auf?“

Schüsse explodierten aus dem Inneren, durchsiebten die Tür und zersplitterten sie mit einer heftigen Salve. Wir warteten, bis die Schüsse nur noch sporadisch kamen. Als sie verstummten, holte Nate aus und trat die Tür ein. Ich warf eine Blendgranate, schloss die Augen, hörte das Knallen und rannte dann rein.

Drei von Bertys Schlägern schossen wild auf die Tür. Ich schaltete zwei mit Kopfschüssen aus, während Nate den dritten in die Brust traf. Ich brannte darauf, Berty zu finden, es ihm heimzuzahlen.

„Con!“ Nates Schrei ließ meinen Kopf herumfliegen.

Ein gedämpftes Kreischen zog meinen Blick auf sich.

Nate stand zu meiner Rechten und seine Waffe war auf Berty gerichtet. Aber nicht nur auf Berty. Der Bastard hielt ein Mädchen an der Kehle gepackt, ihre blonden Haare und blauen Augen weckten eine Erinnerung, die mein Herz stehenbleiben ließ. Sabrina. Das Mädchen, das ich trotz Vinces Mordbefehl gerettet hatte. Er musste sie als Versicherung gegen mich entführt haben. Erkenntnis weitete ihre Augen, als sie mich anstarrte, und sie schien noch stärker zu zittern. Ihr Albtraum war direkt vor ihr zum Leben erwacht.

„Lass sie gehen." Ich versuchte, freie Schussbahn auf Bertys Kopf zu bekommen, aber er duckte sich hinter Sabrina.

„Auf keinen Fall." Seine Hand zitterte, als er seine Waffe gegen ihr Ohr drückte. „Legt eure Waffen weg."

„Nein." Ich versuchte, einen Schusswinkel zu finden, der ihn ausschalten würde, bevor er abdrücken konnte. Aber er schien geschickt darin zu sein, ein menschliches Schild zu benutzen, selbst ein so kleines wie Sabrina. Sie hatte einen Pyjama an, der mit irgendeiner Boyband bedruckt war. Er musste sie letzte Nacht entführt haben. Ich hoffte nur, dass ihre Familie noch am Leben war. Wenn ich sie hier rausholen konnte, würde sie ihre Unterstützung brauchen, um diese Sache zu überwinden.

Er schüttelte sie und sie schrie durch den Knebel in ihrem Mund. „Glaubst du, das ist ein verfickter Scherz? Ich bringe sie um!"

„Okay." Es blieb uns nichts anderes übrig. Ich hatte keinerlei Zweifel daran, dass er sie mit ins Grab nehmen würde.

„Nate, tu es." Ich beugte mich vor und legte meine Waffe auf den Boden.

„Nein, Mann!" Nate hielt seinen Lauf auf Berty gerichtet.

„Nate, tu, was er sagt. Er wird sie umbringen."

„Er wird uns alle umbringen." Nate schüttelte den Kopf.

„Ich lege sie jetzt sofort um!", schrie Berty und drückte die Waffe fest gegen ihren Kopf.

„Okay, okay." Nate hielt seine freie Hand mit der Handfläche nach vorne hoch und kniete sich langsam hin.

Ich zog ein Messer aus meinem Knöchelholster, während Berty Nate beobachtete. Genugtuung breitete sich auf Bertys Gesicht aus, als Nate die Waffe mit einem hohlen Klappern auf das Holz fallen ließ.

Ich hielt die Klinge flach gegen mein Handgelenk und streckte die Hände mit den Handflächen nach unten aus. Sobald Nate aufstand, feuerte Berty einen Schuss in seine

Brust. Nate fiel nach hinten, die Arme von sich gestreckt, als er auf dem Boden auftraf.

Sabrina schrie und Berty hielt sie gegen seine Brust gedrückt, versperrte mir jeden Wurfversuch. Ich musste sie aus dem Weg bekommen, bevor ich das Messer schleudern konnte. Sonst würde ich sie aufspießen. Berty hob die Waffe wieder an, richtete sie diesmal auf meine Brust.

„Dachtest wohl, dass du reinlaufen und die Jungfrau in Nöten retten würdest, was?“ Berty grinste und legte eine Hand um Sabrinas Kehle. „Wie alt ist sie? Vielleicht zwölf? Ich werde dafür sorgen, dass sie ihre Jungfräulichkeit nicht mit ins Grab nimmt. Ich will schließlich nicht grausam sein.“

Rachegelüste kochten in mir hoch, während ich darauf wartete, dass er eine falsche Bewegung machte. Zumindest war die Waffe auf mich gerichtet und nicht auf Sabrina.

Ich bewegte mich langsam weiter vor. „Lass sie gehen. Sie hat nichts mit der Sache zu tun.“

„Keinen Schritt weiter, verdammt.“ Berty quetschte ihren Hals mit seinen Fingern. „Sie hat jetzt was mit der Sache zu tun. Sie gehört mir. Ich werde sie eine Weile behalten, meinen Spaß haben und sie dann in das gleiche Grab werfen, in dem du bist. Danach werde ich ein letztes Mal auf eure Leichen pissen und vergessen, dass ihr jemals existiert habt. Easy.“ Sein Finger streichelte den Abzug, aber sein Mund war noch nicht fertig. „Deine kleine Floristin? Wo ist sie?“

Ich biss die Zähne zusammen. „Tot. Vince hat sie umgebracht.“

„Sicher hat er das.“ Er schnalzte mit der Zunge. „Ich bin kein Idiot wie mein alter Herr. Es war dumm, dir zu vertrauen, dumm, dich jemals von deiner Verpflichtung zu befreien, diese kleine Schlampe zu töten, dumm, dich nicht umzulegen, sobald du Serge getötet hattest. Aber ich bin nicht dumm. Deine fotzige Freundin ist also entkommen, was? Nicht für lange. Ich werde sie aufspüren, sie hierher schleifen und ihr die gleiche Behandlung zukommen lassen, die die kleine Sabrina bekommen wird. Aber ich werde sie nicht schnell umbringen.“ Er grinste boshaft, seine Knopfaugen bohrten sich in meine. „Ich werde mir Zeit lassen. Sie langsam zerschneiden, Stück für Stück, bis nichts mehr übrig ist.“

„Du wirst sie nie finden. Sie ist zu klug für dich.“

„Wir werden sehen.“ Er visierte neu an, der Lauf zeigte auf meinen Kopf.

Das war meine letzte Chance. Ich konnte nicht werfen, hatte keine Möglichkeit, ihn mit dem Messer auszuschalten, aber ich musste es versuchen.

Sein Finger hörte auf, den Abzug zu streicheln. „Mach’s gut, Arschloch.“

Ich warf das Messer in einem Unterhandwurf, als ein gedämpfter Schuss ertönte. Das Fenster zu meiner Rechten zerbarst, als meine Klinge sich in Bertys Arm bohrte. Er taumelte rückwärts und fasste sich an den Hals. Sabrina fiel zu Boden und krabbelte von ihm weg, ihre gefesselten Hände und Füße erschwerten ihr jede Bewegung. Ich schoss nach vorne und riss Berty seine Waffe aus der Hand. Ihm mit der Knarre eins überzuziehen, bis er auf die Knie fiel, bereitete mir köstliche Genugtuung. Ich zog das Messer aus seinem Bizeps, was seinem Hals einen gurgelnden Schrei entrang.

Was zum Teufel ist gerade passiert?

Blut floss aus Berty Hals und durchtränkte sein Hemd. Ich nahm Sabrina und hob sie in meine Arme, dann starrte ich aus dem Fenster. Charlie stand draußen und Regen lief über ihr Gesicht, während sie ihre Waffe senkte. Hatte sie jemals schöner ausgesehen. *Was für eine verdammte Frau.*

„Komm rein!“

Sie nickte und zog die durchnässte Decke enger um ihre Schultern herum.

Ich setzte Sabrina neben Nate auf dem Boden ab. Er bewegte sich nicht.

„Hey.“ Ich schlug ihm mit dem Handrücken ins Gesicht. „Hey!“

Er öffnete die Augen und fasste sich an die Brust. „Ich glaube, ich bin tot.“

„Das wird schon wieder. Kevlar." Ich wandte mich wieder Sabrina zu und zog ihr den Knebel aus dem Mund.

Sie zuckte vor meiner Berührung zurück. Ich konnte es ihr nicht verübeln.

„Sabrina, ich werde dir nicht wehtun."

Sie schüttelte den Kopf und kroch vor mir weg, bis sie mit dem Rücken gegen eine Wand stieß. „*Koshmar.*"

Albtraum. Sie sprach mit einem perfekten amerikanischen Akzent, erinnerte sich aber immer noch an das russische Wort für mich.

Ich näherte mich ihr langsam. „Ich bin hier, um zu helfen—"

„N-n-nein, bitte." Sie hielt die Hände hoch, um mich abzuwehren.

„Du machst ihr eine Scheißangst." Nate grunzte und schob sich an mir vorbei.

Sabrina duckte sich, als Nate sich vor ihr hinkniete.

„Du bist jetzt in Sicherheit." Er streckte ihr seine Hände entgegen. „Ich schwöre es."

Ihre großen Augen flackerten zu mir und dann zurück zu Nate.

„Mach dir um ihn keine Sorgen", redete Nate ihr gut zu. „Alles wird gut werden. Komm schon."

Sie schniefte und lehnte sich in seine Arme. Er zog sie an sich und flüsterte ihr etwas ins Ohr.

„Siehst du? Ich bin ein Naturtalent." Nate grinste mich über seine Schulter hinweg an. „Und jetzt bleib, wo du bist, *Cashmere.*"

Ich stand auf und ging zu Berty. Er umklammerte seinen Hals mit beiden Händen. Ich beugte mich runter und tastete ihn ab, nahm eine kleine Pistole aus einem Knöchelholster.

„Weißt du, du könntest das eventuell überleben." Ich zeigte auf seine Hände, die den Blutfluss stillten. Ich zielte mit seiner kleinen Pistole auf sein Knie und drückte ab, der leise Knall hallte durch den holzgetäfelten Raum. Er schrie.

Ich beugte mich über ihn, mein Gesicht nur Zentimeter

von seinem entfernt. „Aber ich kann dir garantieren, dass du mich nicht überleben wirst."

„Con." Die süßeste Stimme der Welt drang an meine Ohren.

„Rühr dich nicht vom Fleck, Berty." Ich lächelte. „Ich fange gerade erst an." Ich erhob mich, drehte mich um und sah, wie Charlie durch den Flur eilte.

Mein Herz schwoll an, pochte zum ersten Mal in seinem Leben mit aller Kraft, und ich rannte an Nate und Sabrina vorbei, durch die zersplitterte Tür und zu ihr. Als wir uns berührten, war in meiner Welt wieder alles in Ordnung.

Ich legte meine Hände um ihre feuchten Wangen und inspizierte sie, während ich jeden Zentimeter ihrer nackten Haut küsste. „Bist du verletzt?"

„Nein. Und du?" Sie fuhr mir mit den Händen über die Weste.

„Mir geht's super." Ich hob sie hoch und die durchnässte Decke fiel zu Boden. „Perfekt, wegen dir."

Sie blickte an mir vorbei, Sorge in ihren Augen. „Ist er tot?"

„Nein."

Sie zitterte und ich zog sie an meine Brust und wickelte meine Jacke um sie herum.

„Aber er wird es sein. Ich werde mir Zeit lassen. Es hinauszögern."

Sie vergrub ihr Gesicht an meinem Hals. „Ist es falsch, dass ich das heiß finde? Die Art und Weise, wie du diese Dinge sagst. Das ist falsch, oder?"

„Du bist für mich geschaffen." Ich packte ihre Haare und zog ihren Kopf nach hinten. „Ich liebe dich, mit Dornen und allem Drum und Dran." Ich eroberte ihre Lippen, raubte ihr den Atem und ersetzte ihn durch meinen eigenen. Ich musste ihre Luft, ihr Leben sein.

Für sie zu leben – es gab nichts, was ich je mehr gewollt hatte.

EPILOG

Charlie

Die Sonne verblasste über dem malerischen Stadtzentrum und ich beeilte mich mit meinen verbleibenden Bestellungen. Zwei Blumengebinde für eine Beerdigung am nächsten Tag und ein großer Strauß Rosen von einem fremdgehenden Ehemann für seine Geliebte. Ich achtete darauf, die Dornen dranzulassen.

Während ich die Schleife festband, schaute ich durch die Schaufensterfront zum Eisenwarengeschäft auf der anderen Seite der Straße. Conrad stand am Tresen und unterhielt sich mit einem der Bauern aus der Region. Er musste meinen Blick auf sich gespürt haben, denn er sah mich an, ein Lächeln auf seinen Lippen. Seine dunklen Haare waren lang geworden, aber der legere Look stand ihm gut. Wir hatten uns in unserer kleinen Stadt im mittleren Westen gut eingelebt und das Garn gesponnen, dass wir aus New York waren und das Großstadtleben sattgehabt hatten.

Mr. und Mrs. Hemlock. Conrad kannte jemanden, der uns alle neuen Ausweispapiere besorgt hatte. Wir hatten sogar eine Sozialversicherungsnummer.

Ich winkte Con zu und rieb meinen größer werdenden Bauch. Jesse schienen zwei super kräftige Beine gewachsen zu sein, wenn man danach ging, wie gerne sie mich trat. Con hatte den Namen ausgesucht und ich hatte geweint, als ich daran dachte, wie glücklich meine Schwester darüber gewesen wäre, Namenspatronin zu sein.

Meine Lendenwirbelsäule protestierte, als Jesse es sich bequem machte, aber zumindest hämmerten ihre Füße auf keine wichtigen Organe ein.

Nachdem ich mit dem Rosenstrauß fertig war, stellte ich ihn in die Kühlvorrichtung und schaltete die Lichter aus. Ich schloss die Vordertür ab und überquerte die ruhige Hauptstraße, deren Gebäuden man ihr Alter ansehen konnte, die aber trotzdem von einer Vielzahl von Händlern in Anspruch genommen wurden. Die warme Sommerluft verhieß Barbecues und gemütliche Spaziergänge auf den Wiesen in der Nähe unseres Hauses, bevor der Herbst begann. Ich wusste nicht, wie sehr ich die Ruhe genoss, bis wie hierhergezogen waren. Aber es passte zu uns und ich war noch nie so glücklich gewesen.

Ich betrat den Eisenwarenladen, der Geruch von Sägemehl und Maschinenöl lag schwer in der Luft.

„Hey, Babe." Con lächelte, seine blauen Augen funkelten, wann immer sie auf mir landeten.

„Nun, ich mache mich besser auf den Weg nach Hause. Meine bessere Hälfte wird sauer, wenn ich zu spät zum Abendessen komme." Mr. Cosgrove stand am Tresen, sein breitkrempiger Hut saß schief auf seinem Kopf.

„Danke, Mr. Cosgrove. Ich sollte das Teil bis Freitag für Sie haben. Ich rufe Sie an."

„Vielen Dank." Mr. Cosgrove lüpfte seinen Hut, seine ledrige Haut erzählte von einem Leben, das auf sonnigen Feldern verbracht wurde. „Schön, Sie zu sehen. Mrs. Hemlock."

„Wie oft muss ich Ihnen noch sagen, dass Sie mich Charlie nennen sollen?" Ich lächelte und klopfte ihm auf den

Rücken, als er zur Tür ging, ein Beutel mit Saatgut in seiner Hand.

„Noch ein paar Mal, schätze ich." Er lächelte und lüpfte seinen Hut. „Guten Abend."

„Guten Abend." Ich schloss die Tür hinter ihm und schlenderte dann zum Tresen.

Conrad beobachtete mich, sein Blick hatte etwas Räuberisches an sich. Ich liebte diesen Blick.

„Wie lief das Blumengeschäft?" Er ging um den Tresen herum und zog mich in seine Arme.

„Produktiv. Wenn die alten Leute in dieser Gegend weiterhin tot umfallen, sollten wir jede Menge Geld für die neue Badewanne haben, die ich haben möchte."

„Groß genug für zwei?" Er vergrub seine Lippen in meinen Haaren, sein warmer Atem ließ Verlangen durch meinen Körper rauschen.

„Natürlich." Ich schmiegte mich an sein neuestes Tattoo – Rosen mit dornigen Stängeln, die über die Seite seines Halses wuchsen.

„Das hört sich gut an." Seine Hände wanderten zu meinem Arsch und schoben mein weißes Sommerkleid hoch und ich lachte gegen ihn und versuchte, ihm auszuweichen. Er hielt mich genau da fest, wo er mich haben wollte.

„Sie haben noch geöffnet, Mr. Hemlock." Ich lächelte ihn an. „Sie wollen doch nicht Ihre Kundschaft verscheuchen, oder?"

Er warf einen Blick auf die leere Straße. „Ich glaube, wir machen heute früher zu. Was meinst du?" Er beugte sich runter und drückte seine Lippen auf meinen Hals, fuhr mir dann mit seiner Zunge über die Haut.

Ich seufzte und schlang meine Arme um seine Taille. „Ich meine, das ist ein ziemlich guter Plan."

„Ich bin froh, dass wir gleicher Meinung sind." Er küsste sich zu meinen Lippen, aber bevor er mich auf die Art küssen konnte, von der ich den ganzen Tag fantasiert hatte, schwang die Tür auf.

„Sieh an, wenn das nicht meine beiden liebsten Turteltauben sind."

Ich keuchte, als Con mich herum und hinter sich zog. Ramone stand an der Tür, eine Pistole in seiner Hand und ein Lächeln auf seinem ruinierten Gesicht. Die rechte Seite war eine unbewegliche Maske und eine Narbe verlief neben seinem Auge.

„Gefällt euch der neue Look?" Er ging langsam weiter in den Laden, seine Augen suchten meinen Blick.

Con drehte sich mit ihm.

„Keine verdammte Bewegung, Con!" Seine Hand zitterte, aber er hielt die Waffe in unsere Richtung gerichtet. „Habt ihr irgendeine Ahnung, wie lange ich schon nach euch beiden suche? Schwer zu finden. Sehr schwer." Er kam näher.

„Jemand hat ein Kopfgeld auf mich ausgesetzt?" Con hielt seine Hände vor sich hoch, versuchte, Ramone zu besänftigen.

Ich wich langsam zurück. Eine Auslage mit kleinen Hämmern stand neben der Kasse auf dem Tresen.

Ramone lachte und eine Seite seines Gesichts verzog sich. „Niemand interessiert sich einen Scheißdreck für dich. Nate hat den Befehl gegeben, dass noch nicht einmal dein verdammter Name ausgesprochen werden darf, nachdem er jetzt das Sagen hat. Ich wollte die kleine russische Göre auch umbringen, aber er hat sie aufgenommen." Er zuckte mit den Schultern. „Vielleicht, weil ich ihre Familie getötet habe. Aber das spielt keine Rolle. Ich bin jetzt hier. Und ihr seid jetzt hier. Und es ist an der Zeit für meine verfickte Revanche!"

Ich griff nach einem der Hämmer.

„Und mein Gesicht. Das war alles deine Schuld, Con. Alles. Deine. Verfickte. Schuld. Du hast die Muskeln durchtrennt, aber nicht die Nervenenden. Ich kann es brennen spüren, ich kann den Schmerz der Kugel spüren, als wäre es gestern passiert."

„Das hört sich nach einer total traurigen Geschichte an, Ramone." Con zeigte auf ein paar leere Farbeimer neben der Tür. „Bist du vorbeigekommen, um dir einen von denen zu holen, um deine Tränen aufzufangen? Die sind diese Woche im Sonderangebot. Zwei zum Preis von einem."

„Du bist ein lustiger Kerl. Wirklich lustig." Ramone richtete seinen Blick wieder auf mich. „Habe ich einen Babybauch gesehen, als du über die Straße gegangen bist?"

Ich schluckte schwer.

Bei seinem kalten Grinsen lief es mir kalt den Rücken runter. „Das habe ich, nicht wahr? Con wird also Vater werden? Wie wunderbar! Ich bin froh, dass ich hier bin, um schon vorzeitig mit euch zu feiern. Ich sage euch, was passieren wird. Zuerst werde ich euch beide im Hinterzimmer eures netten kleinen Eisenwarenladens fesseln. Ich werde natürlich eure Seile benutzen. Ich bin mir sicher, dass sie die besten in der Stadt sind. Dann werde ich mich eurem Kleinen vorstellen. Ich werde den Wonneproppen rausziehen und Hallo sagen. Während du verblutest, werde ich mich um Con kümmern. Ihm den Schwanz abschneiden und ihn ihm in den Hals stopfen, fürs Erste."

Ich taumelte nach hinten gegen den Tresen.

„Habe ich dir Angst gemacht?" Er kam torkelnd näher. „Wir dürfen der frischgebackenen Mami keine Angst machen, schon gar nicht am Tag der Entbindung."

Ich stellte mich aufrechter hin und hakte den Hammer in Cons Gesäßtasche.

„Ich habe keine Angst vor dir, Ramone." Ich machte einen Schritt von Con weg und zog Ramones Aufmerksamkeit auf mich. „Du hattest nicht die Eier, uns zu töten, als du die Chance dazu hattest."

„Halt deine verdammte Fresse." Er wedelte mit der Waffe in meine Richtung. „Ich bin hier, um den Job zu Ende zu bringen, und diesmal werde ich es richtig machen."

Con streckte seine linke Hand aus, schirmte mich ab. „Lass sie gehen. Bring nur mich um, du sadistischer Wichser."

„Dafür ist es zu spät." Ramone kam näher. „Nun, wie schon gesagt, ich bin an ein paar Seilen interessiert."

Bevor ich auch nur blinzeln konnte, hatte Con den Klauenhammer in Ramones Hals versenkt. Er riss die Waffe aus Ramones Hand und schoss ihm ins Gesicht, drehte sich dann zu mir um.

„Charlie? Oh scheiße, Charlie!“ Er drückte seine Hand gegen meinen Bauch, während Blut mein weißes Sommerkleid durchtränkte.

Die Krankenhausmaschinen piepsten und rissen mich aus einem unruhigen Schlaf. Warum war ich hier? Ein Bild von Ramone blitzte in meinem Kopf auf: Die Waffe in seiner Hand, sein entstelltes Gesicht. Dann Con, seine Haut blass und die Augen geweitet, während er mich in die Notaufnahme trug.

Ich griff nach unten und betastete meinen Bauch. Die Ausbuchtung war weg. Tränen brannten in meinen Augen. Mein Baby. Meine Jesse war mir wieder genommen worden. Ein Schluchzer schüttelte mich, als ich versuchte, die Augen zu öffnen.

„Oh, Gott sei Dank. Gott sei Dank.“ Cons Stimme.

Ich bemühte mich, ihn anzusehen, aber der Nebel lichtete sich endlich genug, so dass ich sein Gesicht sehen konnte. Seine Augen waren nass, seine Wangen von Sorge gezeichnet.

„Ich bin hier.“

Er küsste meine Hand, wieder und wieder. „Danke. Danke.“

Ich konnte die Szene nicht nachvollziehen. Wie lange war ich schon hier?

„Was ist passiert?“ Ich versuchte, mich zu ihm zu drehen, aber mein Körper reagierte nicht.

Er wischte sich über die Augen. Ich hatte ihn noch nie weinen sehen. Etwas an seinen Tränen ließ einen Teil von mir zerbrechen und brachte mich noch stärker zum Weinen.

„Du hast viel Blut verloren und bist in einen Schockzustand verfallen. Sie mussten dich sedieren. Du hast zwei Tage lang Transfusionen bekommen, und sie waren sich nicht sicher, ob du wieder aufwachst."

Der Raum wirkte verschwommen, als wäre er im Nebel. Er küsste immer wieder meine Hand, seine warmen Lippen versicherten mir, dass vielleicht doch alles in Ordnung sein würde. Solange ich nicht an Jesse dachte, würde es das vielleicht sein.

„Ich hole den Arzt. Er macht gerade auf der Sechs seine Visite." Die Stimme einer Frau, aber ich konnte sie nicht sehen.

„Du wirst wieder in Ordnung kommen." Er stand auf und beugte sich über mich, seine hellen Augen waren genauso fesselnd wie an dem Tag, als ich sie das erste Mal gesehen hatte.

„Aber Jesse—" Ein Schluchzer ließ meine Stimme brechen.

„Sie ist hier." Con drehte sich um. „Können Sie sie herbringen?"

„Sicher doch." Die Stimme einer anderen Frau und das Quietschen von Schuhen auf Fliesen. „Hier ist sie: Die kleine Miss Jesse Rose Hemlock."

Ich blinzelte fest, blinzelte dann noch einmal, um zu versuchen, klar zu sehen, als eine Krankenschwester mir ein Baby in die Arme legte. Con half mir, sie zu stützen. Sie sah zu mir auf, war sich der Situation vielleicht bewusster als ich, und machte ein gurrendes Geräusch.

„Sie lebt?" Ich starrte sie an, unsicher, was echt war.

„Ja." Con strich mir die Haare aus der Stirn. „Erinnerst du dich nicht? Du hast frühzeitig Wehen bekommen und wir sind ins Krankenhaus gefahren. Aber sie mussten einen Notfall-Kaiserschnitt machen, als sie merkten, dass Jesse in Steißlage lag."

„Aber ... Ramone?"

Er runzelte die Stirn. „Nein, Baby. Das ist vor Monaten passiert. Du hast deinen Blinddarm verloren, aber das war alles. Weißt du noch?"

„War das der bewaffnete Raubüberfall, von dem sie spricht?“ Die Stimme der Krankenschwester. „Sie muss nach dem Aufwachen etwas verwirrt sein. Sobald die Anästhesie nachlässt, wird sich alles aufklären.“

„Dem Baby geht es gut. Es geht ihr gut.“ Con lächelte und küsste mich auf die Stirn. „Und dir geht es jetzt auch gut.“

Der Nebel lichtete sich langsam und meine Erinnerungen kehrten zurück. Ramones Tod, meine Verletzung, die Monate, die Con und ich damit verbracht hatten, auf Jesses Ankunft zu warten. Wir hatten ihr Kinderzimmer in einem hellen Rosaton gestrichen und ich hatte Blumen entlang der Fußleisten gemalt, während Conrad mich dafür schalt, es zu übertreiben.

„Ich erinnere mich. Ich erinnere mich jetzt.“ Ich bewegte meine Hand nach oben und streichelte ihre weiche Wange. „Sie ist wunderschön.“

„Perfekt, genau wie ihre Mutter.“ Con strahlte auf uns runter.

~

“Schau, Mami!” Jesse kam angelaufen, mit einem Einweckglas in der Hand und schiefsitzender Brille.

„Was hast du diesmal gefunden?“ Ich spähte in das Glas. Drinnen saß eine kleine grüne Eidechse. Sie blinzelte mich an und rannte im Kreis herum.

„Ich habe sie am Bach gefunden.“ Sie strahlte, ihre hellblauen Augen funkelten in der hellen Sonne. „Daddy wird sie lieben!“

„Er wird bald zu Hause sein. Lasst uns alle reingehen und uns die Hände waschen. Bo, komm, kleiner Mann.“ Ich hob Bo von seiner Spieldecke hoch und trug ihn rein, Jesse ging mit ihrer Eidechse voran. Glühwürmchen fingen an, auf dem Feld aufzuleuchten, während die Sonne hinter der Baumreihe verschwand, die unser Grundstück von dem nächsten trennte.

„Wirst du ihm sagen, dass du alle Dosen getroffen hast?“ Jesse hüpfte zur Spüle und stellte sie an.

„Nein."

„Warum nicht?" Sie wusch sich die Hände, während ich Bo in seinen Hochstuhl setzte.

„Es wird nur seine Gefühle verletzen."

„Warum?" Sie rückte ihre Brille gerade und starrte mich an, während ich den Kühlschrank öffnete.

„Weil er beim letzten Mal, als er auf die Dosen geschossen hat, die letzte verfehlt hat. Es ist nicht nett, schadenfroh zu sein."

„Aber du hast alle getroffen. Das bedeutet, dass du eine bessere Schützin bist. Ich will es ihm sagen." Sie setzte sich an den Tisch und zog Grimassen für Bo, der sabberte und lächelte.

„Wie schon gesagt, es gibt keinen Grund, seine Gefühle zu verletzen." Ich schloss den Kühlschrank und sah Con grinsend in der Küchentür stehen.

„Bessere Schützin, wie?" Er streckte die Hände aus, fasste mich um die Taille und zog mich zu sich heran.

„Ih, küsst ihr beide euch wieder?" Jesse stand auf und stürzte ins Wohnzimmer. „Ich habe eine Eidechse", rief sie über ihre Schulter.

„Gut gemacht, Baby." Con beugte sich runter und biss mir sanft in den Hals. „Du hast also alle Dosen getroffen?"

„Ich wollte nicht damit angeben oder so." Ich konnte das Lächeln nicht aufhalten, das er mir immer aufs Gesicht zauberte.

„Gibt es irgendwas, was ich besser kann als du?" Er küsste sich zu meiner Brust, ließ seine Zunge über die Schwellung meiner Brüste unter dem Tanktop gleiten.

„Mir fallen da ein paar Dinge ein." Ich schlang meine Arme um seinen Hals und er hob mich hoch und setzte mich auf dem Tisch neben Bo ab.

Er umfasste eine meiner Brüste und packte meine Haare mit seiner anderen Hand. „Die Kinder gehen heute früh ins Bett." Er beugte sich vor, bis seine Lippen meine leicht berührten.

„Ja?"

„Ja, weil sie fest schlafen müssen, wenn du in meine Hand schreist."

Hitze wallte in mir auf, als wir uns küssten und sein Mund mir sagte, dass er mich immer finden, beschützen und vor allem eins tun würde – für mich leben.

~

Jetzt erhältlich

ÜBER DEN AUTOR

Celia Aaron is a recovering attorney and USA Today bestselling author who loves romance and erotic fiction. Dark to light, angsty to funny, real to fantasy—if it's hot and strikes her fancy, she writes it. Thanks for reading.

Sign up for my newsletter at celiaaaron.com to get information on new releases.

Stalk me:
www.celiaaaron.com

Printed in Poland
by Amazon Fulfillment
Poland Sp. z o.o., Wrocław

59080242R10157